U0543951

字
文 照 未
燭 未
TopBook

又残酷 又温柔 闫红新解《红楼梦》

闫红 —— 著

陕西新华出版
陕西人民出版社

图书在版编目（CIP）数据

又残酷，又温柔：闫红新解《红楼梦》/闫红著.
—西安：陕西人民出版社，2023.3
　ISBN 978-7-224-14839-8

　Ⅰ.①又… Ⅱ.①闫… Ⅲ.①《红楼梦》研究
Ⅳ.①I207.411

中国国家版本馆 CIP 数据核字（2023）第 027864 号

| 出 品 人：赵小峰 |
| 总 策 划：关　宁 |
| 出版统筹：韩　琳 |
| 策划编辑：王　凌　王　倩 |
| 责任编辑：武晓雨　慕鹏帅 |
| 封面设计：哲　峰 |

又残酷，又温柔：闫红新解《红楼梦》
YOU CANKU，YOU WENROU：YANHONG XINJIE《HONGLOUMENG》

作　　者	闫　红
出版发行	陕西人民出版社
	（西安市北大街 147 号　邮编：710003）
印　　刷	陕西金和印务有限公司
开　　本	787mm×1092mm　1/16
印　　张	15.5
字　　数	190 千字
版　　次	2023 年 3 月第 1 版
印　　次	2023 年 3 月第 1 次印刷
书　　号	ISBN 978-7-224-14839-8
定　　价	59.80 元

如有印装质量问题，请与本社联系调换。电话：029—87205094

序 言
PREFACE

《红楼梦》有一点很特别,作者先讲结局,你一开始就知道结果是家破人亡,飞鸟各投林,白茫茫大地真干净。

对于笔力不够的作者,这样做很冒险,因为悬念说起来廉价,但是很好使,有时候你明知道这个事情很无聊,被那悬念吊了胃口,哪怕忍着恶心也要看到底。

但是对于大师级作者,舍弃悬念,意味着能拿出更加高级的东西,体现在《红楼梦》里,就是营造出一种叠加感。

我们以宝玉过生日那回为例。那一天是一场流动的盛宴,豪爽的湘云喝多了酒,醉卧花丛中;妙玉在栊翠庵里认真地给宝玉写了帖子,用矜持的口气祝他生日快乐;袭人晴雯芳官等人凑了钱,为宝玉办了一场夜宴,夜宴上大家那么开心那么美。

我年轻时有一次在火车上看这一段,竟然看得热泪盈眶,似乎自己就站在那一场盛宴的窗外,看这些正当好年华的人,在最好的时光里,认真地追欢逐乐。

我知道这是最后的盛宴，请看这一回的回目《寿怡红群芳开夜宴　死金丹独艳理亲丧》，上一句是欢乐的极致，下一句是灾难的预警，类似于《长恨歌》里的"渔阳鼙鼓动地来，惊破霓裳羽衣曲"，由盛转衰常常就是很突然的一个过程。

普通人的生活没这么极端，但类似的体验也有。有次看到一个很缺乏安全感的女孩接受采访，说："每当我特别高兴时，就感觉劈我的雷在路上了。"我顿时被戳中，活在这世上，充满了不确定感，以至于让人想要追求幸福，幸福来临时，又会感到恐惧，害怕生活温柔的笑容下，还有另一副面孔。这些，都是我们无法掌控的。

所以现在我看《红楼梦》，会觉得这是一本讲如何面对人生的不确定的书。

黛玉对于不确定性感受最深，她很小的时候，母亲就去世了，被送到外婆家，之后父亲又去世了。她唯一的依靠是外婆贾母，但就像紫鹃说的，一旦贾母去世，她漂流到外头，就完全无法掌控自己的命运。那么，对知根知底的宝玉的爱意会成为一种本能，可是宝玉心里怎么想的，又是无法把握的。

黛玉最初的痛苦，很大程度上来自这种无法满足的控制欲，湘云说她"会辖制人"。但她对宝玉的控制欲，实际上是对命运的控制欲。并不是强大的人才有控制欲，恰恰相反，强大的人不害怕不确定性，弱小者才会被控制欲折磨。

但是随着她的成长，她对爱情和命运的理解更加深刻。当她终于知晓了宝玉的心，她变得更加松弛。命运不可把握，活在当下就好，与其为了远方的阴影自我消耗，不如且享受当下的欢笑。

她和宝钗的和解，对宝琴的疼爱，全是建立在这个基础上的。我们经常说，要把每一天当成最后一天来过，我觉得黛玉做到了。把每一天当成最后一天来过的人，有能力温柔地对待这残酷世界。

宝钗也是活在当下的人，她敏感地觉察到家族的下坠，知道无可避免。她算是比较犬儒的那一类，不想抗争，因为觉得抗争无意义，只是顺命，在相聚时候练习别离，在繁华时候练习萧索。可她内心又有热力，免不了要在顺命的过程中塞点私货。

她喜欢诗歌，喜欢春天，也喜欢诗情画意的这些人，只是清楚这些都是梦幻泡影，随时提醒自己保持距离，就老显得口是心非。也许宝钗还没有黛玉自洽，她做的灯谜里说"焦首朝朝还暮暮，煎心日日复年年。光阴荏苒须当惜，风月阴晴任变迁"。这两句就很不搭嘛，焦首煎心之人，如何能有"风月阴晴任变迁"的坦然。

至于王熙凤，如秦可卿所言，她是个"痴人"。秦可卿告诉她"月满则亏，水满则溢"，她还问有没有什么办法可以长保富贵。她一生恃强，不懂亢龙有悔，登高必跌重，在她身上，有许多人的影子，可能也有你我被困在某个年头里的时刻。

李纨则是早早看透了一切，心已成铁，平生只做两件事，攒钱和育儿，其他的事，敷衍得过就行。这种精致的利己主义者，往往是活得最好的，也不要不平，求仁得仁嘛。

还有迎春的逆来顺受，惜春的绝情，都不只是性格，是应对命运的方式。我说在迎春身上看到自己，这当然不是褒扬，看到迎春的结局，觉得自己也该改改了。惜春最后会怎样呢？不知道，反正不管怎样，惜春你学不来。

如今处于不确定的世间，读红楼能让你内心平静，倒不是里面有多少鸡汤，而是看到那不停闪过的身影，知道从古到今，不管是怎样的身份，都有同命运的人。而且，这些人是如此美好，但想到这，就会快乐和平静一点儿。

这，就是在当下读红楼的刚性需求。

宝钗看透无常，黛玉却要在无常里追求永恒 \001

少女黛玉 \008

林黛玉那迷人的风尘气 \013

宝钗的『无情』与有情 \020

宝钗爱过宝玉吗 \025

贾母为何不为黛玉做主 \028

史湘云的『诗与远方』 \034

黛玉打赏为何总是出手大方 \039

那些女孩教他的事 \044

天上掉下来个薛宝琴 \047

叶底藏花一度，梦里踏雪几回——妙玉的爱情 \051

几点痛泪，一杯淡酒 \056

富贵公子贾宝玉的残酷青春 \062

我们就是那个不爱过年的宝玉 \066

袭人是那个告密者吗 \070

王熙凤是怎样走上上下坡路的 \078

从邢夫人到秦可卿,豪门这地方不好混 \086

林红玉升职记 \092

关于鸳鸯的爱和悲哀 \098

一个被拐卖孤女的自救之道 \107

弱者的想象里总有很多好人 \111

尤三姐的耻感从哪里来 \115

贾琏,所谓暖男,温暖地杀你 \121

贾瑞为何敢勾引凤姐 \127

从股市投资看贾瑞的欲望 \132

写出她的光芒,是《红楼梦》作者的伟大之处 \137

一场关于贪腐的家族共谋 \144

为什么赵姨娘总是气急败坏 \149

贾政，宝玉眼中最熟悉的陌生人 \153

贾敬：牛人当不了好父亲 \158

你问我像红楼里的谁，我觉得可能是迎春 \163

探春的寂寞 \167

一个权贵家族的覆灭样本 \172

食色，性也——《红楼梦》里的好味道 \178

《红楼梦》版《闻香识女人》 \185

「芳名」背后是文章 \190

宝黛之恋，在才子佳人套路之外 \194

贾宝玉是不是个女性主义者 \210

贾雨村低配版的『才子佳人』梦真的可笑吗 \215

假如丘处机没有路过牛家庄 \220

附录：《红楼梦》里的『她力量』——和骆玉明老师聊红楼速记 \224

宝钗看透无常，黛玉却要在无常里追求永恒

老有人说，黛玉更适合做情人而宝钗更适合做妻子。啊呀呸，说这种话的普信男真应该跟荣国府的小厮学学什么叫自知之明：兴儿提起这两位，说是两个天上少有地上无双的姑娘，远远地看见她们，他们连大气都不敢出，"怕气大了，吹倒了姓林的；气暖了，吹化了姓薛的"。

这是在说笑了，但也可见这些挺糙的小厮对于美的敬畏。就连被家里人当成凤凰捧在手心里的宝玉，也不敢做兼美之梦，他艳羡宝钗的皓腕，只恨不是长在林妹妹胳膊上，这辈子没得福摸了。少年难免心猿意马，但仍然知道底线所在。

不过撇开那种轻狂不提，有一点我是同意的，宝姐姐很好，外形也是"丰满莹润"，就是偏性感的那一类，可确实不容易带给人恋爱的感觉，而黛玉正相反。

倒不是男性凝视，了不起的宝钗也志不在此，想说的不是评判，只是一个现象。恋爱，是需要一点儿幻觉的，一早就看透了无常的宝钗无法给自己这种幻觉。黛玉则不同，虽然伤感于无常会吞噬一切，她依然想要借助爱情，在无常里寻求永恒。

宝钗和黛玉，同样是被父亲珍视的女儿，黛玉的父亲林如海请了一位进士给女儿做家教，宝钗的父亲则是"极爱此女，令其读书识字"。

但黛玉早早失去父母，又无兄弟姐妹，一方面是无依无靠，另一方面，她也因此少去许多顾忌，灵魂更加自由。

宝钗有母亲，还有个哥哥，说起来是不孤单，可薛姨妈是个慈祥却也柔弱的母亲，一出场就想依傍着姐姐生活，后来又被刁恶的儿媳妇挟持。中间还有个细节，说贾母叫她过去打牌，她原不想去，被小丫头一通纠缠，只好去了。她才是凤姐说的那种"没脚蟹"。

薛蟠更指望不上，干啥啥不行，闯祸第一名，很多事情倒要宝钗替他盘算。

张爱玲说她曾经看过胡金人的一幅画，"画着个老女仆，伸手向火。惨淡的隆冬的色调，灰褐，紫褐。她弯腰坐着，庞大的人把小小的火炉四面八方包围起来，围裙底下，她身上各处都发出凄凄的冷气，就像要把火炉吹灭了"。

她由此想到苏青，说："整个的社会到苏青那里去取暖，拥上前来，扑出一阵阵的冷风——真是寒冷的天气呀，从来，从来没这么冷过！"

我想到的是薛宝钗，不过宝钗不是文艺女青年，冷不冷的她没有那么在乎，她本身就是偏冷感的，以冷制冷，然后才能给人一些温度。

所以尽管她"打小也是个淘气的"，但"见哥哥不能安慰母心，她便不以书字为念，只留心针黹家计等事，好为母亲分忧代劳"。

她目光久远，一叶知秋地明白家族正在下坠，即便现在日子还过得去，她也做好了荆钗布裙的准备。不爱脂粉与簪花，衣着素淡，半新不旧，全身上下除了听从和尚的提点戴了一枚金锁之外，再无别的"富丽闲妆"。

探春喜欢"柳枝儿编的小篮子，整竹子根抠的香盒儿"，是女孩皆有的情致，宝钗房里却是"一色玩器全无"，连书也只有两部，整体风格如"雪洞一般",仿佛已经接近"四大皆空"的境界。

这种忧患意识当然是对的,是智慧的。《了凡四训》中说:"汝之命,未知若何?即命当荣显,常作落寞想;即时当顺利,常作拂逆想;即眼前足食,常作贫窭想;即人相爱敬,常作恐惧想;即家世望重,常作卑下想;即学问颇优,常作浅陋想。"

为什么不能心安理得地享受荣显与顺利?只因世事无常,习惯了荣显,就会难堪落寞;习惯了顺利,就不能承受拂逆。别说你能随遇而安,也许只是你没遇到真正的困苦。

宝钗时时练习,时时警醒。她过生日,点了一出《闹山门》,宝玉嫌太热闹。宝钗说:"要说这一出'热闹',你更不知戏了。"她随口念出一支《寄生草》,里面分明有大寂寞的句子:

漫揾英雄泪,相离处士家。谢慈悲剃度在莲台下。没缘法转眼分离乍。赤条条来去无牵挂。哪里讨烟蓑雨笠卷单行?一任俺芒鞋破钵随缘化!

宝玉被这句"赤条条来去无牵挂"打动,后来受了黛玉和湘云的气,委屈地冲着可能听不懂的袭人喊:"她们有'大家彼此',我是'赤条条来去无牵挂'。"自以为是悟了。

还写了个偈子:

你证我证,心证意证。是无有证,斯可云证。无可云证,是立足境。

这是一个"富贵闲人""无事忙"的反省，他成天忙忙叨叨，想要很多的爱，很多爱的印证，却发现无须验证时，也才得立足之境。

其实能够"证"，还是好的，说明岁月太平，尚有余力东奔西突。等到永失所爱，对自己说"无可云证，是立足境"时，已是无尽挣扎后的防守。

而宝钗，在所有的事情都没发生之前，已经是防守的姿态。一句"没缘法转眼分离乍。赤条条来去无牵挂"，说给宝玉听，也说给自己听。宝玉喜聚不喜散，黛玉喜散不喜聚，宝钗则是一直练习着，在相聚时习惯别离，平静地面对各种变故。

黛玉呢，她和宝钗一样，早早地看透了无常，她对宝玉说："'无可云证，是立足境'固然好了，只是据我看，还未尽善。我再续两句在后。"她续的这两句是："无立足境，是方干净。"宝钗说，这两句到了"本来无一物，何处染尘埃"的境界。

没错，"无可云证，是立足境"还有点儿赌气，到了"无立足境，是方干净"才是完全放下。宝玉总以美好的人与事，作为自己的立足境，但这些并不是人生标配，这个道理虽然残酷，却能够安慰他注定一无所有的未来。

但黛玉与宝钗又不同，她看过一场场死亡，自己身体也不太好，知道世事无常，花会败，人会散，但她偏要在浓云密雾里寻求一点儿光亮，即使人人都是推着石头上山的西西弗斯，一次次努力推上去，石头一次次滚下来，这个动作仍是有意义的，是我们可以赋予人生的一点儿意义。

爱，是黛玉赋予这人生的意义。

她住在竹影深深处，窗上却糊着银红色的软烟罗，案上是笔砚，书架上全是书。听上去也有点儿冷清，可是，某一回，黛玉和宝玉拌了嘴，生着气，还不忘回头提醒丫鬟："看那大燕子回来，把帘子放下来，拿狮子倚住。"

看似闲淡的一笔，却有作者的用心良苦，可以想见林妹妹每天惦记檐下燕子来去的温存，而宝玉自己也是个爱跟天上的鸟、地上的鱼说话的主儿，咦，他居然没养个猫。

香菱学诗，宝钗老调侃她，还笑湘云也魔疯了。宝钗自己诗写得不差，有几次还抢了黛玉的风头，私下里未必没有用过功夫，但她不敢暴露自己的爱，或者说，她不敢面对自己的爱，只能居高临下地打趣。

黛玉却认认真真地指导香菱，翻自己喜欢的诗句给她看。说到这儿突然想起，黛玉向来不惮于直抒胸臆，比如那次刘姥姥来，她当着众人的面，就说："我最不喜欢李义山的诗，只喜他这一句：'留得残荷听雨声。'"而宝钗永远不会告诉你，她喜欢哪个诗人。

黛玉和紫鹃的关系，言语间每每能见姐妹般的亲情。她和宝玉怄气了，紫鹃派她的不是。转脸紫鹃又跟宝玉说："偏偏她又和我极好，一时一刻我们两个离不开。"真拿自家小姐没当外人。

这是明写，还有几处暗写。紫鹃知道黛玉的心事，想方设法试探宝玉，若黛玉真是个刻薄人，或如宝钗与莺儿那样主仆有序，紫鹃决计不会也不敢多这个事，回家后更不会对黛玉说："无父母无兄弟，谁是知疼着热的人？趁早儿老太太还明白硬朗的时节，作定了大事要紧……公子王孙虽多，那一个不是三房五妾，今儿朝东，明儿朝西？要一个天仙来，也不过三夜五夕……'万两黄金容易得，知心一个也难求'。"

话说得俗，却都是实在话。侧面透露黛玉也没拿她当外人。

黛玉原本怀疑宝钗心里藏奸，听到宝钗几句为她好的肺腑之言后，立马前嫌尽释,赶着薛姨妈喊"妈妈",将薛宝琴看作亲妹妹,显见得将宝钗当成了亲姐妹。

书中写黛玉风雨夜等宝钗那一段尤其传神:"黛玉喝了两口稀粥,仍歪在床上,不想日未落时天就变了,淅淅沥沥下起雨来。秋霖脉脉,阴晴不定,那天渐渐的黄昏,且阴得沉黑,兼着那雨滴竹梢,更觉凄凉。知宝钗不能来,便在灯下随便拿了一本书,却是《乐府杂稿》……"

你有没有在风雨夜这样等过人?纵然不曾等得这样具体,也曾模糊地期待过什么吧?"有约不来过夜半,闲敲棋子落灯花",人生有时美在那种缺失。随遇而安的宝钗,不会有这样一种冷清里带着微温的期待,她的每时每刻都完整得无懈可击。

没错,黛玉缺点多得简直像"镂空纱"(张爱玲自嘲语)。一会儿抢白周瑞家的,一会儿为湘云说她像小旦不痛快,袭人夸宝钗劝宝玉好好学习被宝玉冷落也没发作时,都拿黛玉作比说:"要是林姑娘,不知道闹成什么样呢。"

但宝玉接口说:"林妹妹从来不说这样的话,她要是说这种话,我早就和她生分了。"黛玉在窗外听得震动:这人果然是知己。

知己者,真正知道自己的人,知道芜杂表象之下,自己的灵魂别有洞天。对于灵魂格外深邃的人,知己是个奢侈品。

同含蓄的宝姐姐相比,林妹妹的感情是外现的。宝玉挨了父亲的打,宝姐姐最多有些哽咽,林妹妹却把两个眼睛哭得像个桃子一般。

宝玉雨夜来访,她要问打的是什么样的灯笼,嫌明瓦的不够亮,就把自己的玻璃绣球灯送给他。宝玉说自己也有一个,怕脚滑跌碎了,黛玉便说:"是跌了人值钱,还是跌了灯值钱?"

即使在生气的时候，她也能留心到宝玉穿得单薄，这边还因吃醋和宝玉怄气，那边又亲力亲为，细心地替他戴上斗笠……八十回红楼，时时闪烁着这些细碎温柔。

黛玉的这些爱，有心地善良和感情丰富的成分，但同时，也是她对人生的一种救赎。纵然尽头不远，万事必然成灰，但她竭尽全力地爱过这世界，她的日子，就永远鲜明如初。

所以宝钗是看得透，黛玉是想得开；宝钗知道无常，步步为营，黛玉知道我们能够在无常里创造永恒，干脆撂开手，不设防地活这一生。

不必分出高下，是个人际遇使然，她们也在不同的道路上走出自己的风格。但是对更多人来说，宝姐姐犹如箴言录或是人生指南，林妹妹是穿越神经末梢的诗句，前者令人高山仰止，后者成了睡梦里也忘不了的爱人。

少女黛玉

黛玉的还泪史，就是少女的成长史。

林妹妹一出场，先哭了好几回。先是在贾母面前，被这位慈祥的老祖母几声"心肝儿肉"叫得伤感，"哭个不住"。晚上回到住处，又独自抹起了眼泪，紫鹃跟袭人说，是因为白天看见自己招得宝玉犯了"疯病"，她不安到流下泪来。

这是个理由，但只是理由之一。黛玉小小年纪，突然飘落到这人地两生的所在，眼前人语喧哗，珠环翠绕，却筑成冰冷的壁垒，一个陌生的江湖，让不久前还在父母膝前撒娇的她，怎会不暗自心惊？

白天里，无论回答贾母的问话，还是到两位舅母房间里做礼节性拜访，她都察言观色，步步为营，生怕多走一步路，多说一句话。深夜灯下，也才松弛了一半，惶恐、委屈、惊惧俱上心头，未来如黑暗的大海，等她泅渡。

还好，黛玉很快就适应了环境，贾母宠溺，宝玉呵护，她心恰意洽，但似乎又愉悦得过了头。接下来的每一次出场，居然都是在得罪人。

先是得罪了王夫人的陪房，周瑞家的。这周瑞家的，生了一双势利眼，但偶尔也能发发善心。这些都不论，黛玉冒犯她那回，却是毫无道理。

原是薛姨妈有十二朵宫花，让周瑞家的送给贾府的小姐和少奶奶，周瑞家的由近及远送了一大圈，最后两朵送到黛玉这里。黛玉瞟了一眼，冷笑一声："我就知道，别人不挑剩下的，也不给我。"

听听这话说得，比那个抱怨"像样的东西也不能到我手里来"的赵姨娘也高明不到哪里去，丢了主子的身份不说，还白白得罪一个能在王夫人面前说得上话的人。林妹妹这性子使得，真不值当。

她得罪的第二个人，是李嬷嬷。李嬷嬷是宝玉的奶妈，在薛姨妈家里，宝玉要喝酒，李嬷嬷劝他不要喝酒，怕老太太老爷问起来，她做奶妈的也要担责任。黛玉不管她的苦衷，"悄推宝玉，使他赌气"，又说"别理那老货，咱们只管乐咱们的"，这口风，又有点儿像那个晴雯了。

李嬷嬷自诩火眼金睛，骂起袭人都是"妆狐媚子哄宝玉，哄的宝玉不理我，听你们的话"，这种被遗弃感当是她的一个痛点，对黛玉虽然敢怒不敢言，焉知她不会跑到王夫人面前说点什么？她的身份资历在那儿，又是个不大有分寸感不怕生事的人。

黛玉最初在王夫人房间里和她谈话，相当的机警敏感，怎么一转脸就这样任性使气？窃以为，这里面是带有点儿表演性的，她跟周瑞家的挑理，当是做给贾宝玉看的，她要在他面前，表现出一个卓尔不群的自己。

要显得卓尔不群，路径有很多种，其中一条捷径是到处树假想敌。亦舒曾说，有一种女人，"不知几喜欢有人得罪她，好挟以自重，骄之亲友"。一个人，若被全世界的人迫害，似乎足以说明自己不同流俗——俗，不就是大众吗？杜甫写诗夸李白，就说"世人皆欲杀，吾意独怜才"，一听这人就厉害得紧。

黛玉和李白一样，缺点与优点同样突出。也许有魅力的人，总有各种瑕疵。"十宝九裂，无纹不成玉"，那些瑕疵，正证明它的真。林黛玉的种种张狂里，有一种我们熟悉的少女气质，除了宝钗这种仿佛一出生就很成熟的人，谁没有过把拧巴当个性、把尖锐当真性情的少年时代呢？

而她撺掇宝玉不要理睬李嬷嬷，亦未必是赞成宝玉喝酒，更多的，怕是想要在宝钗面前展示自己、宣示主权。当李嬷嬷说："你倒是劝劝他，只怕他还听些。"黛玉理直气壮地一通抢白，是在撇清，也是快乐地逗口齿，但终归，还是暴露了她内心的紧张。此时，她对于新环境的紧张，已经转换为对宝玉的紧张。

若不是心中不踏实，怎会在意一城一地之失？若是真的自信，又何必一次次地突出自己？黛玉这样处处留心，掐尖要强，不过是因为她没有从宝玉那里得到她想要的那句话。那时的宝玉，对她虽然也是各种温存体贴，但总是处于青春的躁动期，真如黛玉所言，是见了妹妹就忘了姐姐。

爱一个没有十足把握的人，就像在暗夜里踮脚走过水洼，你不知道哪一步会踏空。你看那时的黛玉，她试探、争吵、哭闹、没来由地吃醋。这些，像一粒粒石子，将黛玉原本安宁的生活硌得伤痕累累，但也是她黑暗中的落脚点，一粒一粒，将她带到光明的地方。

宝黛之恋，并不是一见钟情式的，虽然一开始宝玉也说，"这个妹妹我好像见过"，但这种似曾相识的好感之后，宝玉又漫游了许多地方，见了很多人，经过一系列的比较、思考与顿悟，才终于确定，他只能得到黛玉那一份眼泪，黛玉才是那个与他同生同死的人。在这之前，黛玉要受许多苦，掉很多眼泪，甚至于失很多次态，这既是小说一开始所言的"还泪"模式，也是一个少女能为她的爱情所做的。

在曹公的笔下，一个女孩子并不是因为聪明懂事而可爱，相反，是因为尖锐、计较、虚荣、笨拙而可爱，黛玉的魅力，很大一部分来自她的自苦，那自苦，让你对她有一种同类的同情，看到曾经不知所措的那个自己，你几乎想隔空摸摸她僵硬的臂膀，你还记得自己当时的感觉。

当黛玉亲耳听到宝玉当她是个知己，确定自己才是宝玉过眼的弱水三千里愿意掬起的那一瓢饮，她突然就变得安宁了，柔软了，像是化茧成蝶，你看到的黛玉，再也没有跟谁起过冲突。

首先是跟宝钗"金兰契共剖金兰语"，她心里敞亮了，就能把人朝好处想，并且不惮于对这个曾经的假想敌表达对亲情和友谊的渴望。

宝钗的妹妹宝琴来探亲，贾母宠到史无前例，压箱底的两件斗篷，一件孔雀毛的给了宝玉，一件野鸭子毛的给了宝琴，还想为宝玉求亲，又特地托人带话给宝钗，说"琴姑娘小，别拘紧了她"，替这小姑娘样样想得周到。

要是放在过去，黛玉不知道要怎么不痛快，但这次她赶着宝琴只喊妹妹，连名字都不叫，当成自家妹子没错了。爱情给了她能量，像一个小小的护身符，帮她医好那些口不能言的暗疾。

尤其和前面章节形成鲜明对比的，是宝钗派个老婆子送燕窝那一回，她很客气地跟那老婆子说费心，又要她在外间喝茶。

> 婆子笑道："不吃茶了，我还有事呢。"黛玉笑道："我也知道你们忙。如今天又凉，夜又长，越发该会个夜局，痛赌两场了。"婆子笑道："不瞒姑娘说，今年我就大沾了光儿了。横竖每夜各处有几个上夜的人，误了更也不好；不如会个夜局，又坐了更，又解闷儿。今儿又是我的头家。如今园门关了，就该上场了。"黛玉听说，笑道："难为你。误了你发财，冒雨送来。"命人给他几百

钱，打些酒吃，避避雨气。

她对老婆子客气不难理解，那是看着宝钗的面子，但对于这个着急去赌博，拒绝喝茶的老婆子，她是如此的温和体恤，跟前面动不动就摆脸子的风格差别极大。

在这几章里，我们能集中感觉到黛玉的成长，她从一个尖锐的，总带着质疑眼神的少女，变成了一个通晓事理的姑娘。与此同时，她感觉到自己的眼泪也越来越少了，对宝玉说，她经常只是觉得心里酸楚，却哭不出来。

成长，也意味着耗损。在爱情确定之后，黛玉的柔软里，带着一点点疲惫，她不再像前面那样频繁出场，曹公对她的描述，也很少有神来之笔，提到她总是一种表情，一种无伤大雅的感伤。这或者可以说明，虽然婚姻尚是悬念，但她更在意的，是宝玉的心，她的那种疲惫，是终于抵达目的地后的满足。

《红楼梦》里的林黛玉，不是一朵花，一开始就开在那里，到结束时再凋谢。它描述的，更像是一朵蓓蕾，你目睹她生长、展开，一点点绽放，看得见她的每一点改变，皆有来由。正是这种可以信任的改变，构成了黛玉灵魂的层次，让你可以踏实地爱她，从始至终。

林黛玉那迷人的风尘气

《红楼梦》里写黛玉容貌，比宝钗袭人晴雯她们都要少。这不难理解，你会记得挚爱说的话做的事乃至于声音气味，却总难记住对方的容颜，因那相貌被你看了千千万万遍，每个角度都不同，要说个所以然也难。

所以作者只是在黛玉初出场时，概括地提了一下：两弯似蹙非蹙笼烟眉（也有版本做罥烟眉，这个不是本文重点，不评论），一双似喜非喜含情目。态生两靥之愁，娇袭一身之病。泪光点点，娇喘微微……

我以前看到这段，总当成明清小说里常有的套话跳过去，然而杨绛先生心明眼亮，她说："第三回写林黛玉的相貌：'一双似喜非喜的含情目。'深闺淑女，哪来这副表情？这该是招徕男人的一种表情吧？"

她说这是前八十回的败笔，不该把黛玉塑造成这样。

也有人说"似喜非喜含情目"不是作者原文，俄藏本写作"似泣非泣含露目"，还有个版本是"似飘非飘含情目"。我对版本没有研究，但窃以为这三个说法里还是"似喜非喜含情目"最好，"似飘非飘"说起来就很不通，是眼神没个着落吗？还不如似喜非喜稳重呢。

"似泣非泣含露目"呢，也不好。"泪光点点，娇喘微微"是气力不足，"泣"就太悲伤太沉重了，太让人有压力了。这之前黛玉见贾母时是哭了一大场，但也不能老哭，她是敏感之人，一路上"不肯轻易多说一句话，多行一步路，唯恐被人耻笑了去"，去两个舅母家里小坐都面带微笑，应对得体，生怕招人烦，怎可能一见宝玉就"似泣非泣"起来？

"似喜非喜"就大为不同，释放善意，但又暧昧不明，是一双富有感情的眼睛。这样的眼睛是动人的，有这种眼神的女人，异性缘不会差。但杨绛的说法有点儿本末倒置，是这种眼神招男人喜欢，不是黛玉为了讨人喜欢而拿捏出这种眼神。

杨绛有句话是没错的，这不是深闺淑女的眼神。深闺淑女，非礼勿视。眼睛是心灵的窗户，深闺淑女从小被训诫要将这窗户紧闭。但问题是，黛玉并不是深闺淑女。

首先，她父亲对她的培养是开放式的。她父母膝下无子，"且又见她聪明清秀，便也欲使她读书识得几个字，不过假充养子之意"。这话说得谦虚，黛玉的家教是进士出身的贾雨村。

《红楼梦》里但凡被当成男孩教养的女子天性都能够相对得到解放，另一个是王熙凤，她跟黛玉性格迥异，文化水平差别很大，但两人都是擅长也喜欢表达自我的人。

另一方面，黛玉洒泪拜别父亲，坐船来到京城，弃舟登岸，来到荣国府，见到满屋子的陌生人，只有一个老外婆对她是真爱，其他全靠她自己敷衍应酬，等于半只脚踏入江湖，如何还能安然地做个深闺淑女？所以我觉得，黛玉是有些风尘气的。

请别把"风尘气"作狭义理解，活在这世间，有几人有福气永远做白衣飘飘的神仙姐姐？都是在一袭风尘里来来去去，用自己的方式谋生，也谋爱，又或者，用谋爱的方式谋生。黛玉的眼睛里，自然就更多一些内容。

在荣国府，黛玉过得还不错，贾母是真疼她，而且这个家里贾母说了算。贾母不但是长辈，还是最高领导，她欣赏谁，谁的日子就好过，王熙凤就占了这个便宜。加上宝玉也对黛玉各种呵护，黛玉在荣国府的排名，在迎春探春等人之前。

但黛玉还是不能安心，深知自己来了之后，"老太太、太太、凤姐姐这三个人便没话，那些底下老婆子丫头们，未免嫌我太多事了……况我又不是正经主子，原是无依无靠投奔了来的，他们已经多嫌着我呢"。

要说黛玉就是想得太多，换成王熙凤，没准儿还享受这种感觉，"就喜欢你那种看不惯我又干不掉我的样子"。黛玉始终记得自己是寄人篱下，她得到的爱，都是有条件的爱，是因为她够优秀够可爱，假如她不是呢？她对那些爱一点儿信心也没有。

这时来了个宝钗，黛玉不再稳赢，书中说宝钗"品格端方，容貌丰美，人多谓黛玉所不及……比黛玉大得下人之心……因此黛玉心中便有些悒郁不忿之意"。

不是黛玉酸柠檬，是她输不起，她对于被爱已经形成路径依赖，这下心态就坏了，在周瑞家的给她送宫花那一回表现得特别明显。

那次周瑞家的奉王夫人之命，将薛姨妈送的宫花分给荣国府的姐妹们。周瑞家的一路送过来，别人都无话，唯有黛玉"只就宝玉手中看了一看，便问道：'还是单送我一人的，还是别的姑娘都有呢？'"。

这话问得怪，薛姨妈怎么可能单送你一人？又凭什么要人家单送你一人？黛玉这么问的目的在后面，听周瑞家的说"各位都有了，这两支是姑娘的了"，她冷笑一声，说："我就知道，别人不挑剩下的，也不给我。"

哈哈，"总有刁民想害朕"。就算周瑞家的势利，肯定也是怎么方便怎么来，不会为了欺负你黛玉专门绕远路。再说了，六对宫花送过来，总有人做最后一个接收者，怎么就不可以是你呢？

杨绛说这是《红楼梦》的另一个败笔："黛玉冷笑道：'我就知道么，别人不挑剩的，也不给我呀。'林姑娘是盐课林如海的女公子，按她的身份，她只会默默无言，暗下垂泪，自伤寄人篱下，受人冷淡，不会说这等小家子话。"

这话确实不大气，但是比起杨绛设计的这个形象，我倒觉得林黛玉脱口而出的怨愤还更有意思一点。"默默无言，暗下垂泪"，这是想要从良只能忍耐王熙凤摧残的尤二姐。林黛玉的问题不在于行为方式而是思维方式，若她真的受了委屈，不平则鸣也许不够明智，但比这个受气包形象要生动得多。

生于忧患，死于安乐，这个"生"可以是"生机勃勃"的"生"，这个"死"，可以是"死气沉沉"的"死"。黛玉的生之忧患，让身体不太好的她，精神上倒是生龙活虎，争强好胜。元春省亲那一回，黛玉就"安心今夜大展奇才，将众人压倒"。

每次看到这段都啼笑皆非，何苦来哉非要压倒众人？压倒了又怎样？更滑稽的是"不想贾妃只命一匾一咏，倒不好违谕多作，只胡乱作一首五言律应景罢了"，"黛玉未得展其抱负，自是不快"。

事实上当晚元春已经看到黛玉过人的才华，也欣赏黛玉的美，但这些不能影响元春的决定。端午节发节礼，宝玉和宝钗是一等。黛玉排后，跟探春她们一等。元春的意思，很明白了。

这就是知识分子幼稚病。知识分子常常把自己擅长的那些才艺，比如写诗什么的，当成天下第一等本事。像李白要在唐玄宗面前炫技，唐玄宗也看到了，可是那又怎么样？这是一个优秀的诗人，不是唐玄宗心中那盘棋上的棋子，大展奇才之后被另眼相看只是李白单方面的幻想。这世上有很多阴差阳错，又有很多事与愿违，赢了也不说明什么，不是每一场赢都价值非凡。

可这也是黛玉的可爱之处。如果从一开始就清楚了明白了早早看透一切了，都安分守己藏愚守拙，这个世界该多么无趣。更何况同样是不平之气，赵姨娘式的只能化作戾气，黛玉式的却能化作满腹才情，这自然是因为她们处境不同，但还有一点很重要，黛玉是一个有弹性有反省所以能成长的人。

都说晴为黛副，晴雯是黛玉的影子，但晴雯一味要强，每每一出场就在跟人吵架，她从不反省，也不知道给自己和别人台阶下，在这方面，她跟黛玉差得可就太远了。

有次湘云说小戏子长得像黛玉，本来心情就不好的黛玉生了气，加上个无事忙宝玉在其中掺和，三个人闹得非常不愉快。

原以为他们的关系要花好一段时间修复，哪承想黛玉见宝玉果断而去，便以寻找袭人为由跑来查看动静。见宝玉写了一首很沮丧的偈子，带回房去，与湘云同看。

这说明什么？说明黛玉和湘云已经和好了。怎样和好的？作者没说。但是就湘云那直脾气，黛玉若没有些和缓的表现，湘云也不大可能就这么收场。

黛玉经常跟宝玉吵架没错，可吵架时，她仍然对他关心备至。有次她把宝玉和自己都气哭了，还是能够留心到宝玉用袖子擦眼泪，"便一面自己拭泪，一面回身将枕上搭的一方绡帕拿起来向宝玉怀里一摔，一语不发，仍掩面而泣"。

俩人吵到死胡同里，黛玉也会忽然说："你只怨人行动嗔怪你，你再不知道你怄的人难受。就拿今日天气比，分明冷些，怎么你倒脱了青肷披风呢？"

这种峰回路转，真是致命的温柔。我们吵架不就是为个赢吗？但凡反对自己的，此刻就是敌人。晴雯跟宝玉拌起嘴来，根本不顾彼此死活，黛玉能于这种时候，仍有这么一种体贴，真是妥妥的恋爱小天才啊。

当然，太擅长谈恋爱，在某些人眼里也是一种风尘气。薛蟠不过说了句宝钗心里有宝玉，就把宝钗气得哭了半夜。古代文学作品里的"深闺淑女"可以看到一个顺眼的男人就跟人私奔，或者像《莺莺传》里的崔莺莺，跟张生同居很久，都不跟他说一句话。

人们最多容许女人情之所至笨拙追爱，绝不容许女人有来道去地谈恋爱，不容许她们有柔媚的身姿，否则就会被视为有手段，用杨笠的话说，这女的，有点儿东西。

其实就连黛玉对宝玉的爱，也不特别纯粹。一开始宝玉并没有对黛玉情有独钟，书中很清楚地说："那宝玉也在孩提之间，况他天性所禀来的一片愚拙偏僻，视姊妹兄弟皆出一意，并无亲疏远近之别。"但是黛玉一定要他最爱自己，湘云说黛玉会辖制宝玉，没有说错。

黛玉一开始是本能的占有欲，再长大一点儿，又多了点求生本能。宝玉不忍花瓣被人践踏，撂到水里，黛玉说："撂在水里不好，你看这里的水干净，只一流出去，有人家的地方脏的臭的混倒，仍把花糟蹋了。"她更愿意把花埋在大观园里，"日久不过随土化了，岂不干净"。

这说的是花，也是她自己。早些年她离开父亲来到贾家，面对一个未知；离开贾家，她要面对更大的未知。丫鬟紫鹃说："公子王孙虽多，那一个不是三房五妾，今儿朝东，明儿朝西？要一个天仙来，也不过三夜五夕，也丢在脖子后头了。甚至于为妾为丫头反目成仇的。若娘家有人有势的还好，若是姑娘这样的人，有老太太一日还好一日，若没了老太太，也只是凭人去欺负了。"

黛玉当时嘴硬，心内未尝不伤感，等紫鹃睡了，哭了一夜。她对于宝玉，明显有更多诉求。但是所谓纯粹的爱，难免薄脆，爱情里总要掺些别的，才有质感，才更可信。

更何况，如《一代宗师》里说的，风尘之中，必有性情中人，乘风破浪中，黛玉呈现出来的真性情太迷人了。

她待人真挚前面已经说了，至于杨绛认为"黛玉尖酸刻毒，如称刘姥姥'蝗虫'，毫无怜老恤贫之意，也有损林黛玉的品格"，我倒觉得这是作者的高明之处，塑造的人物纤毫不错。

少不更事，未经人间疾苦，又爱逞口齿，有时嘴巴比脑子来得快，谁年少时不是这样呢？我也曾对某些农村来的亲戚一百个看不顺眼，犹记有个亲戚吃豆腐乳总要唧一下筷子，我和我弟都快疯掉了，背后不知说了多少刻薄话。

总是要到一定年龄，知晓自身弱小之后，才会对弱者有更多体恤，不只是黛玉，连宝玉有些轻狂之词，写出来也有反省自嘲的意味。比如他说女人一旦嫁了汉子，就比男人更该杀，便有了老婆子要跟他请教，请教的话还没说出来，宝玉就被喊走了，老婆子想说的东西，大概要留待宝玉后来悟了。

杨绛提出的这几点，都不是前八十回的败笔，倒显出作者非同寻常的勇气。他不要塑造一个一尘不染的完美女神，要呈现一个有风尘气有现实感的林妹妹，后者明显比前者要迷人得多，只是，可能不在杨绛先生的经验范围内吧。

宝钗的"无情"与有情

很多人不能原谅宝钗，是因为金钏去世时，她对于王夫人的那一番"开解"。

有天中午宝玉闲来无事，溜达到王夫人的房间里，王夫人正在睡觉，丫鬟金钏坐在旁边给她捶腿。处于青春躁动期的宝玉伸手摘下金钏的耳坠，喂她一颗香雪润津丹，又声称要跟太太讨她和自己在一处。

金钏也很受用，闭着眼睛噙了那润津丹，让他去东院里"拿环哥儿和彩云去"。

要"拿"那两位什么事，可想而知，金钏的回应里，也有些撩拨之意了。就在这当口，王夫人醒了，听见二人这通对话，怒从心头起，伸手就扇了金钏一耳光，找人立即把金钏撵出去。

金钏被撵出去后就自杀了。王夫人从一个过于严厉的主子，变成了间接杀人凶手，手沾上了血，自己也惊惧。就在这时，宝钗来到王夫人房间请安，王夫人少不得要跟这个成熟稳重的外甥女谈及此事，只说是因为金钏把自己的一样东西弄坏了才处罚她，导致这般结果，真是自己的罪过。

宝钗叹道："姨娘是慈善人，所以这么想。据我看来，她并不是赌气投井，多半是她失了脚掉下去的。……岂有这样大气的理，纵然有这样大气，也不过是个糊涂人，也不为可惜。"

在金钏尸骨未寒之际说这个话确实令人心寒，可难道要她站在正义的立场上去指责王夫人？就算是黛玉也不会这么做。当然她可以选择沉默，可是那会儿，沉默都像是一种谴责。而且，排除成见，且来看看，宝钗说得有没有道理。

金钏当然不是失足掉下去的，是羞愤交加跳井的，从宝钗的角度说她糊涂也并不为过。就是被撵出去而已，即便不能再如在王夫人房中那么富足尊贵，做个自食其力的普通人总是活得下去的，之前宝玉不是也撵过茜雪吗？在宝钗眼中茜雪并没有到非死不可的地步。

现实中也有气性大的人，为一句话，一些不平际遇，愤而自杀。看上去慷慨激烈，在外人的评价体系里，也不过是个糊涂人。宝钗作为一个责任感特别强的人（这一点后面还要再说），如此说并不为过。

相形之下，更加体现宝钗之无情的，是她对柳湘莲之事的淡漠。柳湘莲是她哥哥薛蟠的结拜兄弟，不久前还救过薛蟠。和尤三姐的一场情感恩怨，使得尤三姐自杀，柳湘莲跟一个道士远遁。

薛姨妈听了惊奇不已，薛蟠则为之落泪，唯宝钗理性得让人毛骨悚然，她说道："俗话说的好，天有不测风云，人有旦夕祸福。这也是他们前生命定。前日妈妈为他救了哥哥，商量着替他料理，如今已经死的死了，走的走了，依我说，也只好由他罢了。妈妈也不必为他们伤感了。倒是自从哥哥打江南回来了一二十日，贩了来的货物，想来也该发完了，那同伴去的伙计们辛辛苦苦的，回来几个月了，妈妈和哥哥商议商议，也该请一请，酬谢酬谢才是。别叫人家看着无理似的。"

你看，在宝钗眼里，尤三姐的死，柳湘莲的远遁，还不如请伙计们吃饭重要。人命关天，她连一丝好奇、一点儿谈论的兴趣也没有，作为一个十几岁的女孩子，她的这种无端的冷漠，比之前在王夫人面前的圆滑，更显无情。

但"无情"这个词，就一定是贬义词吗？就算她为尤三姐、柳湘莲掬一把同情之泪，甚至写下伤感的诗篇，又有什么用？宝玉还为晴雯写过《芙蓉女儿诔》呢，还不是转脸就与黛玉说笑。

死去的不能复生，远遁的不能回来，除了证明自己的同情心，制造些情绪的垃圾之外，真不如请伙计们吃饭有意义。

而宝钗要做的事还有更多。比如，尽她所能帮助需要帮助的人，惠及林黛玉、湘云等。有人说她是收买人心，带礼物给赵姨娘算是不愿得罪小人，但她对邢岫烟的帮助，没法做任何功利解释。

邢岫烟是邢夫人的侄女，和父母一道依傍姑姑生活。邢夫人于儿女分上平常，对这个侄女并不关注，贾府其他人只拿她当个穷亲戚，惦记着照顾她的，唯有三位，一个是平儿，一个是探春，还有一个是宝钗。

平儿天性善良，况且怎么着邢岫烟也是凤姐婆婆的侄女，照顾她，在礼数中；而探春，在邢岫烟和薛蝌订婚后送给她一枚玉佩，算是锦上添花；唯有宝钗，是在和邢岫烟没有任何关系时，经常施以援手，实打实的雪中送炭，而且这种善心，她瞒着邢夫人，不愿别人知晓。

再有宝钗知道香菱想进大观园，就以人少为理由，跟薛姨妈要来香菱。香菱到她那里之后，宝钗也并不管束她，任由她跟黛玉、湘云学诗，寤寐辗转，只是取笑，并不阻拦。

探春在大观园里搞改革，分产到户，宝钗指出分到地的婆子们得了实惠，也不要忘了那些没分到地的婆子，她建议分到地的将利润拿出一部分分给没有得到地的，人人受益，皆大欢喜。

宝钗的善如细雨润物无声，落到实处，并不树起善良的大旗。

这就是大善与小善的差别。小善者，是妇人之仁——这是韩信对项羽的评价。历来人们都重视妇人之仁中的"仁"字，却不知"妇人"才是重点。韩信这样解释这个词："项王见人恭敬慈爱，言语呕呕，人有疾病，涕泣分食饮，至使人有功当封爵者，印刓敝，忍不能予，此所谓妇人之仁也。"

你看，他的仁义更多的是一种态度，会为别人的疾病落泪，做出慈爱的样子，真正关系到利益时，比如说要对属下进行封赏时他是吝啬的。更何况，"所过无不残灭者，天下多怨，百姓不亲附，特劫于威强耳。名虽为霸，实失天下心"。

韩信将这样的伪善冠以"妇人"之名，似乎妇女观相当落后，但可能在古代，这种"善"在妇女中确实会得到更多的体现。

在古代社会，妇女作为弱势群体，更依赖人际关系，要博取善良的美名，这使得她们往往夸张自己的感情，跟付出不怎么匹配。乐于为别人的悲惨遭遇掉眼泪，但要是需要付出点什么，可能就会像贾蔷似的跺跺靴子，整整衣服，看看日影子，说声天不早了，瞬间土遁了。

宝钗则是君子之仁，行善于她，与其说是一种道德呈现，不如说是一种自救方式。这个有智慧的女子，早就参透世间没有永远的繁华，她对王夫人说："姨娘是深知我家的，当日我家也是这样冷清不成？"

她不像宝玉那样有着盲目的安全感，也不像凤姐以为有法子可以常保家族基业，她知道聚散兴衰是人世必然，虽然家业尚可维持，她已做好衰败的准备。

她收敛自己的情绪，简化日常所需，尽可能地去帮助别的人，因为苦境是常态，困窘之人是同类，她为他们所做的，也就是为自己所做的。并不是指望别人投桃报李，而是，一个曾经给人希望的人，若是落入苦境，也还可以保持希望，即便被践踏凌辱，也会觉得是命运的错而不是自己的错。

所以，她的"情"无所谓无，也无所谓有，无须任何标榜，她只是朝着利人利己的方向去做而已，因此成了不易被众人理解的"无情"者。

宝钗爱过宝玉吗

好，就来八卦一下，宝钗爱过宝玉吗？

宝钗曾是黛玉心中的一根刺，哪怕她跟宝玉多讲上几句话，黛玉都要做上一大篇文章。

当然，黛玉在感情上，向来没有安全感，一度还险些殃及大大咧咧的湘云。尽管如此，我还是觉得，她对于宝钗的格外警惕，并不是没有道理的。

宝钗一向形象散淡，对人不远不近，自云藏愚守拙，就是在贾母、王夫人面前，她也显得从容自若，不亢不卑。

但是，这种世外高人的形象，在宝玉面前，总有点儿不彻底。

第二十回，黛玉问宝玉刚才在哪里，宝玉说是在宝姐姐家里，黛玉便不高兴。两人两下里说岔了，黛玉掉头就走。宝玉追过去正在哄她，宝钗突然跑来，说，史大妹妹正等你呢，就把宝玉推走了。

我看到这里，总怀疑那会儿宝钗是故意的，她向来知道黛玉对自己不忿，更应该知道，自己这会儿横插一杠子，无异于火上浇油。别说是她没留心，以宝钗的头脑，完全能做到耳听六路眼观八方。

似这样的情形，还有好几处，我不是说，这是宝钗有意的示威，而是，她在某种感情的左右下，下意识地想要有所作为。

那么，宝钗是爱宝玉的了？要我说，也不是。

一个人的感情,有很多层次,不能一下子就升级为爱。宝钗之于宝玉,更准确的说法,是一种淡淡的情愫,一个哪怕很聪明很看得开的女孩子,也避不开的青春情怀。

看昆曲《牡丹亭》,总觉得第一场就足够,后两场很多余。柳梦梅原本不是一个真实存在,而是杜丽娘心中生成的男子。

寂寞青春里,她用一个女孩子念想中最旖旎的那一部分,创造出这样一个男子,她希望遇到他,总也等不到,所以她死了。

《西厢记》里的崔莺莺,侥幸摆脱了这危机,张生出现了,即使这个嬉皮笑脸的男子,对不上她心中的梦想,她也有办法自欺欺人,装作以为他就是心中的那个形象。

宝钗一直孜孜于追求一种理性精神,超脱的胸怀。可是就算是电脑设计出的程序,也不可能完全没有故障。最初的宝钗,未必能戒除那一点儿与理性精神不能相符的热情。

尽管宝玉不"好",无事忙,不上进,但宝钗和崔莺莺、杜丽娘们一样,没有机会遇见其他的男子,那一点儿热情,只能倾注于这唯一人选。被他凝视时,她的脸红了,他挨打时,她着急忙慌地探望,并不由自主地哽咽。

热情,大概就是宝钗从胎里带出来的那一点儿"热毒",她费了很大的功夫,来戒除"热毒",比如,服用冷香丸。

那个冷香丸是这样做成的:"东西药料一概却都有限,最难得是'可巧'二字。要春天开的白牡丹花蕊十二两,夏天开的白荷花蕊十二两,秋天的白芙蓉花蕊十二两,冬天的白梅花蕊十二两。将这四样花蕊于次年春分这一天晒干,和在药末子一处,一齐研好。又要雨水这日的天落水十二钱……还要白露这日的露水十二钱,霜降这日的霜十二钱,小雪这日的雪十二钱……"

其核心,一是冰冷,二是"合时宜",这两点,都能够让感情降温。宝钗对宝玉,从最初的一点儿小暧昧,逐渐变得坦然,可以看出,宝钗的努力,取得了初步的成功。她和黛玉能够"金兰契共话金兰语",是要有这种"放下"做铺垫的。

至于宝钗觊觎"宝二奶奶宝座"说,是最无聊的一种说法。作者开头即说:"必旁添一小人拨乱其间,如戏中的小丑一般。"他必不肯落入这种俗套。《红楼梦》的伟大,就在于没有被工具化的"小丑",每个人的行为都自有局限性与随机性,像我们现实中的那些人一样。

更何况,在禅学思想里浸淫甚深的宝钗,如何会不明白,苦苦追求可能会适得其反,苦心经营也许是弄巧成拙,倒不如做一个从容坦然的人,命运出什么样的牌,就接什么样的招,随遇而安,随机应变,成就自己的风格与风范。

贾母为何不为黛玉做主

《红楼梦》里的贾母,有一种不显山露水的睿智。既能慈祥,又能犀利;既能见泰山,又能见毫厘。任荣国府里有各色人等花样百出,她都能将局面稳稳地控制在自己手中。

唯独有一件事,贾母办得不明白,那就是黛玉的婚姻大事。

明明宝黛姻缘已经呼之欲出,连贾琏的小厮兴儿都跟外面人说:"将来准是林姑娘定了的。因林姑娘多病,二则都还小,故尚未及此。再过三二年,老太太便一开言,那是再无不准的了。"

可她就是不开言。难怪紫鹃丫头急不可待,生怕老太太保不齐哪天归了西,宝黛之恋变成镜花水月。

既然是老太太一句话的事,她为什么不早早发下这句话来?却让那两个情痴各自对月长叹临风洒泪,为对方弄出一身的病来。她是真糊涂,还是装糊涂?

毕竟是书中人事,作者早已作古,无法揪着衣襟问个明白。但一本书看久了,就会不拿自己当外人,对于贾母的心理,也有了许多自以为是的猜测,不妨说一说,就如曹公说的,供同好消闲解闷而已。

贾母无疑极其疼爱黛玉这个外孙女。黛玉自小失去母亲,在贾母身边长大,伶牙俐齿,风流袅娜,从贾母那样喜欢眉眼像林妹妹的晴雯,就可知道，黛玉的模样，也是贾母最喜欢的那一款。

贾母对她的疼爱逾于常人。黛玉一进贾府，贾母就命令宝玉给她腾地方；宝玉提了句宝钗给黛玉送燕窝，贾母就叫凤姐每天供应。

就连偶尔的抱怨都透着亲昵，直喊小冤家："我这老冤家是那世里的孽障，偏生遇见了这么两个不省事的小冤家，没有一天不叫我操心。"

给刘姥姥介绍家中孩子时，说："我的这三丫头却好，只有两个玉儿可恶。"她到底是疼三个丫头，还是疼这两个"可恶"的玉儿，但凡对人情世故稍有了解，都不会有所误解吧？

撇开这些细节不谈，黛玉自己的精神面貌也是一面镜子。刚进贾府时小心翼翼，不肯多说一句话多走一步路，后来却口齿伶俐神采飞扬，这固然与宝玉的殷勤呵护有关，但如果不是感受到了贾母的疼爱乃至宠溺，她性格的整体色调大概都要调暗好几度。

作为一个慈祥的老外婆，贾母能够给黛玉的最大的福利，应当是给她安排一门好亲事。要门当户对，还要相貌才情相当，最关键的，得对黛玉好。这几条一列举，让人不想到宝玉都难。对于贾母来说，她最爱的两个孩子在一起，应当是最心甜意洽之事。

我猜贾母一定是动过这念头的，所以善窥人意的凤姐才老拿宝玉、黛玉两个开玩笑，虽然闹得黛玉很窘迫，但窘迫里未必没有甜蜜。凤姐的玩笑，是预热，也是推波助澜，她这样一个无利不起早的人，老是这么八卦兮兮的，当是感觉到了贾母的意图。

其实凤姐不必如此煞费苦心，贾母一句话顶一万句，但贾母就是不放下这句话来，我觉得，这是因为，她的内心也很纠结。

在宝玉的婚事上能说得上话的，除了贾母，还有王夫人。母亲有更多的话语权，也会因为更关情，而有更多的现实考量。

黛玉之美，极其风格化，不见得人人都能欣赏，而作为母亲，谁会喜欢一个动辄让儿子"死了大半"的女孩呢？

再说黛玉的身体是真不好。宝钗也不很健康，但她的病不过是咳嗽两声，吃一丸冷香丸就能搞定。黛玉的身体坏到在宝钗她们面前都"礼数粗忽"，别人也能体谅她实在是精力不济。作为一个母亲，谁愿意为自己的儿子娶一个"风一吹就坏了"的美人灯呢？

从世俗常理上讲，王夫人没法和贾母抗衡，但她背后还有另外一股力量，那就是元春的支持。

对黛玉和宝钗这两位小妹妹，元春都是一面之缘，印象应该不太深，书中只写她看到二人都如姣花软玉一般。赏赐节礼时，她却非常奇妙地将宝玉宝钗列为一等，黛玉和其他人列为另一等。这是一个太明显的暗示，宝玉是惊诧，黛玉是不爽，贾母应该能接收到更多信息。

王夫人和元春组合，等于在贾母画的那条明线之外，又画出一条暗线，至此，贾母不能不思考，怎样面对这件事。

如果她先下手为强，非要把黛玉许配给宝玉，王夫人她们也没办法，难不成跟贾母撕破脸，落个不孝的名声？但贾母不可能这样做。尽管曹公一直是用仰视的态度写这位老祖宗，但我们还是能对她的性格有个基本的掌握，那就是，和很多大人物一样，她的感性固然很发达，她的理性却更发达，而且，在关键时候，理性更能占据上风。

从晴雯事件里可窥一斑。

晴雯跟宝玉最后一次见面时，说："早知如此，我当日也另有个道理。不料痴心傻意，只说大家横竖是在一处。不想平空里生出这一节话来。"

她为什么会以为她和宝玉横竖在一处？我想，应该是，这个机警的女孩领会了贾母的意图。贾母自己也跟王夫人说："（晴雯）甚好……这些丫头的模样爽利言谈针线多不及她，将来只她还可以给宝玉使唤得。"

贾母向来审美优先，房间里珠环翠绕，她喜欢的人，也大都鲜明悦目，她想为宝玉收在房中的，自然是晴雯而非袭人，"袭人本来从小儿不言不语，我只说她是没嘴的葫芦"。但当王夫人告诉她，自己已经把晴雯撵出去，准备将袭人收房时，贾母也未做反对，只说："既是你深知，岂有大错误的。"她表达了对原本可能微觉不安的王夫人的信任，很快就把话题转到别处去了。

大人物都是这样，他们也许表现得很感性，最终还是会听理性的。刘邦的最爱是戚夫人和刘如意，但只要别人认真劝一下，他就会在明知道吕后一定会狠整戚夫人母子的情况下，确定吕后的儿子为接班人。如今职场上也是这样，千万不要以为饭桌上领导抬举你一下，就能保你江山永固，突如其来的宠爱，常常也会无缘无故地消失。

贾母在贾氏企业摸爬滚打多年，见惯风高浪险，手中又有许多利益可以分配，大家族的大领导，也算半个政治人物了，贾母不可能像个偃老太太那样，一意孤行地坚持自己的主张。

黛玉和晴雯的确不同，前面说了，黛玉是贾母心尖上的人，在正常情况下，贾母一定会坚定地维护她的利益，但事关贾母的核心利益，她就不能不三思而后行了。这个核心利益，就是宝玉。

即便贾母再疼爱黛玉，王夫人忧虑的那些，她也不能不考虑到，如果黛玉真的不适合做宝玉房中的当家人，她也不能非要这样。至于说，宝玉深爱黛玉，要为她寻死觅活，在包括贾母在内的贾家长辈眼里，也许是不需要耗费太多脑细胞的问题,"打小都是这么过来的",他们认为人人最后都会变成跟他们一样的大人。

在这种情况下,贾母的理性使她放眼黛玉之外的人选就不难想象了,但对于王夫人和元春中意的宝钗,贾母似乎并不买账。她的目光越过宝钗,投向宝琴,还让那个不着调的张道士帮着物色,完全无视宝钗的存在。

没错,小说一开始是说宝钗为待选秀女,但是除了这一笔之外,宝钗跟其他待字少女没有任何差别。有时候简直要怀疑作者原本有个意图,写着写着就丢掉了,否则不会有那么多前言不搭后语之处。

比如说,薛姨妈跟王夫人说,宝钗戴的那个金锁是个和尚给的,要等有玉的才能配。宝钗因此刻意地和宝玉保持疏远,黛玉也因此对宝钗十分顾忌,还曾在心中对宝玉叹息,你我之间为何来一宝钗,即便有金玉良缘之说,也该是你我才对啊。

如若宝钗是待选秀女的话,这些话题应统统不存在,更何况,宝钗这待选的时间也实在忒长了一点儿吧。

如若宝钗有嫁给宝玉的可能,那么,贾母执意将宝钗视为透明,便显得别具意味。我姑且根据我有限的人生经验猜一下,极有可能是,虽然贾母非常非常欣赏宝钗,但很有意思,有时候,你最欣赏的,并非你所喜欢的。

贾母对宝钗的欣赏在多处体现,宝钗十五岁生日,贾母特地要凤姐大办一下,又夸宝钗"千真万真,从我们家四个女孩儿算起,全不如宝丫头",王夫人也做证,说"老太太时常背地里和我说宝丫头好",证明不只是当面表扬。

这四个女孩儿,自然包括黛玉了,也包括探春,但贾母会喜欢一个外人多过自己的孙女、外孙女吗?她对宝钗的表扬,更像是领导的高度评价,很严肃，很正色，就差进一步给数据化了，这跟她提起黛玉时那口口声声的"小冤家"不同，跟一迭声地喊凤姐"猴儿猴儿"也不同。贾母对宝钗的欣赏，是透着距离感的，甚至有一种因为自己做不到她那样，所以才特别欣赏的意味。

宝钗知道像贾母这样上年纪的人喜欢热闹戏文，喜欢甜烂之物，但她也许不知道，贾母未必喜欢她这份知道。在长辈们面前，宝钗表现得像电脑程序一样无懈可击，若是碰到个同样追求秩序的人，比如王夫人，倒是很投缘。但贾母活到这把年纪，最看重的是快乐，宝钗，却是一个不能够像凤姐那样，能让贾母"狠笑"一场的人。

她的衣服太素净，房间太简约，表现太克己复礼，这些，都与贾母所爱迥然不同。人生阅历丰富的贾母应该能够想到，若是宝玉和她在一起，人生乐趣怕是会少很多。

是的，她可以放弃黛玉，但她同时也不想选宝钗，她于是放眼周边，宝玉的婚事因此一再拖延，这给宝黛恋情留下了足够的缠绵悱恻的时间。

宝玉后来是怎样失去黛玉的呢？又如何终于选择了宝钗？贾母和王夫人究竟做何感想？都是尽人猜测的话题。只有一点可以肯定，贾母的表现，绝不会像高鹗写的那样无情与粗糙。贾母这个老祖母，只是在前八十回里活色生香着。

史湘云的"诗与远方"

史湘云虽然不是《红楼梦》里的第一女主角,却在读者中人气超高。张中行说几个老头子闲来无事,推选《红楼梦》里的梦中情人,湘云得票最高,凤姐和黛玉还落了第。

就是这么个男女通吃人见人爱的人儿,却非宝玉的心仪对象。他对这个小妹妹,有欣赏,有怜惜,唯独从未有过男女之情。且举一例,第二十一回里,湘云留宿在黛玉的潇湘馆,一大早,宝玉跑来探望她俩,两人都还未起床。黛玉睡得斯文,"裹着一幅杏子红绫被,安稳合目而睡";史湘云却是"一把青丝拖于枕畔,被只齐胸,一弯雪白的膀子撂于被外,又带着两个金镯子"。

青丝,雪肌,金镯子,那被子即便不与黛玉同款,都是杏子红的,也一定色泽鲜艳。几者互相映衬,若是换个人,一定会让宝玉浮想联翩。

当时宝玉正值躁动期,对可卿大起性幻想自不必说,就是在送可卿出殡的路上,遇到个活泼点的"二丫头",他也很滑稽地以目送情,恨不得跟了人家去。更不用说,就在这不久之后,他窥见人家宝钗"雪白一段酥臂","不觉动了羡慕之心",只恨没福得摸,气得黛玉拿手帕打他。

但宝玉对湘云这"雪白的膀子"却无感,只是叹道:"睡觉还是不老实!回来风吹了,又嚷肩窝疼了。"说着还替她把被子盖上了,真跟亲哥哥一样。

多情如宝玉，很罕见地对湘云体现出一种坦荡的兄妹情。起个诗社，他缠着贾母去史家将她接来，大雪天烧烤鹿肉，也是他和史湘云的主意，较之娇弱的黛玉、稳重的宝钗，他俩更能玩到一块、疯到一块。

但是这种志同道合似乎丝毫不能让感情升温。宝玉一向最不爱听哪个女孩子要出嫁，听袭人说她那个穿红的表妹要嫁人，心中都大不自在，偏偏听了湘云的"喜讯"还能跟她道喜，也没习惯性地表达过一丝惆怅，在《红楼梦》里是个特例。

不必为湘云委屈，宝玉心中没有湘云，湘云心中也没有宝玉。

宝玉虽不才，作为万花丛中一点绿，荣国府里唯一一个和女孩子们来往热络的公子，也曾撩起许多女子的情思。黛玉对他一往情深，宝钗亦为他红过眼圈，更不用说袭人、晴雯她们的心心念念。

但耳鬓厮磨中，湘云并未对他日久生情，倒是听袭人提起自己订婚之事，洒脱如她，也由不得红了脸，显见得有一份情愫在心里，不似她在宝玉面前的"英豪阔大"。

为啥他俩青梅竹马，彼此却不来电？虽然书中有"木石前盟"之说，但人们在深爱时，常常都爱说些"前世有缘"的话，"木石前盟"之说，不过是把这种说法具象了。把目光拉回史湘云和贾宝玉的现实中来，我们会发现，他们不来电，是因为，在年轻时候，他们同我们一样，爱恋的都不是身边的风景，而是诗与远方。

黛玉出场，在书中很有一番渲染，宝玉本人，更有似曾相识、似幻似真的感觉。宝钗到来，虽然只是简单交代了一下，但也是个节点。

你知道湘云是什么时候出场的吗？是在第二十回中，"忽见人说：'史大姑娘来了。'宝玉听了,抬身就走"。来到贾母屋里,就见湘云在那儿大笑大说了,还没介绍她的来路,宝玉和黛玉又怄上气了。

宝黛两人爱怨交织、缠缠绵绵,把个湘云丢到了一边,后来也就没怎么介绍过湘云来历,只是从湘云姓史,贾母又曾语气亲切地回忆过自己和湘云爷爷的年轻时代看,她大概是贾母兄弟的孙女。

湘云小时候,袭人伺候过她,可见她打小生活在北京城里,北京大妞一个,并因为贾母的缘故,经常出入荣国府,她和宝玉相识应早过黛玉。

湘云和宝玉如果是比较生活化的人,没准儿就能顺水推舟地相爱;然而他们诗写得怎样且另说,诗人气质却都十足,这注定他们"只爱陌生人"。

黛玉让宝玉感到"似曾相识"的同时,又具有非常强烈的陌生感。这个性格细腻的苏州少女,像南方的那些植物,感性、娇弱、诗情画意,却又时时不安与警觉,都迥异于宝玉身处的日常。黛玉一个人,就能营造出一整个远方。

宝钗则来自南京,这就先输了黛玉一筹。贾家本来就是从南京迁来的,家中还有仆人在南京看房子,对南京自然不像对苏州感觉那么神秘。况且宝钗奉行"藏愚守拙",竭力表现得无色无香无味。宝玉选择了黛玉而不是她,并不是什么"亲不间疏,先不僭后"的缘故。

宝玉对于湘云,更熟得过分;湘云对于宝玉,也是同样。

湘云喜欢穿男装,爱吃螃蟹,喜欢烤鹿肉,热衷于尝试新奇的生活,对于宝玉的千百款温柔她根本就是免疫的。

她的未婚夫,虽然是叔婶之命、媒妁之言,却是一个具有各种可能的陌生人,从她的曲子《乐中悲》里,将这人称为"才貌仙郎"看,他的口碑应该相当不错。这些,都使湘云脸红地快乐着,也使宝玉忘记了他的"女儿一嫁人就沾了汉子气，变成鱼眼睛"之说，打心眼里为湘云感到高兴。

在整个前八十回，曹公都近乎刻意地表现出，宝玉和湘云，各有各的诗和远方，如果没有变故，他们的人生，就是两条平行线。

可是变故来了，如大风暴，摧枯拉朽，席卷并改变一切。宝玉和黛玉的一场情缘，变成"心事终虚化"，按照那些判词和曲子的暗示，宝玉和宝钗，应当有过一段姻缘，但最后，宝玉很有可能是和湘云在一起的。

第三十一回，宝玉从外面弄了个"赤金点翠"的金麒麟，他记着湘云有这么一个，就要送给她，黛玉为此还很吃了一些醋，这一回的回目就叫作"因麒麟伏白首双星"。

"白首双星"是谁？当然不是那位早逝的才貌仙郎，书中都说了，这段姻缘是"云散高唐，水涸湘江"；也不会是送给宝玉金麒麟的那些可怜的道士，这个麒麟后来一直在史湘云手中；双星里的那一星，十有八九就是它一度的拥有者——宝玉。

这个观点，非我一人独有，红学老专家周汝昌曾长篇大论地论述过。我同意这种命运的安排，却不同意他对这种命运的诠释。作为一个坚定的"拥湘派"，他甚至认为，曹公写黛玉的各种小毛病，都是为了反衬湘云。连"木石前盟"，他都觉得指的是宝玉和湘云，而不是宝玉和黛玉。

我不觉得宝玉和湘云之间会发展出前所未有的爱情，爱情是要有激情的，而激情，我得说，它多少是由新奇感推动的。在过去的那么多年里，他们那么熟，却执意不相爱，怎么会在若干年后，在经历了聚散伤痛之后，人近中年的两个人，突然迸发出巨大的激情来？

那更应该是一种取暖式的亲情加友情。在湘云丧夫、宝钗去世之后，饱经磨难的两个人，因了各自的不容易而在一起。曾经视若性命的事物，有的融入自身，有的化为记忆。我们还得活着，活下去，虽然我们不曾相爱，现在，却能给予对方活下去的力量。

这不是爱情，却比爱情更显得意味深长。年少时的诗与远方，中年时的苍鬓颓唐，灯下两两相望，这一生如梦似幻。如果你认为人生里最重要的是滋味而不一定是幸福，命运这样安排，也不算太糟。

这就是曹公的高明之处。他能够写尽相爱的好，也能写尽不相爱的好，有如大河，浩浩汤汤，泥沙俱下，千转百折，跌宕连绵。他的节奏，是审美单一的周老很难懂得的。不过这也没什么，评论家最常干的事，就是谬托知己，就连本人，在这里条分缕析，喋喋不休，曹公若九泉有知，没准儿也只是摇摇头无奈一笑呢。

黛玉打赏为何总是出手大方

有次看到一个说法：最好的消费观是没有物欲但花钱随性。我觉得太对了，要想自由，两者缺一不可。

比如说豆瓣上的"抠神"王神爱，就没啥物欲，一年置装费只有一百块，衣服鞋子大多是朋友淘汰的。看到这里我还觉得挺好的，尤其赞成她说的那句"如非必要，勿增实体"。但她又说，她特别怕花钱，花钱让她紧张。就觉得，没那么好了。

她对物质不执迷，对钱很执迷，很难花钱随性，作为个人生活方式未尝不可，离自由还远着呢。

自由是"本来无一物，何处染尘埃"，物质也罢，钱也罢，都为我所用而已，想花就花，心情轻松地花，心平气和地花，不是孤注一掷的包法利夫人，也不是一钱如命的葛朗台。

想起《红楼梦》里的薛宝钗，持有的正是这种消费观。

她的住处"如雪洞一般"，没有任何摆设装饰，贾母都看不下去，叫人拿了东西来强行帮她布置。她的衣着也是"一色的半新不旧，看上去不觉得奢华"。但另一方面，她出手阔绰，资助邢岫烟度日，供应林黛玉燕窝，帮湘云请客，单是那螃蟹就价值二十两银子，够一个庄户人家过一年。

真正的财务自由是成为金钱的主人，可以按照自己的心意花钱，不会被人性的贪婪与吝啬牵制，像薛宝钗这样。

能如此当然很完美，事实上绝大多数人都无法做到。那是金钱加智慧合力堆出来的一种潇洒，更多的人，是被一文钱难死的那个英雄汉，万丈豪情消散在"没钱"二字之前。

比如史湘云，是个霁月光风英豪阔大的女孩子，有才华，有情趣，听说大观园里做诗社，张嘴就说要做一次东。还是宝钗提醒她，做东是要花钱的，湘云想到钱的事，内心踌躇起来。

"踌躇"二字用得好，有多少激情化作一场"踌躇"。好在宝钗愿意帮她，更妙的是，湘云懂得宝钗对她的懂得，很快就能把钱这个事丢开，高高兴兴地和宝钗商议着怎么弄诗社了。

原本我不大喜欢湘云，少年时候对黛玉代入感太强，总觉得湘云维护宝钗，时不时针对黛玉。当时的自己太年轻，身在其中，反而不能宽容同样是年少者的意气用事。直到看到这里才有点儿感触，侯门千金与我等原来有同样的痛点。

和史湘云一样，我当时也很缺钱。我们这种缺钱，不是《平凡的世界》里孙少平那种艰于生计的缺钱，就感觉，世界像是对你打开了，又好像没有打开，有点儿像鲁迅《琐记》里所言："我其时觉得很有许多东西要买，看的和吃的，只是没有钱。"

到底是爱吃甜食懂得穿衣之道的迅哥儿，换别人，怕是不太好意思这么写。这种穷不够深刻也不够宏大，但对于少年，就是挡在自己和世界之间的壁垒。

再看湘云就有了些亲切感，以前不以为然的，现在可以体谅了。相同的窘态，也会产生某种同理心，这是一个很奇妙的阅读体验。

荣国府里实行配给制，黛玉最初见到迎春、探春、惜春三人时，她们都是一样打扮，想想也没意思，罗素说参差多态是幸福之源，没有了差异性，穿得再好又有什么意思？

但探春总有办法从没意思里变出有意思来。探春头脑清晰，行动力强，处理问题很铁腕，但她也有小儿女的一面，喜欢"柳枝儿编的小篮子儿，竹子根儿挖的香盒儿，胶泥垛的风炉子儿"，为此攒下了十来吊钱，要宝玉出门时帮她带。

唉，要是探春能跟《浮生六记》里的芸娘那样，自个儿去逛街去挑选该有多好。

且不说这些，只说探春用了个攒字，可见这些钱存下来也不易，别的不说，她亲妈赵姨娘没准儿就会打她的主意。她请宝玉带东西，赵姨娘听岔了，以为她把钱给宝玉花，好大的不忿，跑到她面前抱怨生计艰难，又问有钱为什么不给环儿使，要给宝玉使呢。

但探春是个有主意的人，不理会这种无理压榨，管好自己的月钱，买回自己喜欢的东西，把小日子料理得像模像样。看上去很容易，设身处地地想就知道不容易。探春也算做到了修身齐家，可惜没有治国平天下的机会，但她总有办法给自己多一点儿空间。

迎春就不及她，一样是庶出的女儿，探春泼辣，迎春懦弱，总是被人占便宜，她没有勇气跟人计较，只能躲到一隅，求一点儿宁静。

她有个戴在头上的攒珠累丝金凤，探春和惜春都有，重要场合，姐妹三个都得戴着。荣国府这礼仪，跟英国王室也有点儿像了，什么日子，什么场合，戴什么首饰，是有一定之规的。

迎春的奶妈是个赌徒，拿了这累丝金凤去当掉当本钱——是不是想起杭州的保姆纵火犯？输红了眼的赌徒就是这么丧心病狂。

这奶妈本来指望赢了钱就赎出来还给迎春，哪想赶上贾母在荣国府查赌，奶妈暴露了，还是个大头家。贾母震怒，把这奶妈打了四十大板，让撵出去。

八月十五快到了，迎春要戴这累丝金凤，奶妈的儿媳妇跑来找迎春，要她到贾母面前说情，给出的条件是可以把这累丝金凤赎回来。

拿了人家的东西去当，要人家帮你办一件难度特别高的事才送还，这跟抢劫有啥区别？迎春的解决办法是："算了算了我不要了。"

奶妈占她便宜也罢了，她名义上的表姐妹邢岫烟，是个很可爱的人，为生计所迫，少不得也要占她便宜。

邢岫烟一个月也有二两银子月钱，无奈邢夫人说，岫烟住在迎春这里，有些东西可以用迎春的，要省出一两银子交给父母。

这叫什么话，邢岫烟凭啥用迎春的东西？其实岫烟还要拿出钱来请奶妈丫鬟吃酒，后来竟弄到冬衣都要拿去当了度日。难怪邢夫人被称作尴尬人，她只要一思考，大家都尴尬。

但迎春被称为"有气的死人"，人家来占她便宜，她就让人占去好了，这样肯妥协好说话，估计也没啥物欲。

黛玉的经济状况似乎比探春迎春们要好一些。宝玉屋里的佳蕙奉命去给林黛玉送茶叶，正好碰到贾母给黛玉送钱，她正分给丫鬟们，就顺手也抓了两把钱给佳蕙。把佳蕙喜欢得不行不行的，直说"我好造化"，特地要小红帮她收起来。

宝钗派老婆子去给黛玉送燕窝，黛玉对老婆子非常客气，好一通寒暄，还叫丫鬟给她几百钱。一吊钱是一千文，晴雯的月钱也才一吊钱，老婆子这一趟可太值了。

不知道贾母给黛玉送的钱是什么名目，又是多少，黛玉很可能比探春迎春不差钱。但是不差钱是一回事，愿意给钱是另一回事，黛玉每每大手笔打赏固然因为慷慨，也是因为敏感。

虽然很多人说黛玉的财产被荣国府昧下了，这里且不考据，起码在黛玉和仆人心中，她一无所有，所有吃穿用度都要贾家买单，宝钗建议她吃燕窝，她摇头说："老太太太太凤姐姐这三个人便没话说，那些底下的老婆子丫头们未免不嫌我多事了。你看这里这些人，因见老太太多疼了宝玉和凤丫头两个他们尚且虎视眈眈，背地里言三语四的，何况于我？"

这也很奇怪，主子间谁得宠，关这些下人什么事？只能说是人红是非多，当红明星也常常被喊话"滚出娱乐圈"呢。

黛玉以穷亲戚自居，不想被她们看轻，出手特别阔绰也就好理解了。张爱玲小说《留情》里说，"阔了，尽管可以吝啬些，做穷亲戚，可得有一种小心翼翼的大方"，"越是没有钱，越怕在人前应酬得不周到，给人议论"。好像理直气壮地吝啬，也是有钱人的特权。

这样说好像有点儿冒犯，但窃以为这正是黛玉的好处。她孤高自许，同时也是通人情的，并不因为一身诗意就无视账单。从她付小费的手势里，我们可以看到一个自尊与自卑兼具，同时又能体恤他人的灵魂。

不经意间体现出来的消费观比大声吆喝出来的世界观，更能体现一个人的实质。即使是千金小姐，在大观园这样不怎么需要花钱的环境里，也还是有一个怎么面对钱的问题，花钱的姿态，展现了她们的个性和人生历程。

那些女孩教他的事

为迎接元春省亲，贾家特地去江南采买了十二个小戏子。原本很封闭保守的大观园，突然来了几个风格迥异的女孩子，就像是吹来一股清新的风，带来了不同的东西。

在梨香院，宝玉目睹龄官对他的厌弃和对贾蔷的痴情，懂得了一个人这一生只能得到一份眼泪，确定黛玉是那个用眼泪葬自己的人。

这领悟很重要，但是还没完。没错，一个人只要得一份眼泪就够了，可是，你确定这一份眼泪，你就能得到吗？你认准了你爱的人，但你爱的这个人，真的能与你在人生里共进退吗？

黛玉的丫鬟紫鹃的试探之语，可以看成命运的一次预演。紫鹃对宝玉说，将来，你林妹妹是要离开的，回苏州去。这话，原本是因为紫鹃对宝玉不放心，随口诓他的。她不知道，自己随口就说出了真相。

宝玉当时就魔疯了，整个人死了一半，醒来之后，依旧是疯话连篇，要将所有可能把黛玉带走的人都撵走。他是个痴人，但到底不脱本色，半死不活的了还在撒娇，对贾母，更是对命运，好像这样就可以把林妹妹留下来。

待他好转，他还安慰紫鹃说："活着，咱们一处活着；不活着，咱们一处化灰化烟。"但他的潜意识里，未必真的能够放下忧惧。就在这时，他遇上了另一个小戏子藕官。

且说这天他拖着大病初愈的身体,在大观园里闲逛,正好碰到藕官因为烧纸被老婆子举报。宝玉挺身而出,护下藕官,问她为何烧纸。这一问不当紧,他不小心掀开了一个深邃的情感世界。

藕官原本是扮小生的,她和小旦药官在舞台上柔情蜜意,在台下,寻常饮食起坐间,亦是你恩我爱,"药官一死,他哭的死去活来,至今不忘,所以每节烧纸"。

这是一段假凤虚凰的情事,小生藕官把自己当成了男子。按照李银河老师的说法,藕官与药官,就不能算是同性恋。这里面的学问太大,也不用去细究,但是,在芳官看来可笑又可叹的情事,却让宝玉"又是欢喜,又是悲叹"。

他看到的只是情意。人世里有太多冷和硬的东西,能在利益得失之外,还有这样一种温柔,就已经很动人了。

药官不幸早逝,戏班子里又补进了小旦蕊官,藕官待她一样温柔体贴。有人问她是否得新弃旧,她说:"这又有个大道理。比如男子丧了妻,或有必当续弦者,也必要续弦为是。便只是不把死的丢过不提,便是情深义重了。若一味因死的不续,孤守一世,妨了大节,也不是理,死者反不安了。"

宝玉听了这话,称奇道绝,说:"天既生这样人,又何用我这须眉浊物玷辱世界。"他感觉到这些话的境界,但那赞叹,还是局外人的赞叹,只是觉得好,不知道因何成其为好,更不知道,这将是拯救了他的几句话,在黛玉离开他之时。

传奇里的爱,生可以死,死可以生。但它不是真实的人生。即便是《泰坦尼克号》这样的爱情大片,其中一个死了,另一个还是要活下去。一方面贪生是人之天性，再则，人活世间，有太多责任与义务，即便为一个人痛不欲生，还有很多人，让你想为他们咬着牙关活下去。接下来的日子怎么过，就成了摆在面前的一个难题。

你可以惨兮兮地往下活，睹物思人，形影相吊，把自己的后半生变成一座活着的纪念碑，让每个人知道，你爱过，现在还在爱着。

你也可以，像藕官这样，把那个人放在心里，若无其事地活着。也许，活着活着，你就会忘记你的思念。因为，在你缄默的怀念中，那个人已经融入你的生命，变成你的一部分。当你和自己在一起时，就是和他（她）在一起了，你把两个人，活成了一个人。

我知道在这种事情上不应该有分别心，但还是要说，很明显，后面那种活法更强大，更自由，更不落痕迹，也是更加深刻的纪念。从那些判词和曲子里看，宝玉最终选择了这样的活法。

龄官和藕官，这两个唱戏的女孩子，在当时被人践踏鄙视，但就是她们，一次次地点醒了宝玉。窃以为，藕官这个戏份极少的姑娘，对宝玉的影响力更大。

如果说龄官教会了宝玉怎样去爱，藕官则是教会了宝玉怎样自由地爱。这爱，超越性别，超越生死，也超越他人或是自己赋予的各种道德捆绑，将爱从各种形式感的俗套里拯救出来，变成对心爱的人与事的一个结实的、发自肺腑的拥抱。

天上掉下来个薛宝琴

秦可卿乳名兼美，因为她身上既有宝钗的鲜艳妩媚，又有黛玉的风流袅娜，因此被很多人目为红楼第一美人。然而，《红楼梦》里，更有一人，在宝钗、黛玉之美之外，还多了份湘云的自然明朗，但在读者心目中印象模糊，这个人，就是薛宝琴。

薛宝琴，是宝钗的堂妹，在第四十九回方露面，书中介绍她说早年许配给了梅翰林之子，她哥哥带她进京准备将她发嫁。看到这里我有点儿疑惑，怎么说也是薛家的千金大小姐，难道不该是梅翰林派人去她家迎娶吗？这突然跟着哥哥进京，此后关于梅翰林家的消息一丝也无，算是怎么一档子事呢？

暂且不八卦，只说她出场晚，露面少，但曹公在她身上，不吝一再使用重量级词语。

她一到贾家，宝玉就先犯了魔疯，仰天长叹："你们成日家只说宝姐姐是绝色的人物，你们如今瞧瞧他这妹子，更有大嫂嫂这两个妹子，我竟形容不出了。老天，老天，你有多少精华灵秀，生出这些人上之人来！"

如果说，宝玉感慨的还是这样美丽的几个女孩子一起出现，他被"一把子四根水葱儿"的曼妙景象照花了眼，探春"据我看，连他姐姐并这些人总不及他"的评价，则把宝琴从人堆中挑了出来，凸显了她自己的无二光华。

若是这些评价还都不够权威，荣国府里最资深的美女鉴赏家非贾母莫属，她是外貌协会的老会员，托张道士给宝玉说亲时强调，姑娘家境坏点都没关系，只要长得好就行。

日常生活中，贾母更是时常表现出在美女鉴赏方面的独特爱好，今天称赞凤姐和平儿是一对美人坯子，明天撩起尤二姐的裙子看看是不是个齐全孩子，她喜欢晴雯多过袭人，与对美女怀有戒心的王夫人截然不同。

贾母对薛宝琴的喜爱简直是无以复加，唯有以行动表达。先是逼着王夫人认了干女儿，又留薛宝琴住下来，注意——不是让她住到大观园蘅芜苑薛宝钗那里，而是与自己同住，可见宠爱到何等地步。

贾母送给薛宝琴凫靥裘，金翠辉煌，文中借湘云的口说，"可见老太太是真的疼你"，她那样疼宝玉，也没给他穿（话说斗篷是不分男女款的啊）。贾母还对薛宝钗千叮咛万嘱咐，生怕她管紧了这个可爱的小妹妹。贾母又跟薛姨妈打听宝琴的生辰八字，想要替宝玉求娶。

以上描述，着重于薛宝琴的外表，接下来的几章，又通过作诗联句等各种方式展现了薛宝琴的才华。每一次她都艳压群芳，赢得全场喝彩。

此外，她自小跟父亲遍访名山大川，眼界开阔，见多识广。她对于在西海沿子上邂逅的真真国女孩子的介绍，让幽居于大观园里的姑娘们神往不已。

连一向对人挑剔的黛玉，都亲亲热热喊她妹妹。一方面，因了黛玉对宝琴的深情厚谊；另一方面，也说明宝琴这个小妹妹确实不寻常，谈笑间，就将大观园的上上下下给征服了。

但是，这样一个完美的人物，在读者中，却没有与之匹配的人气。关于《红楼梦》的论坛上，她很少被提起，似乎是她的完美让她失了真，失去了质感与辨识度。

为什么会这样呢？是曹公终于功力不逮，还是文字背后另有隐情？要想弄清这是怎么一回事，还得结合前后文来看。

《红楼梦》里，宝玉的感情是分阶段一直在发展的。最初他是青春期里的躁动少年，对路上遇到的村姑都兴致盎然，梦想着用所有美好的女孩子的眼泪为自己送葬。他忙忙叨叨，又有一份幼稚的贪念，这让黛玉很不放心，时而针对宝钗，时而跟宝玉怄气。

到了第三十六回，宝玉隔窗窥见龄官与贾蔷的恋情，他方明白，不是所有的女子都会用眼泪葬你，即使你身份更高贵，那些女子眼里也只有她们珍爱的人，所以，只是各人得各人的眼泪罢了。

这个领悟，打通了宝玉、黛玉和宝钗三个人的关系。宝玉对黛玉铁了心，黛玉对宝玉放了心，也能够对宝钗做善意理解。如黛玉所言，一开始，黛玉不喜欢宝钗，就算人人都夸宝钗好，黛玉也只当她心里藏奸。直到宝钗抓住她的口误，却在人前不动声色，背地里劝她不要看那些"杂书"，黛玉方才觉得是自己错了，对宝钗有"大感激"。她就此当宝钗如亲姐姐一样，在秋天的雨夜，盼望她能够来看望自己。两个好女子的友情被曹公写得澄澈如水晶，读来令人神往。

然而，水晶琉璃皆易碎，美好的事物，也常常让人提心吊胆，担心是否结实坚固，通常，我们不敢去试验，但我们又希望，它是经得起试验的。

薛宝琴的出现，是曹公特地取出的一块试金石。薛宝琴更美更有才，贾母都想为她跟薛家提亲了，宝玉亦没有一点儿分外之想，明确告诉紫鹃，宝琴与他的生活无关。

他对宝琴的好，全是哥哥式的，他知道她美、有才，却没有一个细节表现出她那种让人心动的魅力。《红楼梦》固然是全景式的作品，很多时候，却又是通过宝玉的眼睛来扫描的，我们看到的宝琴，便也只是这样完美但不迷人了。

对于黛玉和宝钗刚刚建立起来的友谊，薛宝琴的出现亦是一次严峻的考验。湘云不知道黛玉和宝钗已经缔结了友谊，或者她知道，但她对那友谊信不过。当贾母一再表现出对宝琴的宠爱时，宝钗半开玩笑地对宝琴说"你倒去罢，仔细我们委曲着你，我就不信我那些儿不如你"时，湘云说："宝姐姐，你这话虽是顽话，恰有人真心是这样想呢。"琥珀指着黛玉说就是她，湘云不说话了，宝钗笑着说："我的妹妹和他的妹妹一样。他喜欢的比我还疼呢，那里还恼？"

如果说湘云多少有点儿幸灾乐祸，宝玉则一直隐隐有些担心，担心贾母疼爱宝琴黛玉心里不自在，这次看到黛玉真的像宝钗说的那样，赶着宝琴喊妹妹，待她如亲妹妹一般，心里也觉得惊奇。直到黛玉跟他说了来龙去脉，他方明白黛玉与宝钗私下里已经是"孟光接了梁鸿案"。

宝琴的到来，试出那友谊和爱情的坚固，所以她要才貌双全，要人人称羡，要得到最夸张的褒奖，再由作者峰回路转地告诉我们，宝玉，已经择定了他那一瓢饮。再美丽的世界，都不能让他的心起大波澜。又如余光中的诗里写的："如果有两个情人一样美一样的可怜，让我选有雀斑的一个，迷人全在那么一点点，你便是我的初选与末选……"

我不知道八十回后宝琴有没有自己的故事，但在她出现的这几章里，她很好地完成了自己的历史使命。天上掉下个薛宝琴，宝琴姑娘是为了证实别人的故事而来的。

叶底藏花一度，梦里踏雪几回——妙玉的爱情

金陵十二钗里，妙玉算是最不讨喜的一个。李纨说起她，都皱着眉头来一句，"可厌妙玉为人"；宝钗黛玉与她保持距离；唯一与她有所过从的邢岫烟也清楚地知道，妙玉与她下棋聊天，不过是些微故人师生之谊，未必真的看重自己；在锦绣成堆佳人如云宝玉时常感慨老天到底有多少地杰人灵能生出这么多优秀姐妹的大观园里，妙玉落落寡合，没有一个闺蜜。

按照一般规律，没有闺蜜的女人是可疑的，她不能从正常的人际关系里获得快乐与滋养。

就算不按这种八卦心理学的路子，她在贾母和刘姥姥面前的不同表现，也挺招人厌。人家刘姥姥不过尝了口妙玉恭敬地端给贾母的茶，她至于嫌憎得连杯子都不要了吗？而那句"幸好我没有用过，否则砸了也不给她"，更是把自己看作天上的云，把对方看成地上的泥，叫人齿冷到无语。

曹公工笔画般刻画出这林林总总，为妙玉招来那么些讽嘲乃至毁谤，在这个前提下，若是我说，妙玉是让曹公感动至深的女子，您会不会说，这，不科学？

然而这正是曹公的过人之处，他写出了与众不同的恋爱症候。有人爱着的时候会变得柔软温情；有的则相反，变得凌厉易怒，杀气腾腾；还有一种，像妙玉这样，原本有些敏感的，会变得格外矫情忸怩，令外人嫌憎，唯

有那被她所爱的人，注视着她不合人之常情的举止，反而有异样的感怀。

妙玉的矫情，集中体现在第四十一回。这一回中，贾母带着刘姥姥及家里上下人等来到栊翠庵妙玉处喝茶，妙玉连忙迎了出来。

曹公接着写道，"宝玉留心看妙玉如何行事"，也就是说，他刻意地在观察妙玉的表现。这在宝玉和女孩子的交往中很少见，对宝钗黛玉乃至袭人平儿等人，他有景仰有爱慕有怜惜有情欲，唯独很少会有这样刻意的观察。究其原因，大约因为妙玉是一个尼姑，一个美丽清高的尼姑，是宝玉经验之外的女子，他对她有兴趣，也有好奇。

妙玉的表现却不怎么样，在贾母面前虽然还努力做到不亢不卑，两个"忙"字（忙迎出来，忙烹了茶来），加上"亲自"，加上"笑道"，已经低下了身段，曹公这看似不带情绪的白描，可谓绵里藏针。

众人喝茶的当口，妙玉把宝钗黛玉的衣襟一拉，示意她们跟自己去喝茶，宝玉看见宝钗黛玉们去了，也跟着去了。这一出乍一看挺奇怪，我们之前没有看到妙玉和宝钗黛玉有交往，突然间怎么就能毫不见外地拉人家衣服示意人家跟自己走。

但《红楼梦》的妙处就是，作者并没有说他会每个死角都写到，读者可以想象，当曹公的镜头对准正在和平儿算账话家常的凤姐时，也许黛玉宝钗与妙玉有过片刻的心领神会，所以又不奇怪。

但我们继续看曹公描述，宝钗与黛玉在妙玉那儿，其实也没什么话好说。黛玉只是问了一句那茶是不是雨水煮的，就招致妙玉的一通冷笑："你这么个人，竟是个大俗人，连水也尝不出来"（这句话，把黛玉古往今来的粉丝也得罪得差不多了吧），真是话不投机，然后宝钗就拉着黛玉出来了。

可见得，宝钗黛玉未必想去喝妙玉那杯茶，妙玉呢，也未必真心想请她两位喝那杯茶。我不能说，妙玉千方百计地，就是想用宝钗黛玉做诱饵引宝玉入彀，但是，她若能扪心自问，只怕不能不承认，她心中真正的客人，只有宝玉一位。

所以，表面上看，是宝钗黛玉妙玉宝玉四个人在喝茶，看仔细了，宝黛二人不过是个摆设，说笑的，只是妙玉宝玉二人而已。

出现在妙玉茶室里的宝玉，与往日不同，有种看似殷勤实则轻浮的饶舌。他拣妙玉喜欢听的说，恭维金玉之器到了妙玉这里都成了俗物。妙玉听得开心，脸上绷得越发地紧，正色道："你这遭吃的茶是托她们俩的福，独你来了，我是不给你吃的。"宝玉是何等知情识趣之人，回答道："我深知道的，所以我也不领你的情，单谢她们便是了。"

俩人你一言我一语，说得好不热闹，只可惜，作为读者的我们才是深知，妙玉固然是欲盖弥彰，宝玉嘴里也没一句实话。

妙玉那样说，是要掩饰她的心；宝玉那样说，是帮她掩饰她的心。他清楚妙玉心里有他，他的轻浮，他的饶舌，皆是为了制造那样一种轻松的气氛，帮这个又骄傲又自卑的女子，把她那份深心一笔带过。

是的，妙玉心里有他。正因为有他，又不可以有他，她才要把脸抬得更高。她对刘姥姥，当然是有不屑的，可言辞那么犀利，不过是因为他在旁边；她对黛玉尝不出水来，也确实觉得怪异，可如果宝玉不在，她的表达，是否就会温和一点儿？爱情让她一举一动都用力过猛。

骄傲的女孩子的爱情就是这样。她们不可能像刘巧珍那样，一往情深不计后果地去爱，她们害怕被拒绝，所以她们先要表达拒绝之意。妙玉高傲的姿态正是趋于此。可与此同时，她的身体在趋近于对方。她们身上的所有矛盾加起来可以变成一句话："你不要以为我喜欢你——"可傻子都知道，她要是不喜欢，就不会这么说了。

曹公寥寥几笔，将这样一个女子的心态，勾画得纤毫毕现，我不由要怀疑他的人生里确实有过这样一个人，他曾得到过这样一份爱。当他坐在她面前，看她装腔作势，看她强要遮掩，他了然于心，但道破也是唐突，他只是循了她的心意，去扮演她希望他扮演的形象。

因为懂得，所以慈悲，这句被引用滥了的话，放在这里，是合适的。放在离去的宝钗黛玉身上，亦是合适的。

黛玉自不必说，每次集体行动，都和宝玉如影随形。宝钗虽然记住要避嫌，但书中也有几次写宝钗把宝玉拉走。可是这一次，她们两人先走了，并没有喊宝玉一道，我不能不猜想，对于妙玉的那点情愫，她们心知肚明。

她们知道，对于那个栊翠庵里的寂寞女子，这是金子一般的光阴，一旦宝玉离开，便不知何时才可以再见面，偌大个大观园，隔了那么多的柳暗花明，粉壁红墙，若无机缘，转身，便是天各一方。

她们是存心把宝玉留下的，倒不为促成什么——黛玉爱着宝玉，宝钗又向来对风月之事不以为然，当然不可能牵这个红线。我只能说，那只是模糊的对某种美好情感的呵护。

尤其是黛玉，她看上去小心眼爱吃醋，却只是针对跟她同质的宝钗而已。她理解一个男人的感情可以有很多种，对宝玉琪官的那样一份情意都理解，对于这个刚刚对自己出言不逊的妙玉的感情，则有理解之同情。如果说，这里表现得还不明显，我们接着朝下看，第四十九回宝玉去妙玉那里求红梅一节，算得上一个呼应。

第四十九回里，李纨要宝玉去栊翠庵折红梅，原本想叫丫鬟跟宝玉一道去，黛玉忙拦住说："不必，若有了人反不得了。"她明白妙玉的心，但不吃醋，倒像对一幅绝美的艺术品那样，暗中成就，阻拦给它强加上恶俗的边框。

叶底藏花一度，梦里踏雪几回。妙玉的爱情，只能是这样了，她在栊翠庵，远望墙外的花红柳绿，在流年中，守住自己那颗寂寞的心。在宝玉生日到来之时，提笔在粉笺上给他写"怪诞诡僻"的贺词。还好，宝玉看到得虽晚了点，发现的时候却是"直跳了起来"。宝玉的惊怪让我大感欣慰，好像心里有个缺口被填上了一般。

重新回到开头，在《红楼梦》里，妙玉的爱情，不像宝黛那样坦然，也不像龄官和贾蔷那样旁若无人，当然更不似开头提到的金哥儿和李公子那样生死相随，它隐约、含蓄、忸怩、做作，乍一看让人反感，仔细看，却深深为之触动。因为，我们自己的爱情，也常常是这样。这个不讨人喜欢的妙玉，是我们心中住着的另一个自己。

几点痛泪，一杯淡酒

凤姐手下人的名字，都不怎么讲究，弄不出"袭人""麝月"这种"精致的淘气"，她的小厮就叫"兴儿""旺儿"，相形之下，"平儿"还算好点，起码无功无过吧。

名字寻常的平儿，并不是个寻常人。宝玉在太虚幻境翻"金陵十二钗"的册子，"副钗"和"又副钗"里只随手翻出香菱、袭人、晴雯三位，我猜因为这三位是在黛玉、宝钗之外，和他有过感情瓜葛的女子。如果他有耐心，多翻几个，是否就能翻到平儿的呢？不知道平儿是在副钗还是又副钗之列，但撇去情感因素不提，在美人如云的荣国府里，主子丫鬟放一块数，她都在最出类拔萃的那几个之列。

首先，平儿聪明，聪明里还带着智慧。她是凤姐的四个陪房丫头之一，兴儿说，那三个死了的死了，嫁人的嫁人。死了的倒也罢了，为什么平儿没有嫁人而是留了下来？这也是一场大浪淘沙，向来对聪明人更感兴趣的凤姐，愿意把平儿留下来，说明她确实十分得力，而书中草蛇灰线地对平儿的聪明能干多有表现。

日常事务的处理自不必说，一个人的聪明才干往往体现在遇到突发事件时。探春的"改革"就是一个考验平儿的时机。

探春没跟凤姐打招呼，就在大观园里发起了"包产到户""开源节流"

等运动,这对前任,略显冒犯。平儿是凤姐的心腹,和凤姐利益一体,若换个不省事的,不说赵姨娘了,就是晴雯、司棋等人,大概都很难接受。

而平儿,在没有任何人提点的情况下,主动选择了接受。面对探春的强大气场,她淡定从容,应对自如。向来善于识人的宝钗用玩笑的方式,表达了对她的极度赞叹:

"你张开嘴,我瞧瞧你的牙齿舌头是什么作的。从早起来到这会子,你说这些话,一套一个样子,也不奉承三姑娘,也没见你说奶奶才短想不到,也并没有三姑娘说一句,你就说一句是;横竖三姑娘一套话出,你就有一套话进去;总是三姑娘想的到的,你奶奶也想到了,只是必有个不可办的原故……他这远愁近虑,不亢不卑。他奶奶便不是和咱们好,听他这一番话,也必要自愧的变好了,不和也变和了。"

如果说,这份聪明能干,是在凤姐身边耳濡目染的结果,她天性里的智慧,连凤姐亦不能及。

以"彩霞偷窃事件"为例,平儿明知道是彩霞偷了王夫人屋里的东西,却不急于抓贼,她考虑到方方面面:一是跟彩霞的情分;二是彩霞是应赵姨娘的请求,去偷王夫人的东西的,赵姨娘可是探春的亲娘。她心疼探春,投鼠忌器,决定大事化了,只是私下里找到彩霞,巧妙地敲打了她一下,起到警诫的效果,便将此案终结。

之后她告诉凤姐,王夫人屋里的东西是宝玉偷拿去和丫鬟们开玩笑的。凤姐认为没这么简单,要把王夫人屋里所有的丫鬟都抓了来,垫着"磁瓦子"在太阳底下跪着,茶饭不与,直到招供。

平儿极有大局观地劝她:第一,何苦得罪人;第二,即使在王夫人这边操上一百分的心,将来也要回邢夫人那边去;第三,以凤姐的身体状况,应以养生为主。

这些建议，透出平儿的智慧，相形之下，凤姐的聪明过于单一、凌厉、往而不返，不懂得"亢龙有悔，盈不可久"之道。

平儿的管家理念是："大事化为小事，小事化为没事，方是兴旺之家。若得不了一点子小事，便扬铃打鼓的乱折腾起来，不成道理。"她处理"失窃事件"固然是基于这种理念，亦与她天性里的善良有关。

一直觉得，平儿是《红楼梦》里最善良的女子。兴儿跟尤氏姐妹介绍荣国府里情况时，特地说道："平姑娘为人很好，虽然和奶奶一气，她倒背着奶奶常作些个好事。"可算得"彩霞事件"的一个注脚。

当然，你也可以说，这些不过是顺水人情，是一个聪明人借用手中权限为自己赚威信人情，但平儿对尤二姐的特别照顾，却是冒着天大的风险的。

贾琏私娶尤二姐一事，是平儿告诉凤姐的，她后来也自责过，只是对凤姐的忠心耿耿于她已是一种习惯，再说，她最初也未料到，凤姐会这样心狠手辣。

凤姐立意要把尤二姐整死，送到她房间里的茶饭都是些不堪之物，只有平儿，经常过来与尤二姐排解，花钱弄菜与她吃，有时谎称带尤二姐去园子里玩，让园子里的厨子为她另做汤水。

凤姐因此大为不满，骂平儿："人家养猫拿耗子，我的猫只倒咬鸡。"平儿不敢多说，只得暂时远着尤二姐，但当尤二姐肚子里的孩子被打掉，平儿还是悄悄地过来，殷殷劝慰，成为尤二姐在那个心寒似铁的夜晚唯一的温暖。

王蒙先生曾对"变生不测凤姐泼醋"一回里，平儿受贾琏、鲍二家的的牵连，无辜被凤姐掌掴，贾母叫人劝她几句她就觉得面子上有了光不以为然，觉得平儿的面子全靠上面给予，未免不够清高。本人对王蒙先生大多数红楼观点都极为赞同，但这一点上，觉得老王同志苛求太过。

别说平儿只是一个丫鬟，纵然是现如今，人人平等，这边才蒙冤受屈挨巴掌，那边受到大领导的肯定，若不是闲云野鹤之流，都很难不觉得自己颜面又有了光。

而在这全世界人都未能免俗的微小瑕疵（甚至都算不上瑕疵）之外，善良才是平儿最本质的品格。善良是高贵的，善良亦有着动人的力量，何况她又是这样聪明美丽。这样一个女子，却与人为奴，要伺候难伺候的贾琏夫妇，这让荣国府的主子们，普遍对平儿有一种怜惜。

前面平儿被凤姐掌掴，尤氏为她讲话，李纨为她叫屈，后面的章节里，探春也用"怪可怜的"形容她。而宝玉对她尤其怜惜。

他知道花必然会落，女孩子必然会老去。"日日花前常病酒，不辞镜里朱颜瘦"，冯延巳在花前一再举杯，为这些花朵而醉，纵然镜里憔悴也在所不惜。宝玉则是顶着无事忙的名头，总想为那些女孩子做些什么，这种慌忙，有心人自然能懂，倒不必扯到什么情色之类的话上去。

为黛玉所做的自不必说，在袭人、晴雯乃至金钏、莺儿面前，他也可以找到尽一尽心的机会，哪怕是帮她们淘弄一下胭脂花粉。唯有这个"极聪明极清俊的上等女孩儿"平儿，与他是有距离的，她本来就在大观园之外，属于凤姐那个权力系统，宝玉再天真烂漫，也不能不避贾琏、凤姐的嫌，为平儿斟上的这一杯酒，他总是找不到饮下的机缘。

老天终于还是给了他一个机会，还是在平儿被凤姐掌掴那一回。凤姐打完平儿，又去狙击贾琏、鲍二家的，贾琏反过来取了剑要杀她，凤姐一路狂奔求贾母救她。就在这鸡飞狗跳之中，委屈难言的平儿，被宝玉请进了怡红院。

宝玉先是替凤姐向平儿赔了不是，又劝平儿换衣梳洗，这一段曹公写得平实又温情，原谅我原文照搬：

> 宝玉忙走至妆台前，将一个宣窑瓷盒揭开，里面盛着一排十根玉簪花棒，拈了一根递与平儿。又笑向他道："这不是铅粉，这是紫茉莉花种，研碎了兑上香料制的。"平儿倒在掌上看时，果见轻白红香，四样俱美，摊在面上也容易匀净，且能润泽肌肤，不似别的粉青重涩滞。然后看见胭脂也不是成张的，却是一个小小的白玉盒子，里面盛着一盒，如玫瑰膏子一样。宝玉笑道："那市卖的胭脂都不干净，颜色也薄。这是上好的胭脂拧出汁子来，淘澄净了渣滓，配了花露蒸叠成的。只用细簪子挑一点儿抹在手心里，用一点水化开抹在唇上；手心里就够打颊腮了。"平儿依言妆饰，果见鲜艳异常，且又甜香满颊。宝玉又将盆内的一枝并蒂秋蕙用竹剪刀撷了下来，与他簪在鬓上。

都是琐屑细节，没有半点抒情，但他对她的珍惜，全在这些家常话里。这是他唯一能为她做的，是他在花前终于饮下了那杯放置了太久的酒。

饮过必有酒伤。曹公这样写道："（宝玉）因歪在床上，心内怡然自得。忽又思及贾琏惟知以淫乐悦己，并不知作养脂粉。又思平儿并无父母兄弟姊妹，独自一人，供应贾琏夫妇二人，贾琏之俗，凤姐之威，他竟能周全妥帖，今儿还遭荼毒，想来此人薄命，比黛玉尤甚。想到此间，便又伤感起来,不觉洒然泪下。因见袭人等不在房内,尽力落了几点痛泪。复起身,又见方才的衣裳上喷的酒已半干,便拿熨斗熨了叠好;见他的手帕子忘去,上面犹有泪渍,又拿至脸盆中洗了晾上。又喜又悲,闷了一回,也往稻香村来,说一回闲话,掌灯后方散。"

我能想象宝玉的那种痛,平儿的美丽才情固然令他倾慕,可真正引起他怜惜的,是她在命运面前的周旋与妥协,虽然她已惯于妥协,但这习惯本身就让人心疼。

他无法表达这心疼,她与他的距离,比香菱跟他还要远。香菱的性情,憨实又文艺,尚且能与宝玉的世界接轨;而平儿,她规规矩矩,一板一眼,完全是另外一个世界。所以他只能在她那严整的世界被打乱的瞬间,略尽心意,从此,他们依旧在荣国府里,各自天涯。

对于宝玉的这份心,平儿估计未必能全部体会,只是觉得宝玉够周到,但她是那样聪明剔透的女子,模糊间也自有领悟。第五十二回里,平儿的镯子被宝玉屋里的丫鬟坠儿偷了,婆子告发到平儿那里,平儿考虑到宝玉最是在丫鬟身上留心用意争胜好强的,若此事被赵姨娘之流知道,必然称愿称快。她把此事压下,只是悄悄告诉麝月,让把坠儿撵了出去。宝玉偷听到她们的对话,感触于平儿能体贴自己。

也许是因了对宝玉这种心思的懂得,每次看到他们见面,总能感到一点儿不一样的地方。比如,平儿的生日和宝玉的是一天,他们互相拜寿,拜了又拜,看了总觉得有趣。那时的平儿,脱下了她职业经理人的外衣,不再是权力世界里凤姐的替身,还原成一个过生日的女孩,难怪宝玉会喜得忙作下揖去。

富贵公子贾宝玉的残酷青春

王夫人的自我定位,应该是一个大善人。

刘姥姥到荣国府打秋风,第一次来,王夫人虽然没有亲自接见,却也指示凤姐,不可简慢了这个穷亲戚,凤姐遵嘱给了刘姥姥二十两银子;刘姥姥再次登门,投了贾母的缘,王夫人陪着游玩了两日,刘姥姥告辞时,王夫人自己给了她一百两银子,让平儿转告她,拿这钱去做个小生意,或是置几亩地,"以后别再求亲靠友的"。

这句话里透着体恤,想必,在那一团欢喜之中,唯独她,看出了这个穷婆子苦中作乐的酸楚。虽然也有人说是因为刘姥姥是王家的关系,她受不了刘姥姥在贾府丢人现眼,但如果她不想要刘姥姥再来,完全有更省钱的办法。

她言语不多,贾母笑说她不像凤姐那样会说话,但对家中那几个姑娘,却很用心。当凤姐提出家里人口太多,要撵出去一些小丫鬟节省开支时,王夫人叹道:

"你林妹妹的母亲,未出阁时,是何等的娇生惯养,是何等的金尊玉贵,那才像个千金小姐的体统。如今这几个姊妹,不过比人家的丫头略强些罢了。通共每人只有两三个丫头像个人样,余者纵有四五个小丫头子,竟是庙里的小鬼……我虽没受过大荣华富贵,比你们是强的。如今我宁可省些,别委屈了他们。以后要省俭先从我来倒使的。"

这一番话，识大体顾大局，克己奉公，跟成天只知道搂钱攒钱的邢夫人有云泥之别。

她有时还挺随和聪明。林之孝家的向她汇报，有个名叫妙玉的小尼姑，拒绝了荣国府的邀请，说"侯门公府，必以贵势压人，我再不去的"。王夫人马上看出妙玉想要的是什么，笑道："他既是官宦小姐，自然骄傲些，就下个帖子请他何妨。"

她虽然不喜欢赵姨娘，却也并不因此厌恶探春，连平儿都说，她对探春，面子上虽然淡淡的，心里却和宝玉是一样的。这话或有夸张，但从她放心地让探春管家看，她不是个小肚鸡肠暗藏私心的人。

在大多数情况下，她的表现都还说得过去。

但是读者们仍然对她没有好感，不少人觉得王夫人满嘴仁义慈悲，双手上却是沾着血的，在她一应吃斋念佛、行善积德的行为之外，她间接地害死了两个可爱的女孩——金钏和晴雯。

仔细查看，会发现这两件事惊人地相似：都是因宝玉而起，都断送了美好的生命，却又都不是王夫人初衷。这么说吧，王夫人所有的错误，都出现在插手宝玉生活的时候。她失态、不智，从慈眉善目，到面目狰狞，皆是因为，那一切，与宝玉有关。

金钏与宝玉调笑，被王夫人听见，王夫人扇了她一耳光，不顾她哭求，立即叫她母亲进来把她带回家去，实际上就是把她给解雇了。金钏出去一两日，在家里"哭天哭地"，最终羞愤之下跳了井。王夫人知道后，不无后悔，特地跟宝钗讨要新衣服给她装裹，以此表达内心的歉意。

但这点儿歉意究竟有限，是金钏死得太震撼，刺激出来的一点儿良心发现。王夫人并没有反省，没有真的觉得自己错了。

她怎么会错呢？那粉妆玉琢的小娃娃，天真无邪，突然长大成人，你发现他有了自己的想法、情感与欲念，这一切是多么陌生，而陌生的即是黑暗的。通达智慧的母亲也许能够因势利导，更多的母亲沉溺于恐惧，她们直接把这些和"学坏"挂起钩来，螳臂当车般，使出浑身解数，想要阻挡这一切。

普通的母亲偷看孩子的日记，处死他们心爱的小动物，羞辱他们的追求者或是恋慕的对象，用心良苦地毁掉他们的小世界。她们悲情悲壮地与子女为敌，以为这样做，才能使孩子免于毁灭的危险。王夫人则是将诱惑儿子的女孩从他身边撵走，她以为这样就能让时间停止，让儿子重归那个天真的小男孩。

"好好的爷们，都叫你教坏了"，王夫人打金钏耳光时这样说。愤怒是出于恐惧，那一刻，王夫人怕金钏更多。

她撵走了金钏，但危险并没有远离她的宝玉。她很清楚，宝玉长大了，没了金钏，还有别的人，他身边出没的每一个女孩，都会将他引向身败名裂。所以，表面上看，抄检大观园，是因为傻大姐拾到一只绣春囊，事实上，金钏事件，才是王夫人内心真正的伏笔。

她听说晴雯打扮得像个西施似的在宝玉屋里掐尖要强，听说四儿对宝玉说"同日生日就是夫妻"，听说那些小戏子挑唆得宝玉无所不为，尤其是听说"有人指宝玉为由，说他大了，已解人事，都由屋里的丫头们不长进，教习坏了"，她觉得，她的噩梦变成了现实。

"难道我通共一个宝玉，就白放心凭你们勾引坏了不成！"王夫人这样对晴雯、四儿她们说。她不会想到，成长是一件自然而然的事，那些打情骂俏、痴言疯语，不一定只是引向淫荡与罪恶，也可能会成为多年之后，当生活变得艰难粗粝时，在嘴角突然浮出的一个微笑。

比如就在不久前，宝玉的生日，群芳夜宴，姐妹们散去之后，丫鬟们凑钱为他过生日。她们喝酒，不怕羞地唱曲，芳官酣睡在宝玉床上，良辰美景，青春正好，那样的时刻如黄金般璀璨明亮，是宝玉，也是作者记忆里的珍宝。

随着王夫人一声粗暴断喝，晴雯蓬头垢面地被婆子们从床上扯下来，贾宝玉发现自己原来如此无能为力，死亡突然出现在眼前，生活的真相暴露出来，光华敛去，色彩消退，美好的记忆瞬间变成苍白的残酷青春。

晴雯被撵出去不久就病死了，王蒙先生曾诧异她死得怎么这么容易，虽说她之前生了场大病，但已经渐渐复原，她看上去生命力很旺盛的样子。而我只是诧异她的死与金钏如此相似，对于宝玉来说，都是"我不杀伯仁，伯仁因我而死"。王夫人会间接害死两个女孩吗？还是，死掉的只有一个，曹公把这命运放到两个女孩身上，只是为了表达他对母亲经年不曾消散的隐隐恨意？她一次次地毁掉他的小世界，还有下一次吗？下一个会不会是对于宝玉更重要的人？

而这恨意如此熟悉，有那么多子女，在多年之后说起父母当初以"我是为你好"为由行使的粗暴，依旧意难平，这成为梦寐里经久不去的哭喊，梦觉时无人能解的孤寒。王夫人不是坏人，她只是一个不聪明的母亲，不能够面对孩子突然抵达的青春，不能目送孩子渐行渐远。即使到了今天，这样的父母还有，但愿不是你我。

我们就是那个不爱过年的宝玉

春节期间，频见年轻人吐槽。吐槽父母逼婚，吐槽亲戚问收入，吐槽春晚不好看，吐槽进得少出得多要是身体也能像红包这样减肥就好了……撇开年终奖与七天假，年轻人对这个节日还真是感情复杂。

一时想起《红楼梦》里，元宵、清明、端午、中秋，哪个节日都过得神采飞扬，唯独说到过年，要么是一带而过，要么就写得很无聊。

前八十回里，两处写到过年，一处是元春省亲前，"朱批准奏：'次年正月十五上元之日，恩准贾妃省亲。'贾府领了此恩旨，益发昼夜不闲，年也不曾好生过的"。一句话，就把个新年打发掉了。但也情有可原，那么大一件喜事放在元宵夜，过年意思一下就可以了。

到了第五十三回，曹公正儿八经要写一回过年了，细细地写贾府里祭祀、焚香、吃年酒、进宫朝贺，写得排场极大，像一幅画儿，画儿上的每一个人，做的都是规定动作，不像其他节日里，欢声笑语间，便凸显了各自的性情。

两处描写加起来，可以凑成曹公对于过年的感觉，这是一个既乏味又充满繁文缛节的节日。假如我们认同《红楼梦》是一部自传体小说的话，这，也基本上是贾宝玉的春节印象，他十有八九是不喜欢过年的。

宝玉不喜热闹，而过年太热闹。贾府里其他节日，比如元宵中秋等等，都是自家人在一起吃饭，贾宝玉深受宠爱而如鱼得水，但除夕就不一样了，他要见到的人不只是亲人，还有亲戚。

且看看文中描述："老嬷嬷来回：'老太太们来行礼。'贾母忙又起身要迎，只见两三个老妯娌已进来了。大家挽手，笑了一回，让了一回。"

这些老妯娌，是贾府旁支亲眷，宝玉也该上前喊一声奶奶。她们坐在一起，会聊些什么呢？书里没说，第二十九回里，倒有个样本。那个无聊的张道士，见了贾母，先是夸老太太气色好，又赞宝玉发福了，然后自然而然地就说到宝玉的婚事上，提起前日在哪个人家见到一位小姐生得好模样，要给宝玉做个媒。

黛玉和宝玉因此狠狠地怄了一场气。但我总怀疑那位小姐是张道士现编出来的。半生不熟的亲朋好友，见了面，拿孩子的婚事闲磕牙，简直是情不自禁的事，既满足八卦心理，又安全保险，还证明自己是一个有主张负责任的长辈。催婚，多少年前就是亲戚间的保留戏码了。

大年下，与贾母握手相见的老太太们，大抵也是按照这个格式走。但宝玉的婚事，因贾母与王夫人元春的博弈悬而未决，他做不得自己的主。催婚以及随即引发的做媒，只是徒然增加黛玉心中的阴影。长辈们的快乐，是建立在晚辈的痛苦之上的。

逼婚话题之外，年轻人最烦的，还有问收入。当他们问收入时，其实问的是你在社会上的定位，你的现状和前程。无业游民贾宝玉一样会碰到这类问题。孔子说他自己十五岁有志于学，贾宝玉的侄子贾兰也在好好读书练习射箭，准备参加科举，唯有宝玉，成天家东游西逛，既看不到他的未来，也看不到他在干什么。

荣国府的人见怪不怪，外面的人，则不免啧啧称奇，贾母的陪房赖嬷嬷见了他，都指着他教训："不怕你嫌我，如今老爷不过这么管你一管，老太太护在里头。当日老爷小时候挨你爷爷的打，谁没看见的。老爷小时，何曾像你这么天不怕地不怕的了。还有那大老爷，虽然淘气，也没像你这扎窝子的样子，也是天天打……"

从前看这回，总觉得赖嬷嬷太不会说话，有了生活经验，方悟到，她其实是在变相跟贾母示好，这些数落，是"我都为你好"的一种比较狡猾的表达。那些老妯娌们，也许不会像赖嬷嬷这样直接，可面对宝玉这么个半大男孩子，问他的现状，又是另一个情不自禁的话题，况且，她们比赖嬷嬷更有资格倚老卖老。

还有那些来拜年的叔伯，以及那个最让宝玉头疼的贾雨村，他们会问得更仔细，让逃避学堂成天跟姊妹们混得不亦乐乎的贾宝玉情何以堪？贾政在家的日子，虽时常把宝玉骂个狗血喷头，但亦有当父亲的虚荣心，没准儿会像某些章节里曾有过的那样，把他拎出来，让他当众作首诗什么的。总而言之，让当代年轻人在春节里备受困扰的那些，贾宝玉或者说曹公应当预先都体验过，那些不快乐的记忆，让他懒得再提。

说到底，是新年这节日太主流，跟非主流的贾宝玉犯戗。

最初"年"是个吃人的怪物，人们用鞭炮、用喧天锣鼓去驱逐它。这个故事也许可以说明，年，原本自恐惧而来，来自对生命与岁月的恐惧。它的到来，提示你离死亡更近一步，人们用狂欢把那恐惧压下去。

驱逐恐惧的另外一种做法，是确定自己的坐标，在"适当"的年龄做"适当"的事，会让人觉得心里踏实，觉得把握住了光阴。所以过年一定要总结，总结完自己，再总结别人。一总结，就感觉到缺失了，就顺理成章催上了。差别只在于，催自己孩子，那是真心实意，催人家的，不过是坐实对方的缺失，在心里反刍自己儿孙满堂的快意。

人们还喜欢在过年时算计收成，以加强内心的安全感。连贾珍这个"到三不着两的"，心里都有一本清账，在年节来临之前，算算荣国府人又多，收入状况更差，入不敷出，顿时踏实很多。

新年的快乐与满足感里，是对俗世的执迷，自我被抽离，人们变成一个个符号——在祖宗灵牌前虔敬的后代、与鬼神巧妙周旋的凡人、必须融入欢乐海洋的一分子，还有，在适当的时候做适当的事，在生命坐标上不偏不倚稳稳立住的那个点。

可是，对于曹公来说，哪有什么适当与不适当，只有我想与我不想。家财万贯可能瞬间成空，算收入因此很无聊。不能与心爱的人在一起，举案齐眉又如何？新年只是时间的节点，而非人生的节点，何必这样欢天喜地又禁忌重重地去制造噪音、垃圾和狂欢后的虚空。

牛人都把过年看得淡。曾看过周作人一篇日记，说到过年，他淡淡地说，这一天不喜不悲，只是看书度日。而我，在今年除夕下午，收到少年时一位老师的短信，还没打开时也愕然，高冷如他，居然也会群发拜年短信？打开来，却是在谈钱钟书和周一良，想来是读得有滋味，随手发上一记。

更为称意的，还有宋朝那位和合肥颇有瓜葛的姜夔先生，他在新年这天写道："柏绿椒红事事新，隔篱灯影贺年人。三茅钟动西窗晓，诗鬓无端又一春。慵对客，缓开门，梅花闲伴老来身。娇儿学作人间字，郁垒神荼写未真。"他屏退人声，闹中取静，在诗歌、花朵与孩童的陪伴中，清清静静地过这自在流年。

这样的新年，想来才能让宝玉心生欢喜。

袭人是那个告密者吗

虽然胡适先生很说过些《红楼梦》的坏话，但单凭他考证出后四十回非出自曹公这一点，作为一个红迷我就对他心怀感激。正是随着这考证的深入人心，凤姐被"平反"了，宝姐姐人气也日渐高涨。唯有一个袭人，始终万劫不复，谁让她的问题主要出在前八十回里呢？在最后那几章，她似乎已经被坐实了"告密者"的形象。

但我总不太能认同。《红楼梦》里说得很清楚，晴雯是被王善保家的黑的，还有"本处有人和园中不睦的，也就随机趁便下了些话"，根本不用袭人再说什么嘛。而且王夫人掌握大量芳官、四儿的黑料，晴雯虽清白，但所作所为真的就无可挑剔吗？王夫人怎么能只从宏观上定她的罪？

至于芳官、四儿等人被告密，虽然有宝玉那一问："怎么人人的不是太太都知道，单挑不出你和麝月秋纹来？"像是作者在发问，加上袭人"心内一动"，显得颇为可疑。但请注意，袭人不是心虚，而是"心内一动"，再加上"低头半日，无可回答"，更像是经宝玉一提醒，她也感觉到了什么，只是不好说罢了。

从直觉上，我不觉得袭人是告密者。她一贯维护规矩不错，可能也看蕙香、芳官等人不顺眼，在王夫人面前说些对蕙香不利的话都有可能，但王夫人指出的，都是一些私密细节，笨嘴拙舌的袭人，有本事说得那么全面吗？

虽然，她也曾在王夫人面前能说会道过。那次宝玉因与金钏调笑，导致金钏被逐然后跳井，他自己也被老爸痛打一顿，袭人借着回话的机会，请王夫人"变个法儿"，把宝玉搬出园子去，一番话说得好不恳切："如今二爷也大了，里头姑娘们也大了，况且林姑娘宝姑娘又是两姨姑表姊妹，虽说是姊妹们，到底是男女之分，日夜一处起坐不方便，由不得叫人悬心，便是外人看着也不像。一家子的事，俗语说的'没事常思有事'，世上多少无头脑的事，多半因为无心中做出，有心人看见，当作有心事，反说坏了。只是预先不防着，断然不好。二爷素日性格，太太是知道的。他又偏好在我们队里闹，倘或不防，前后错了一点半点，不论真假，人多口杂，那起小人的嘴有什么避讳，心顺了，说的比菩萨还好，心不顺，就贬的连畜生不如。二爷将来倘或有人说好，不过大家直过没事；若要叫人说出一个不好字来，我们不用说，粉身碎骨，罪有万重，都是平常小事，但后来二爷一生的声名品行岂不完了，二则太太也难见老爷。俗语又说'君子防不然'，不如这会子防避的为是。太太事情多，一时固然想不到。我们想不到则可，既想到了，若不回明太太，罪越重了。近来我为这事日夜悬心，又不好说与人，惟有灯知道罢了。"

聂绀弩先生高度评价袭人的这一举动，说道：袭人，这个通房大丫头（聂老有误，其实这会儿袭人尚未"通房"），不顾自己卑贱的出身和微小的力量，以无限的悲悯、无限勇力，挺身而出，要把她的宝二爷和林姑娘这对痴男怨女从"不才之事"和"丑祸"中救出来，这是多么高贵的灵魂。

聂老先生算是袭人难得的一个知己了，但窃以为袭人的作为也谈不上这么高贵，她和王夫人瞬间变成知己的原因是，宝玉的两个"娘"会师了。她们立场太一致，人们在吐露肺腑之言时，语言能力是会强过平日的。

即使在那时，袭人也未曾指控某个具体的人，只是说，宝钗、黛玉都是表亲，日夜一处起坐不方便。

凤姐说过袭人是个省事的，在稍加暗示王夫人就有可能心领神会的情况下，袭人实在没有必要口舌翻飞地汇报细节。王夫人虽然有些事情做得不聪明，对于某些小心思，却最为敏感。杀敌一千，自损五百，最知深浅的袭人，怎会在自己的上升期里干这种事，芳官等人，跟她也不在一个层面上。

宝玉也说了，被王夫人放过的有三个，袭人、麝月，还有秋纹。麝月也是有成色的人，她没有袭人温柔，也没有晴雯活泼，但她做事稳重大方，说话有理有据，不大可能跑到王夫人跟前犯口舌。

如果我任由自己做主观推断，倒是秋纹最可疑。袭人、麝月是出了名的贤人，王夫人一开始就把这俩人并提的，"宝玉房里常见我的只有袭人、麝月，这两个笨笨的倒好"，后来加进一个秋纹又是为何呢？

那些"本处有人和园中不睦的"人，不可能不说秋纹坏话。啐了小红一脸的是她，张狂到声称敢把老太太的茶吊子倒了洗手的也是她，贾母不喜欢、懒得搭理的也是她，得了王夫人一点儿赏赐就快活得轻了骨头的还是她。以袭人的性格，不大可能单死保她，她得干了什么，才会得王夫人另眼相看呢？当然，这也是主观猜测，我只是想说，如果主观猜测就可以论罪的话，嫌犯就不止袭人这一个。

相对于牙尖齿利的秋纹，袭人显见得温厚很多。

第五十八回，芳官的干娘欺负芳官，晴雯说："都是芳官不省事，不知狂的什么也不是，会两出戏，倒像杀了贼王，擒了反叛来的。"和秋纹一样，对小红都很警惕的晴雯，看这个漂亮伶俐的芳官也不顺眼，袭人却肯说句公道话:"一个巴掌拍不响,老的也太不公些,小的也太可恶些。"并且拿了自己的花露油、鸡蛋、香皂、头绳之类,叫人送给芳官洗头。

并非她故意要在宝玉面前表现。刘姥姥二进荣国府,喝多了酒,迷了路,跑到宝玉的床上睡着了,被袭人推醒之后,无比惶恐,袭人却笑着安慰她道:"不相干,有我呢。"刘姥姥跟她打听这是哪个小姐的绣房,她也是"微微笑道":"这个么,是宝二爷的卧室。"换成晴雯、秋纹,会是这个态度?

袭人曾试图帮对她嫉恨有加的李嬷嬷遮掩,崭新的石榴裙,也能毫不吝惜地送给香菱,对于黛玉,她也未必有高鹗所续的后四十回里那么大的敌意。宝玉入私塾时,怕袭人寂寞,叮嘱她时常去找黛玉说话。后面章节里,袭人也时常去黛玉那里串门,正因为俩人关系不错,黛玉打趣地喊袭人"嫂子"时,才像是一种调侃,而不显得恶毒。

当然,有两个细节,显得袭人和黛玉之间似有嫌隙。一次是宝玉背着袭人,差晴雯去送两条旧手绢,貌似怕袭人吃醋;再有一次,宝玉在黛玉那里洗漱梳头,袭人在宝钗面前很发了一通牢骚,说:"姊妹们和气,也有个分寸礼节,也没个黑家白日闹的!凭人怎么劝,都是耳旁风。"

但是我们需要注意,宝钗听了袭人的牢骚,暗生敬意,想:"倒别看错了这个丫头,听他说话,倒有些识见。"她坐下来,"慢慢的闲言中套问他年纪家乡等语,留神窥察,其言语志量深可敬爱"。

宝钗看人,一向稳准狠,若是袭人因为吃醋而发牢骚,她怎么可能会肃然起敬?她听出来的是袭人对于规矩的守护,这一点,与守礼的宝钗不谋而合。

而送旧手帕给黛玉,也不符合袭人的规矩,让直肠子并且本身也没啥规矩的晴雯去,当然更合适点。

袭人的规矩还真不是说一套做一套,她在大观园里走,种葡萄的祝妈上来献殷勤,要请她尝尝,袭人马上正色说:"上头还没有供鲜,咱们倒先吃了。你是府里使老了的,难道连这个规矩都不懂了?"有人以此讽刺袭人的奴性,没有奴性的人应该怎么做呢?接过来欢快地吃了?那是赵姨娘,她就老想着多吃多占的。

唯有一件事,袭人看上去最没有规矩,她自己明明早就和宝玉同行"警幻所训之事",却建议王夫人变着法子把宝玉弄出大观园。每每有人因此指责袭人虚伪,却看不到,袭人干那件事之前,已经想过"礼"这个东西,"袭人素知贾母已将自己与了宝玉的,今便如此,亦不为越礼"。要怪,只能怪贾府那变态的规矩,将青年男女恋爱视为洪水猛兽的同时,却会在少爷婚前,收俩通房丫鬟。

被宝玉另眼相看之后,袭人仍然很有规矩,她没有恃宠而骄,以准姨娘自居,相反,她更像宝玉的娘。与王夫人的高高在上不同,她是苦口婆心的,也是接地气的,就拿劝宝玉读书上进这件事来说,宝钗、湘云都试过,都碰了一鼻子灰,唯独袭人的劝说,宝玉很能听得进去。

宝钗算是非常会讲话的,但就这么着还是得罪了宝玉,有次她劝宝玉读书上进,宝玉居然没搭理她,抬脚走了。要知道,宝玉向来在姐妹们面前很小心,这差不多等于在打宝钗的脸。

也不能怪宝钗,宝玉最烦人家劝他读书上进,这个事上基本是见佛杀佛见魔杀魔。史湘云劝他"会会这些为官做宰的人们,谈谈讲讲些仕途经济的学问",他毫不客气地说:"姑娘请别的姊妹屋里坐坐,我这里仔细污了你知经济学问的。"甚至黛玉也没有豁免权,"若她也说过这些混账话,我早就和她生分了"。

可见说不说这种"混账话",是宝玉判断同类的标准,可一票否决。

但袭人就敢动宝玉逆鳞,宝玉不但没有跟她翻脸,反倒情意绵绵地说了很多心里话。是因为袭人跟宝玉行过"警幻所训之事",关系不寻常吗?这个因素只占很小一部分,更重要的是,袭人太会说话了。会说话不意味着花言巧语逢迎取悦,而是知道怎样走进对方内心。

就拿劝宝玉读书上进这件事来说,宝玉已经说了讨厌贾雨村,湘云还劝宝玉去会他,别在脂粉堆里混,她是指望宝玉听了她的话醍醐灌顶吗?肯定不是,她和大多数人一样,不过是想输出自己的价值观而已。

再来看袭人怎么劝宝玉学习的:"你真爱念书也罢,假爱也罢,只在老爷跟前,或在别人跟前,你别只管批驳诮谤,只作出个爱念书的样儿来,也叫老爷少生点儿气,在人跟前也好说嘴。老爷心里想着:我家代代念书,只从有了你,不承望不但不爱念书,已经他心里又气又恼了,而且背前背后说那些混话。"

她不把读书的意义朝高大上上扯,知道宝玉不信这些,但是惹老爷生气,会带来实实在在的麻烦。就是不喜欢读书怎么办呢?也有方案,装装样子也行啊。她还尝试着消除宝玉的对立情绪,指出老爷生气的合理性:谁不是个好面子的人呢?互相理解吧。

袭人的会说话核心是三个字——"说人话",有点儿鸡贼,有点儿灰色,但都是实在话,湘云宝钗她们的劝诫则少了一点儿以人为本的精神。

这一回回目就叫"情切切良宵花解语",看见了没,是解语花,才不是什么锯了嘴的葫芦。

总之,袭人就是这么一个人,她见识不高,做人拘泥,偏偏又很自信,认为自己那点规矩是宇宙真理，待人温和亲热，关键时候却未必仗义。但，八十回文字里，并不曾显示出她是一个阴险毒辣的人。

书上一说起童年，就是"无忧无虑"，但童年里更有一种莫名的恐惧。

人们需要假想敌，就像孩子看电影，首先要问谁是好人谁是坏人，把坏人找出来，他们就踏实了，才觉得安全。偏偏《红楼梦》里没什么坏人，就一个赵姨娘，永远心术不正，永远洋相百出，可是她坏得太明显，坏出一种非常适合做表情包的喜感，非但不可怕，还会因为可笑而更加可怜。当凤姐和宝钗也逐渐获得认可，坏人这个角色，责无旁贷地落到袭人身上。

也要怪曹公把她塑造得太像真人，看着她，你会想起读书时那个喜欢跟老师"汇报"的团支书，想起单位里不声不响却把好处都占尽的领导红人，你无视她的各种努力，认为她一定是靠各种非法手段才得以上位的，看似完美的人总会被贴上"心机婊"的标签……

是的，面对袭人，很多人都不自觉地站到晴雯的立场，晴雯一向备受认可，大约也是——让我武断地说——每个人心里都住着一个晴雯吧。

晴雯美丽，但也凶狠，病中拿簪子扎坠儿的手那一回，真是有点儿狰狞。还有人说她是为坠儿好，但她也并没有扎过之后再把坠儿留下啊。

她打击小红，不忿芳官，敲打麝月和袭人，还挺会占便宜——探春、宝钗想吃个油盐枸杞芽，还特地送钱到柳嫂子那里，晴雯则大剌剌地就叫人传话：晴雯姐姐要吃芦蒿，用面筋炒，少放油才好。这些事，哪一桩放到袭人身上，都是了不得的罪过，晴雯却被预先赦免了，这要归功于她身上有着最能打动中国人的元素，那就是委屈。

我看莎士比亚戏剧，老觉得里面的人脾气大，比如奥赛罗，他的愤怒就能撑起整整一部戏。读书时听老师讲"希腊神话和传说"，总见他说某某

"愤怒"了，他一次次把这个词用力地咬紧再吐出，唯恐学生印象不深刻。

中国文学里，似乎没有那么强烈的愤怒，孔子夸《诗经》，说的都是"怨而不怒"。看中国的历史与文学，会觉得满世界都是受了委屈的人，屈原、李广、李白、岳飞……他们具体是怎样的很少有人去追究，他们的委屈，已经变成一种美，在白纸黑字间楚楚动人。

晴雯就更委屈，她那么美，那么能干，那么贞洁，却不是宝玉的心上人，还被王夫人诬陷为"狐狸精"，她不觉间触动了这个深入人心的中国元素，占据这一点，她就已经无往不胜。

所以对"义正词严"总保持警惕，你不知道那些滔滔指责背后有着言说者怎样的诉求。也许是表现正义，也许是去除恐惧，也许是击中心中原有的痛点，无数话语组成流水线，将人与事向前推送，离真相越来越远。

真相不在远方，真相更有可能潜伏在起点，寻找它，需要折返的能力、追究真相的勇气，要逆言语的浪涛而行，像审视一个陌生人那样审视自己。如此一来，世间也许会安静太多，但大音希声，静下来，才能浮出真正有价值的声音。论大事是这样，评判一个袭人这样的小人物也是这样。

王熙凤是怎样走上下坡路的

王熙凤这个人,许多时候都很有光彩,她聪明能干有幽默感,还有间歇性善良,但都得是她心情好的时候,她对生命没有起码的敬畏之心。跟老尼姑说,她从来不信阴司地狱报应,"凭是什么事,我说要行就行"。

一个相信阴司报应的人,会给别人留余地,也会给自己留后路。《红楼梦》开头就有个对联"身后有余忘缩手,眼前无路想回头",做人何必非要把自己弄到眼前无路那一步呢。

在第七十二回,我们就看到,王熙凤的过于恃强,给自己惹下麻烦,造成消耗。

这一回贾母过生日,家里张灯结彩,上下人等都忙得够呛。宁国府的尤氏也来帮忙,很晚了都没吃上饭,就去大观园里面找点吃的。看到园中正门与各处角门仍未关,各色彩灯也都亮着,有安全隐患,值班的地方竟没一个人影,尤氏就叫丫鬟去找管家奶奶。

这个管家奶奶,指的不是王熙凤李纨这种主子奶奶,而是管家婆子,尊称一个奶奶。丫鬟来到管家奶奶议事的地方,看见俩婆子,婆子说管家奶奶都散了。丫鬟说你们去她们家里喊来,婆子说这事跟自己无关。丫鬟说你哄那新来的呢,平时要是有什么好事,比如赏了那位管家奶奶的东西,你们争着狗颠儿似的传去的,琏二奶奶要传,你们可也这么回?

两个婆子这会儿有点儿喝大了，又被丫鬟直指要害，恼羞成怒，说你们就不是荣国府的人，"各家门，另家户，你有本事，排场你们那边人去。我们这边，你们还早些呢！"把丫鬟气够呛，跑到怡红院里说给尤氏听。

尤氏也很生气，我们站在她的立场上，她气得也很有道理。一是她作为亲戚过来帮忙，一天忙到晚，家都不回，最后还落个这。二是她平日里虽然温和，肯吃亏，但并不是个完全不要强的人，过去和王熙凤斗嘴，也不落下风的。王熙凤过生日，她给王熙凤敬酒，说：难为你一年到头孝顺老太太太太和我。王熙凤也不客气：你要是真敬我，你跪下我就喝。虽然王熙凤看不起尤氏，尤氏也知道她看不起自己，但两人面子上还过得去。

但就因为贾琏娶了尤二姐，她被王熙凤骂得狗血喷头，直接就说你这人没本事。然后王熙凤又害死她妹妹，一点儿面子没给她留，明摆着看不起她。尤氏心里不可能不觉得窝囊。但她终究是个好性子的人，大家都纷纷安抚她，她渐渐平息下来。

袭人叫了个丫鬟去喊管家奶奶，正好路上遇到周瑞家的。这个周瑞家的一向走上层路线，听说尤氏受了气，觉得是天大的事，亲自跑到怡红院来，一面飞走，一面口内说："气坏了奶奶了，可了不得！"

是不是觉得很眼熟？现实中也有这样的人，把领导的事情看得比天大。但往往坑了领导的，也就是这种人。

周瑞家的听说尤氏受了气，就跑去向王熙凤反馈，说这俩人平时就很过分，您这次要是不整饬她们，大奶奶面子上过不去。王熙凤说："既这么着，记上两个人的名字，等过了这几日，捆了送到那府里凭大嫂子开发，或是打几下子，或是开恩饶了他们，随他去就是了，什么大事。"

你看，王熙凤本人是没有当成大事的，但是周瑞家的是那种拿鸡毛当

079

号令的人，直接就叫人把那俩婆子绑起来关到马圈里。另外尤氏本来不是说找管家奶奶吗，周瑞家的就叫人喊林之孝家的。林之孝家的算是荣国府最为重要的管家奶奶了。

林之孝家的都已经回家休息了，被人从家里薅出来，她先去见王熙凤，王熙凤也歇下了，就叫她去见尤氏。

尤氏见林之孝家的来了，很不好意思，这杀鸡用了牛刀，她这会儿气也顺了，就想息事宁人，一个劲儿说没事，李纨要说她也拦着，这么一来林之孝家的心里不痛快了。这不是烽火戏诸侯吗？要知道林之孝家的是可以数落宝玉的仆人，岂能这样被人玩得团团转。

林之孝家的从怡红院退出来时，肯定不太开心的，可巧又碰到赵姨娘，赵姨娘和老婆子们关系不错，早已掌握了来龙去脉，就跟林之孝家的说这是怎么一回事。林之孝家的就觉得这是啥事啊，就算气不顺，当场打几下也就是了，何至于又绑起来又把她老人家喊来。

赵姨娘发挥的时候到了，说："我的嫂子，事虽不大，可见他们太张狂了些。巴巴的传进你来，明明戏弄你，顽算你。快歇歇去，明儿还有事呢，也不留你吃茶去。"

这个"他们"指的是谁呢？我想赵姨娘心里针对的肯定不是尤氏，尤氏对她还可以，上次王熙凤过生日，尤氏还说她是个苦瓠子，把她凑的份子还给她了。赵姨娘的指向很明显，是王熙凤以及周瑞家的。

而且这一次也是赵姨娘表现得最机智的一次，她点到为止，见好就收，还特别体贴，那意思就是：你品品，你细品品。她知道林之孝家的是个很有数的人，说多了反而不好。

王熙凤说林之孝两口子一个天聋一个地哑，平时不怎么说话，但不叫的狗才咬人，林之孝家的这管家娘子的地位也不是白得的。她当时没有什么表示，但是当那俩婆子的女儿来找她时，她给其中一个女孩出了个主意，说你姐姐不是许给邢夫人的陪房费大娘了吗？你叫你姐姐找她婆婆啊，到大太太那儿一说，不就结了。

这个主意确实不错，王熙凤不是狂吗？那就来个邢夫人给管上。只是如此一来，又把邢夫人扯进来了。邢夫人和王熙凤关系不怎么样可以说是众所周知，现在这个事儿，大家都觉得不是事，是小题大做，邢夫人肯定也这么觉得，闹到邢夫人那里，对王熙凤不是好事。

费婆子听了林之孝家的主意，果然跑到邢夫人跟前告了王熙凤一状。邢夫人的办法很绝，不是把王熙凤叫过来骂一顿，她现在不得势，王熙凤未必买她账不说，贾母知道也不好，这是一张没有胜算的牌，万一人家接得住呢。邢夫人出的，是一张根本没法接的牌。

第二天，她当着众人的面，赔着笑跟王熙凤说："我听见昨儿晚上二奶奶生气，打发周管家的娘子捆了两个老婆子，可也不知犯了什么罪。论理我不该讨情，我想老太太好日子，发狠的还舍钱舍米，周贫济老，咱们家先倒折磨起人家来了。不看我的脸，权且看老太太，竟放了他们罢。"说毕，上车去了。

这是硬话软说，是骂人不带脏字，意思是我知道你现在得势惹不起，但也不要狂成这样，在老太太的好日子里折磨下人。你不把我这个婆婆当回事，那老太太的面子，要不要给一点儿呢？

在当时这是很严重的指控，王熙凤见尤二姐时说，"若我实有不好之处，上头三层公婆，中有无数姊妹妯娌，况贾府世代名家，岂容我到今日"，欺负婆婆的名声她是担不起的，这里邢夫人以退为进坐实她是个泼妇，而且不给她任何辩解的机会。

更要命的是，尤氏也不领她情，当着王夫人的面说："连我并不知道。你原也太多事了。"更显得王熙凤处理事情的能力低下，还凶恶，一言以蔽之，又蠢又坏。

王夫人也来雪上加霜，说你太太说得是。珍哥媳妇也不是外人，也不用这些虚礼。老太太的千秋要紧，放了他们为是。说完就叫人去放了那两个婆子。

王夫人是那种领导，廉洁自律，爱惜羽毛，越是自己人，越不留情面。王熙凤对这个姑妈可以说是非常维护，屡次针对赵姨娘，要替姑妈出气，差点被赵姨娘暗算，把小命都送掉。结果呢，关键时候，王夫人一点儿都不保她，心里嘴里都是大道理，没办法，人家就是这么个正经人。

王熙凤虽然有各种问题，但这件事上她完全无辜，而且带病坚持工作，没有功劳也有苦劳，被无端责难，居然没有一个人站出来帮她说话。可见她在贾府的处境已经是岌岌可危。

唯一给她送温暖的是鸳鸯。鸳鸯这个人，王熙凤曾说她素习是个可恶的。我倒不觉得这是王熙凤对鸳鸯有意见，这句话有点儿像我说什么人向来很难搞，其实是带着一点儿欣赏在里面的。有趣的是，在程乙本里，这句话变成了"素昔是个极有心胸见识的丫头"。我们就不说哪个评价更准确了，这种咬文嚼字，也不是王熙凤的风格。

鸳鸯是老太太跟前最重要的丫鬟，贾母经常派她下去传个话什么的，代表贾母本人。有一回宝玉代表贾母去看贾赦，贾赦赶紧站起来听着，因为那个时候他面对的不是宝玉，而是贾母的替身，鸳鸯肯定也会有这个待遇。

她难免产生错觉，认为和主子们能够平起平坐，跟尤氏跟王熙凤说话时口气都很大，但她并不指着这些给自己捞好处，倒是会干点跟这个气场匹配的好事。现在听到王熙凤受了委屈，她觉得自己有本事帮王熙凤打抱不平。

她首先是向贾母做了有利于王熙凤的汇报，然后奉贾母之命到大观园里传别的话时，又特意在李纨面前提起王熙凤受委屈的事，说："如今咱们家里更好，新出来的这些奴字号的奶奶们，一个个心满意足，都不知道要怎么样才好，稍有不得意，不是背地里嚼舌根，就是调三窝四的。我怕老太太生气，一点儿也不肯说，不然我告诉出来，大家别过太平日子。"

鸳鸯能在众人都明哲保身噤若寒蝉之时说出这个话，很可敬了。可恶之人才能为可敬之事。我们不妨对比一下，王熙凤评价袭人"是个省事的"，这省事的人，绝不会干出这样可敬的事。

尽管如此也不能阻挡王熙凤的颓势，屋漏偏逢连夜雨，她又累又受气，原本就没有养好的身体越发不行了。王熙凤还讳疾忌医，因为她一向就仗着自己够强。她这种强人，在道德名声上是零资产乃至负资产，但她不在乎，"就喜欢看你看不惯我又干不掉我的样子"。这种恃强之人，最怕的就是弱下来，就会一溃千里。王熙凤心里也清楚这一点，并且用自己的方式极力挣扎。

彩霞的婚事，就是在这个背景下被促成的。在《红楼梦》里，彩霞和彩云经常混用，这都是小问题，我们知道是一个人就行了。

她是王夫人屋里的大丫鬟，偏和贾环好上了。她自然不愿意嫁给王熙凤的心腹小厮旺儿的儿子。旺儿老婆很不开心，跑来跟王熙凤汇报，说这事要是搞不成，我们家就会被人看不起。又说这丫头本人没啥说的，是她老子娘心太高。

书中说，一语戳动了凤姐和贾琏。戳动的点在哪里呢？是彩霞的老子娘心太高，这意思是，纵然旺儿是王熙凤的心腹小厮，也还够不到彩霞父母的标准。王熙凤此刻正是很敏感的时候，听她这么一说，就必须把这个事情搞成。

后来贾琏听林之孝说旺儿的儿子不成器，跟王熙凤说先别把彩霞说给他，王熙凤马上翻脸了，说："我们王家的人，连我还不中你们的意，何况奴才呢。"一下子就上纲上线，把几件事搅在一块儿说了。

王熙凤把话说到这个份上，贾琏也就算了。其实在这一回里，贾琏对王熙凤是处处退让，看上去好像王熙凤的权力继续巩固和扩大，但是贾琏的态度里，分明是有一种倦怠感的。王熙凤的判词里有一句"一从二令三人木"，大家都在分析这个"二令"是什么。有人说是她从颐指气使的主人，变成被人呼来喝去的下人，我觉得这不大符合王熙凤的个性，也不符合贾府的做派；说是"二令"组成一个冷淡的冷字，似乎更合理，从此刻开始，王熙凤进入了她的冬天。

不过更大的危机还没有显形，只是略略露出点端倪。王熙凤这么倾力帮旺儿，除了要为她王家争口气，还因为很多脏事都是旺儿帮她干，比如放高利贷收利息等等。

还有前面王熙凤把尤二姐赚入荣国府，一开始也不想让她死，想叫尤二姐的未婚夫张华告贾琏国孝家孝中娶二房。张华知道此事重大，不敢惹贾家，王熙凤叫旺儿带话给他，说你就是告我们家谋反都没关系。在荣国府的鼎盛时期确实是这样，但是一旦你家不行了，上面想查你，哪怕你收一束花，都会成为受贿的罪证。

后来张华在贾蓉的劝说下，决定还是拿钱走人比较好。王熙凤怕他把这件事告诉别人，叫旺儿找人去找他，或者诬他是贼，或者打官司把他弄死，务必斩草除根。

到这时，可以说王熙凤已经很疯狂了。前面不管是金哥和她的未婚夫，还是贾瑞、鲍二家的的死，都不在王熙凤的预计之中；而尤二姐之死固然是王熙凤步步相逼，但没有直接上手；唯有这个张华，最见王熙凤的狠毒，都超过了旺儿的道德底线，旺儿跑出去躲了几日，骗王熙凤说张华已经被劫道的闷棍打死了，王熙凤虽然不信，却也无可奈何。

等到贾家倾覆，这件事极有可能被翻出来，王熙凤杀人未遂还是小事，贾琏罪责难逃。"机关算尽太聪明，反算了卿卿性命"，极有可能是指向这个结果。

对于王熙凤这个人，作者是有爱有怜有叹的，爱王熙凤之才，怜她之境遇，叹她过于恃强，不懂得亢龙有悔。但是在那个时代里，王熙凤也没有更好的选择。我们以王夫人为例，可能很多人看不上王夫人，但王夫人在婆婆丈夫和亲戚面前，将温良恭俭让几个字也是竭力做得周全，但婆婆和丈夫都对她不感兴趣，赵姨娘还暗搓搓地想分一半家产，她只能把所有的指望都倾注到儿子身上，宝玉却又做不了她理想中的儿子，她的人生平稳但也荒凉寂寞。

还有尤氏，也是低调又有才干的人，不争不抢，受尽委屈。在女性处处受限的时代里，你争，会被阻击，被污名化，最后可能走上穷凶极恶之路，你不争，就会被欺负，被践踏，最多领一枚无用的勋章。这个背景，或者是我们和作者一样，对王熙凤始终有一份哀怜的缘故。在这个人物的塑造上，作者将"爱而知其恶"贯彻得最为彻底。

从邢夫人到秦可卿，豪门这地方不好混

《红楼梦》里，有个名叫傅试的暴发户，只因妹妹傅秋芳"有几分姿色，聪明过人"，便"安心仗着妹妹要与豪门贵族结亲，不肯轻易许人"。他把主意，打到了宝玉身上。

妹妹是他的私人财产吗？他要是真为妹妹着想，就不会上赶着弄一副黄金枷锁朝她身上套。

不说豪门自有琼闺秀玉，只说小家碧玉嫁入豪门，真的能够从此过上幸福的生活吗？《红楼梦》里的婚姻，大多在贾王薛史四大家族之间缔结，如门子对贾雨村所言，"一荣俱荣，一损俱损"。但贾府也有几桩婚姻，或因娶的是填房，或因另有缘故，让普通门户的姑娘得以登堂入室，她们无一例外地成了活生生的例子，告诉读者，豪门这地方，真的不好混。

最有身份的，当是邢夫人。她是荣国府的大太太，贾赦的夫人，但在贾赦面前，她只有一个"怕"字，还不如贾政跟王夫人的相敬如宾呢。

贾母私下里数落起她来，也毫不客气，说："你倒也三从四德，只是这贤惠也太过了！你们如今也是孙子儿子满眼了，你还怕他，劝两句都使不得？"

一句话揭穿邢夫人的真实处境，邢夫人羞得满脸通红。除此之外，贾母不跟大儿子贾赦却跟小儿子贾政住在一起，还把贾赦的儿媳妇凤姐叫到这

边来，也摆明了不给大儿媳妇面子，凡此种种，荣国府的人当都心知肚明。

曹公将邢夫人称之为"尴尬人"，在荣国府里，她总是显得那么别扭，一出场就是找碴，找麻烦，闹情绪，有点儿像那个倒霉的赵姨娘。但她为人并不像赵姨娘那么恶劣，黛玉初入荣国府，去拜见大舅舅，贾赦懒得露面，邢夫人却一再"苦留"她吃饭；邢夫人对宝玉也疼爱有加，二十四回里一见到他就叫他坐到自己身边，"百般摩挲抚弄"，并特地留下他，要他在这里吃了饭，"还有一个好玩的东西给你带回去玩"。

邢夫人有她有人情味的一面，她的"尴尬"缘于她在贾府的无力感。

她出身不佳，弟弟邢大舅极其粗鄙，两个妹妹，一个嫁了个穷人，另一个老大守空闺。要说是后来没落的？但刘姥姥说了，"瘦死的骆驼比马大"，邢夫人娘家若原先是豪门，不可能迅速地潦倒至此，也不可能一早就给贾赦做了填房。

她自己说了，她无儿无女。以凤姐对出身如此看重，对"嫡出庶出"如此强调，贾琏应该是原配之子，而这，正是凤姐与邢夫人之间那些口不能言的心结之所在。凤姐作为豪门千金，眼中并没有这个婆婆，邢夫人很清楚，所以不时地敲打找碴。

毋庸讳言，邢夫人的性格也自有问题。但贾府里另一个填房，贾珍的妻子尤氏，为人好到让人怜惜，境遇也好不到哪里去。

尤氏的出身，书中没有详说，但她父亲能给她娶一个带了两个女儿嫁过来的继母，足以说明她的娘家的境况。

也许因为这出身，她特别能体谅别人。凤姐过生日，贾母张罗大家凑份子，凤姐特地提醒不要漏了赵姨娘和周姨娘。尤氏便笑她说，有这么多人为你凑份子还不够，何必再拉上那俩苦瓠子。凤姐理直气壮地说："你少胡说……她们为什么苦呢？有了钱也是白填送别人，不如拘来咱们乐。"但尤氏最终还是把钱偷偷还给了赵周二位，说："你们可怜见的，哪里有这些闲钱？凤丫头便知道了，有我应着呢。"

她从不为难别人，关键时刻，还能为平儿说话，当初对秦可卿，也是真心实意地好，秦可卿一生病，就把她愁得什么似的，见人就打听知不知道哪里有好医生，平日里对可卿也是赞不绝口。

从她和凤姐的那些调笑来看，她并不是笨，而是为人太好，对世界的黑暗没法也不敢想象。她也不像凤姐说的那样无能，后来贾敬去世，家里男人都去给老王妃送葬了，她"独艳理亲丧"，操办丧事，也没出过什么大乱子。

但就是这样一个好人，只因出身寒微，贾府上下完全不把她放在眼里，贾珍能勾搭她妹妹，凤姐也能拿她撒气，撕扯她，啐她一脸，后来弄死她妹妹，一点儿都不看她面子。就是那些丫鬟们，对她也不甚恭敬，端水给她洗脸时只是弯腰而不是按照规矩跪着，主子们吃的米饭没了，就把下人吃的盛给她。

那么《红楼梦》里到底有没有寻常门户出身，却混得风光体面的女子呢？也有，就是那位最为神秘的秦可卿。

关于秦可卿，确实有很多疑团，比如说她的养父秦业不过是个营缮郎——清代并无这种官职，从后面秦钟去贾家私塾读书，秦业"宦囊羞涩，那贾家上上下下都是一双富贵眼睛，贽见礼必须丰厚，容易拿不出来……说不得东拼西凑的恭恭敬敬封了二十四两贽见礼"来看，也不是什么殷实人家。秦家能跟宁国府结亲，秦可卿成为长房长媳，书里也说了，是"因素与贾家有些瓜葛"。这就让人浮想联翩，到底秦业能跟贾家有什么瓜葛？

关于秦可卿的诸多猜测，影响力最大的是刘心武"太子之女"之说，那一大堆考证，我没太细看，因为我不大相信，曹公十年辛苦，呕心沥血，只是为了写一部上佳的悬疑小说。倒不是看不起悬疑，而是他那样精细的描写，努力还原旧日的气息，若只是看成谜团里指东道西的线索，真让人想替曹公叹口气。

其实，即便不做那些耸人听闻的联想，仅就文本而言，秦可卿一路遭际，也是说得通的。贾府习惯于豪门联姻不错，虽然贾母请张道士帮宝玉物色结婚对象时，提出只要长得好性格好就行，门第什么的倒不要紧，但看看荣国府的媳妇多是千金小姐，就可以知道，这句话不过是一时一地的心情。

但宁国府不同，贾珍母亲去世得早，父亲又早早跑去修仙炼丹去了，贾珍就成了家里说一不二的主。他没有享受过父爱，把贾蓉看得不怎么要紧，加上为人也不怎么靠谱，闻听秦业家的小姐貌若天仙，一时来劲，替儿子提亲也不特别奇怪。

至于说为什么秦可卿嫁入贾家之后，能成为贾母眼中"重孙媳里第一个得意之人"，首先我们要知道，荣宁二府，贾母的重孙媳就这一个，那些廊上廊下的远房亲戚自然得意不起来。其次书里也说了，秦氏"极妥当"，"生得袅娜纤巧，行事又温柔和平"。寒微之家的姑娘，也有资质过人者，况且，秦氏性格又与他人不同："她可心细，心又重，不拘听见个什么话儿，都要度量个三日五夜才罢。"

这是优点，秦可卿的"极妥当"皆是由此而来，她缜密、细致，追求完美，因此赢得了宁国府上下一致的爱戴。这也是缺点，尤氏说了，她的病，"就是打这个秉性上头思虑出来的"。窃以为，这个病，还包括心病。

给秦可卿看病的那位张友士，看病倒像做心理测试，他说秦可卿"是个心性高强聪明不过的人"。这话不错，某些时候，"心性高强"和"温柔和平"也可以有机地结合在一起，它们是追求完美的人性格里的两面。当这样一个人嫁入宁国府，她的命运就已经被注定，她无法拒绝贾珍的诱惑。

秦可卿美貌与智慧兼具，又"心性高强"，她不可能像尤氏那样，甘心充当一个总是被忽视的人。但实现这样一个目标，单靠攒人品没用，势单力薄如她，必须为自己找到一个靠山。这个靠山明显不是贾蓉。

贾蓉在他爹贾珍面前，就是一个小跟班，唯唯诺诺，鬼头鬼脑，一个不小心，他爹就叫小厮去啐他，连贾母的陪房赖嬷嬷都知道，他爹管他管得"道二不着两"。他自己在家人面前尚无尊严，自然也不可能帮秦可卿树立起地位。

但贾珍能，他是宁国府的王，他的抬举，会让任何人都不敢小觑她。当然，想得到这个抬举，就要付出代价。如果秦可卿是个缺心眼的姑娘，拒绝起来也许还要容易一点儿，但当她把此事"度量上三日五夜"，就会知道，在贾珍一手遮天的宁国府，她其实没有更多选择。

即便是诱奸，即便是拿肉体换体面，有时也会显得温情脉脉，但聪明如秦可卿，一定知道这件事的实质，关于选择的纠结刚刚结束，她一定会再陷入自我谴责的纠结中。这是她的病根，张友士说："聪明忒过，则不如意事常有，不如意事常有，则思虑太过。"老天给聪明人的一个大陷阱，就是永远让他们知道哪儿不如意，给他们解决这不如意的机会，再把他们带入更大的不如意里面去。

如此看来，聪明人混在豪门，甚至比呆笨的人更危险。呆笨的人只是受欺负，气不顺，聪明人则一步步地，把自己带入灾难里，送掉自己的性命。

一入豪门深似海，豪门里很难有比较自然的关系，资源分配常常重过亲情流露，人人都靠着自己的力量活着。最要命的是，豪门的威严与个人的欲望结合在一起，形成无法抗拒的力量，若你不能配合与享受，就只有死路一条。

林红玉升职记

在大观园里的怡红院,贾宝玉度过了他一生中最好的时光。他曾经这样描述那辰光:"女儿翠袖诗怀冷,公子金貂酒力轻。却喜侍儿知试茗,扫将新雪及时烹",又说"盈盈烛泪因谁泣,点点花愁为我嗔。自是小鬟娇懒惯,拥衾不耐笑言频"。

娇嗲的丫鬟,傲娇的公子,整个一和谐小社会啊。但是,若换个眼光来看,可能就要大相径庭了。如果小红拥有话语权,她描述的怡红院,也许时时刻刻都要上演一部现实版的《甄嬛传》。

晴雯和袭人的斗法,麝月的绵里藏针,秋纹的尖刻与上不了台面,妥妥反派人选,至于她自己,应该是最为励志的那个女主角,类似于金三顺或者大长今。

她会如实地写自己奋斗中的每一步吗?我看很难。"奋斗"这个词,貌似一个十足的褒义词,但对于大多数人来说,却是由许多个屈辱挫败构成的,最起码,对于小红来说是这样。

小红是贾府大管家林之孝夫妇的女儿,我曾经对她的这个身份设计很不理解。林之孝夫妇虽是奴才,在贾府,却极有分量,贾琏跟林之孝都推心置腹,林之孝家的走进怡红院,晴雯都要热络地上前赔笑脸。有这么一对实权派父母,小红为什么会在怡红院做个宝玉都叫不上名字的小丫鬟,受不完的窝囊气呢？

如今想来，大概其中玄机有两点。一是在很多人眼里，怡红院都是个好地方，比如厨房管事的柳家媳妇，就看中了怡红院"差轻人多"，谋划着要将女儿送过去应卯。林之孝家的，正管着小丫鬟们的人事，近水楼台把闺女送进怡红院，便不难想象了。

但林之孝家的，管的只是小丫鬟，大丫鬟们的人事权，在王夫人甚至贾母手中。王夫人撵走晴雯，还是得避重就轻地告知贾母；袭人身份改变之后，对宝玉说，以后她的去留，跟王夫人汇报即可。

所以晴雯等虽然对林之孝家的有礼节上的客气，心里并不真的看重，倒碗茶，喊一声林大娘，就算给足了她面子，用不着照顾她的女儿来进一步示好。

若小红是个"本分人"，她的日子倒也很过得去，所做的，不过是拎桶水，描个花样子，帮人捎个话之类。但小红毕竟是管家的女儿，见的世面多，想的东西也多，不甘心就这么没名没姓的，"心内着实妄想痴心的向上攀高"。攀高总得有路啊，小红自个儿，默默地折腾上了。

作为一个零基础的奋斗者，小红顺理成章地，先想到动用自己的原始资本。她的原始资本是长得还行，虽然跟晴雯等人不能比，却也有"三分容貌"。三分长相，七分打扮，收拾得利落点，就称得上"十分俏丽干净"了。

这先天后天加在一块儿，凑成几分好模样，"每每的要在宝玉面前现弄现弄"。皇天不负有心人，某天，还真的瞅到个空子，给宝玉倒了一回茶，就迅速地被秋纹碧痕等人发现了，兜头就啐了一口，骂她是"没脸的下流东西"，让小红不由得"内心灰了一半"。

几乎没有过渡，失意的小红立即开始了她的爱情。和宝黛爱情那样漫长的铺垫不同，小红的爱，突如其来，这厢刚在宝玉那儿碰了一鼻子灰，那厢她听到老婆子提起贾芸来，"不觉心中一动"，竟然当晚就梦见他来拉自己。

小红与贾芸，不过是一面之缘，她虽然认真地瞅过贾芸两眼，但紧接着，她就跑到宝玉跟前献殷勤去了，若不是在宝玉那里吃了瘪，她也不至于想到贾芸这个人，做这么一个梦。可是即便是这般现实，也能成就一场梦萦魂牵。爱情，真是个奇妙的东西。

张爱玲笔下，也曾写到过一个野心勃勃的姑娘，她跟女友说，对于我来说，只要经济条件在某一个范围内，我就可以嫁给他。这姑娘够直率，后来她跟了女友的父亲。尽管她的目的很清楚，但我猜，在他们的关系里，一定也有情意绵绵的时刻，甚至于，你都不能说，这样的爱情，就不算爱情。

还是不要轻易地给爱情定义吧，对于不同的人，它有不同的呈现方式。倒是难得曹公用一个"痴"字来形容小红，这一回的回目就叫作"痴女儿遗帕惹相思"，看得出，他对小红的爱情，既感怜惜，也觉得好笑。

小红的世故与天真，是这样浑然天成地合为一体。她因为贾芸是"本家爷们"而对他有了非分之想，但这非分之想，亦未必能给她带来现实好处。这种关系，在她的人生里，更多的是一种储备，接下来，她依然要自力更生地寻找出路。

机遇从来不亏待有准备的人。这日小红和文官香菱她们在花园里玩耍，凤姐老远在山坡上招手叫人，唯有小红抛下众人，跑到凤姐跟前。凤姐交代了她一个差事，小红办得清楚明白，把四五门子的话，都说得齐全。凤姐马上看出这个丫鬟不一般，问她愿不愿意跟自己，还怪小红她妈没有把闺女送到她这里来。

其实这也怪不得小红她妈，林之孝家的作为凤姐手下，知道伴君如伴虎，当娘的，总希望女儿过个太平日子。但年轻的小红，更明白，不入虎穴，焉得虎子，面对凤姐的邀约，她立即愉快地答应了。

关于小红在凤姐手中的历练，书中没说太细，我们只知道，从此后，她不再是怡红院里宝玉都叫不上名字的小丫鬟，凤姐出门，小红的名字也能附在平儿丰儿之后了，她就像鱼儿游进了大海，得其所哉。

说到底，小红的核心竞争力不是容貌，而是口齿伶俐，头脑灵活，这些在宝玉屋里都是屠龙术，麝月连一两银子有多大都闹不清，宝玉对她们不做这种要求。在凤姐这里，小红的长处有了用武之地。

到这里，我们可以得出一个启示：靠才干混，比靠脸蛋混靠谱。靠脸蛋混，也许立竿见影，但这种成功门槛太低，太容易复制。千军万马，都想过这个独木桥，往往为先行者所警惕。就算小红能成功上位，以后，也不过是又一个蕙香。

何况小红又不是李嘉欣，她想要在宝玉面前卖弄姿色，不过是不得其门者的误打误撞，是一个奋斗者初上路时，难以避免的一小段歧途。

小红身上有着足够的励志元素，但起码在前八十回里"负能量"爆棚的曹公，怎么可能只是津津乐道于一个励志故事。他在小红身上用那么多的笔墨，怎么看，都像是有更多的暗示。让读者预感到，这个人，待到贾府凄风苦雨之际，一定会有更精彩的表现。

小红最后，会以怎样的面目出现呢？

比较主流的说法是，她后来与茜雪同去狱神庙探望宝玉。那个自信满满的脂砚斋，在第二十七回的眉批里，对她是批判的："奸邪婢岂是怡红应答者，故即逐之。"

但随即有畸笏叟指出："此系未见'抄没''狱神庙'诸事，故有是批。"这俩人，都是一副知情者的派头。但我对于文本之外的东西，向来存疑。撇开这俩人的挤眉弄眼，只看书中文字，小红的性情，也大略可知。

在书中，小红的确表现得野心勃勃。在当时，野心是个贬义词，现在可不是。小红的才干，不是其他丫鬟可比，她想要脱颖而出，也是天经地义。她自身呈现出来的，没有太多可挑剔之处，那就再看看其他人对她的看法。

宝玉对她始终不明就里，凤姐对她是激赏，秋纹晴雯她们对一切想要靠近宝玉的人都严加防范，她们的指责也作不得数。剩下的，还有一位，却是最为重量级的评价者，那就是宝钗姑娘。

很有意思，宝玉都不知道他屋里这姑娘叫啥名，宝钗却早就了解到小红"眼空心大""刁钻古怪"。当她不小心听到小红的心事，本能地担心她"狗急跳墙"，会生出事端，于是使了个"金蝉脱壳"之计，装作是刚刚赶过来的，喊："颦儿，我看你往哪里藏！"

这个细节是最遭黛粉诟病之处，认为宝钗是想陷害黛玉。是不是，外人很难知晓。但《红楼梦》里，很多人遇到什么事儿，都喜欢拿黛玉当借口。比如凤姐让平儿到大观园里躲一躲，就对邢夫人称，平儿是被黛玉叫去了。看得出，黛玉在荣国府里存在感极强，这里也显示出贾母对黛玉的疼爱。

宝钗一向与黛玉走得很近——虽然到这时，黛玉对她仍有敌意——这里脱口而出，叫出黛玉的名字，倒不足为奇。也许她心中有个时间差，认为小红会当自己说出心事以前，黛玉已经"朝东一绕"地跑远了。

但小红作为一个精明的当事人，同她一样是宁可信其有，当下就很恐惧，觉得那些话被宝钗听了还没什么，黛玉听到就麻烦了。

这里形成一个很有趣的关系，宝钗怕小红，小红怕黛玉。那么，小红真的是宝钗想象中那个不得不防的"小人"吗？

我觉得未必。在怡红院里，她被晴雯秋纹等人欺负，坠儿也替她鸣不平，抱怨凭什么晴雯她们几个被算到上等里去时，小红却清醒地说："也犯不着气她们，俗话说得好，'千里搭长棚，没有不散的筵席'，谁守谁一辈子呢？不过三年五载，各人干各人的去了。"这样一个人，如何会做那种损人不利己的无用功呢？

宝钗但知道小红的野心，却不知道她的胸襟，机警透彻如宝钗，也有这种盲区，一方面是她最强调"规矩"二字，另一方面，精明的既得利益者，对于张牙舞爪向上攀爬的底层人物，最没有好感，不自觉地会放大对方的危险性，而不体谅小人物在完成原始积累时难免的穷形尽相。

小红与贾芸出场时，都还处于原始积累阶段，对于他们未来走向，不妨持开放性的预测。我愿意相信，小红是有可能去狱神庙探望宝玉的，这倒不是因为她是什么"忠仆"，而是在完成原始积累之后，她才有更多机会，表现自己的温暖与善良。

如果真有那样的时候，也许，同样历经波折的宝钗，才能懂得一个底层的聪明能干的女孩，曾有的那种窘迫与彷徨。

关于鸳鸯的爱和悲哀

透过贾母看鸳鸯

鸳鸯自小生在贾府中,全家都为贾家服务,父亲留在南京看房子,哥哥嫂子在老太太跟前充任买办浆洗之职。除了这些简单的身世介绍,曹公还借邢夫人的眼睛,对她来了一段形象描写:蜂腰削背,鸭蛋脸面,乌油头发,高高的鼻子,两边腮上微微的几点雀斑。

单从这些看,也不过是一个普通的女孩子。曹公写人向来不以主观印象进入,他笔下的人物,总是横看成岭侧成峰地看过去,以周围的眼神和声音,将人物反复皴染。

作为贾母跟前的大红人,看鸳鸯,当然要通过贾母的眼睛。我们先来研究一下,贾母喜欢啥样的人。

宝玉黛玉得宠亦因血缘关系,大约不能作为范本。贾母深宠的凤姐却是神采飞扬、生动灵活的。庶出的孙女里,她疼爱聪敏的探春,亦大大地超过木讷的迎春。北静王妃来了,贾母只派出探春接待,却将迎春雪藏,这一政治待遇的不均衡,甚至导致了迎春嫡母邢夫人的不平衡。

孙男弟女间的厚薄,到底还只能大家彼此心中有数。面对丫鬟们,贾母则不惮于展露自己的好恶。虽然袭人自认为,老太太把她赏给宝玉,是别有深意的，但据贾母自己说，她还是更看好晴雯一点儿——这些丫头的模样爽利言谈针线多不及她。至于袭人，在她眼里不过是个没嘴的葫芦，她喜欢的，压根儿不是那一款。

老实巴交的，不得她待见，精明外露的，同样遭她嫌憎，向来抓尖占巧欺软怕硬的秋纹就说，老太太一向不跟她说话，有些不入她老人家的眼的。两厢排除，我们可以得出，贾母喜欢的是聪明人。这个条件不难满足，难的是，她喜欢的，是大方舒展的聪明人，要有奴才的服务水准，却不能带出奴才的卑微气质。不是每一个人，都像王夫人那样爱看奴才相的，老太太的审美取向，比王夫人要高出几筹。

贾府的丫鬟里，最不带奴才相的当然是鸳鸯，在她以壮士断腕的激情拒绝糟老头子贾赦之前，她的名字还曾上过一次回目，那是第四十回：史太君两宴大观园，金鸳鸯三宣牙牌令。但见宴席之上，她口齿朗朗，说，酒令大如军令，不论尊卑，惟我是主，违了我的话，是要罚的。虽说是酒桌上的套话，但我想，不是每个丫鬟，都能够当着老太太、太太们，如此神情自若。如果现实中真的曾有这样的女子，她那种俊逸的神采，一定给曹公留下了深刻印象，才被写进了回目里。

鸳鸯的优越感

当然，鸳鸯也不是空降下来，这卓尔不群的气质，跟她的身份处境，相辅相成，相互促进。

虽然说到底，鸳鸯也不过是个丫鬟，但她是贾母身边的丫鬟，她永远高高地立于贾母旁边，晚辈们在下面行礼问候，便貌似她也有份了。假如说，这种良好感觉还有点儿自欺欺人，平日里，他们对她的恭敬，那可是货真价实的。

凤姐过生日，鸳鸯率领丫鬟们前来敬酒，凤姐喝得差不多了，到此时只好央告说："好姐姐们，饶了我吧，我明儿再来喝吧。"鸳鸯毫不容情，笑道："真个的，我们是没脸的了？就是我们在太太跟前，太太还赏个脸儿呢。往常倒有些体面，今儿当着这些人，倒拿起主子的款儿来了。我原不该来。不喝，我们就走。"说着掉头而去。

凤姐还得赔笑拉住，笑道："好姐姐，我喝就是了。"说着拿过酒来，满满地斟了一杯喝干。鸳鸯方笑了散去。

看见了没，饶是威风八面的凤姐，也得让这鸳鸯三分，其他人等，便可以推想一下了。

作为领导的身边人，鸳鸯自有一种话语权。你平时在下面千辛万苦，累死累活，殚精竭虑，千方百计，下情未必能抵圣听，通向上级耳畔眼前的路何其漫长，中间亦难免有很多信息流失。你的上下求索，可能还赶不上领导身边人的一句闲话、一个玩笑，这就是鸳鸯之令众人敬畏之处。

后来邢夫人有心整治凤姐，凤姐大受委屈，黯然泪下。鸳鸯打听到缘故，随口汇报给了贾母。若不是有鸳鸯相助，凤姐就只能吃个哑巴亏，她哪能自个儿在老太太面前说婆婆的不是呢？再有理也是不孝。所以，凤姐他们与鸳鸯交好，实则能起到四两拨千斤之功效，对她高看一眼，乐于给她面子，也就不难理解了。

话语权也是资源，是资源就有人来争取，要是换一个刁钻的人，早寻思着怎样把这虚的恭敬，兑换成实的利益了。但鸳鸯的高贵处正在这里，贾母赞鸳鸯有两个好处：一是我凡百的性格脾气她也知道些，二是她并不指着我和这位太太要衣裳去，又和那位奶奶要银子去。

无欲则刚，鸳鸯未曾盘算过那些蝇头小利，在奶奶太太们面前可以挺起胸膛做人，所以，她非但没有一丝奴才相，相反，有时还能体恤同情那些主子们。

比如前面说的，她暗中助凤姐一事。把凤姐的委屈汇报给贾母之后，她进入大观园，在妯娌中为凤姐大鸣不平。当李纨说到凤姐仗着鬼聪明，把局面敷衍得还可以时，鸳鸯说，罢哟，还提凤丫头虎丫头呢，她也可怜见的了……

这怜惜的口气何等居高临下。至于我曾提到过的，那一回尤氏来荣国府吃饭，主子吃的饭没了，底下人欺负她性情软弱出身低微，竟然端来下人们吃的饭糊弄她，还是鸳鸯发号施令，让把三姑娘的饭拿过来，尤氏忙说自己够了，鸳鸯抢白她说，你够了我自己不会吃？她当然是为尤氏好，可是，她作为一个丫鬟，竟然能用这种生硬的态度去关照主子，也可见她感觉良好。

红人的真相

总而言之，鸳鸯在老太太身边的位置，决定了她在奶奶太太们心中的地位；她们对她的恭敬，蓄养出她的大气与高蹈；而这大气高蹈，亦使得她越发能讨老太太欢心。久之，形成了一种良性循环。如果不是半路上冒出一个贾赦，鸳鸯一定会将这份与主子们平起平坐的错觉进行到底。

但是，贾赦这个死老头子冒出来了，要讨她做姨娘。他的这个想法，像一杆秤，量出了鸳鸯的真实分量。却原来，凭她怎样心高气傲，在众人眼中，也不过是个普通丫鬟罢了。一个糟老头子就可以打她的主意，能成为他的姨娘，就算是她交了狗屎运，大大地发迹了。

比贾赦更可怕的，当是这真相，它撕破了大家共同打造的虚假繁荣，逼迫鸳鸯直面自己的真实处境。

鸳鸯就是鸳鸯，她没有痛苦地接受现实，宁可破釜沉舟，以终身不嫁的筹码，挽回自己的体面。她在贾母的厅堂上慷慨激昂，表露自己的决心，这么着还嫌不够，又剪下自己的头发以明心志。当是时，有谁能听得到她内心的沉痛？

看上去，好像鸳鸯赢了，但我们仔细地看这场纷争中的每一个人，会发现真正的大赢家是贾母。她恼恨贾赦，是因为鸳鸯伺候得好，她用起来顺手。假如没有这件事，鸳鸯迟早都是要嫁人的，同样会打破这种平静。

现在，鸳鸯激愤之下，放出终身不嫁的誓言，那件事是正中下怀，潜在的危险清除了，贾母乐得成全她。后来凤姐研究发嫁丫鬟，便不把鸳鸯考虑在内了。

贾赦偷鸡不成蚀把米，白惹了一身骚，是有点儿晦气，但是，过不多久，他不照样花了八百两银子另买一个十七岁的女孩。死了张屠户，也没吃带毛猪，鸳鸯的"不识抬举"无法阻碍他的"性"福生活。

只有鸳鸯，就此把自己放逐于孤寂的路途，她用一生的幸福，赎回一时的尊严。

从这结果看，阶层一定是存在的，不管有形还是无形，装作看不见，不过是掩耳盗铃，它一定会显现出来，突然将你绊倒。

贾母的冷漠，杀伤力并不下于贾赦的龌龊，而鸳鸯孤注一掷，不过换回这样的结果。夜深人静的时候，她若深思，不知可有警醒？对于所谓恩宠，可有更为真切的了解？

鸳鸯到底喜欢谁

歌德有句话都被大家引用滥了，但我还是忍不住再引用一下：哪个少女不怀春，哪个少男不钟情。鸳鸯真的就不怀春，不钟情？真的就对所有的男子无动于衷吗？我觉得不是。

有一个细节似乎长期以来为大家所忽略，贾赦闻听鸳鸯拒绝了他，发狠说："自古嫦娥爱少年，他必定嫌我老了。大约他恋着少爷们，多半是看上了宝玉，只怕也有贾琏。"

鸳鸯后来跑到贾母面前哭诉，说："因为不依，方才大老爷越性说我恋着宝玉，不然要等着往外聘……我是横了心的，当着众人在这里，我这一辈子，莫说是'宝玉'，便是'宝金''宝银''宝天王''宝皇帝'，横竖不嫁人就完了！"

注意，贾赦不但说了她恋着宝玉，也提到她恋着贾琏，为何鸳鸯把贾琏的名字放了过去，只就宝玉大做文章？不知道是不是我想多了，反正它总让我想起戴望舒的那句诗："我不敢说出你的名字。"

你心里真的放进一个人，他的名字就会成为一个秘密，就是只面对自己，也无法轻念出声，那名字如黑暗中的火花，灼热又危险。

在众人面前，自然更不肯提起，害怕会暴露。一个停顿，一点儿涩滞，一丝拿捏不稳的颤抖，是不是就会让你的秘密暴露？所以，对于那个其实平淡无奇的名字，你已经习惯了守口如瓶。

只就这样一个细节做如是猜想，当然有诠释过度之嫌，但是鸳鸯和贾琏在一起时，确实有点儿怪怪的。

第七十二回，鸳鸯听说贾琏不在家，来看凤姐，听平儿说凤姐才刚睡下,便在外间与平儿闲聊。可巧赶上贾琏回家有事。

贾琏笑道:"鸳鸯姐姐,今儿贵脚踏贱地。"鸳鸯坐着没有动,笑着与他寒暄。两人闲话一场之后,鸳鸯起身告辞,贾琏忙也立身说道:"好姐姐,再坐一坐,兄弟还有事相求。"

说着便骂小丫头:"怎么不沏好茶来!快拿干净盖碗,把昨儿进上的新茶沏一碗来。"说着向鸳鸯道:"这两日因老太太的千秋,所有的几千两银子都使了。几处房租地税通在九月才得,这会子竟接不上。明儿又要送南安府里的礼,又要预备娘娘的重阳节礼,还有几家红白大礼,至少还得三二千两银子用,一时难去支借。俗语说,'求人不如求己'。说不得,姐姐担个不是,暂且把老太太查不着的金银家伙偷着运出一箱子来,暂押千数两银子支腾过去。不上半年的光景,银子来了,我就赎了交还,断不能叫姐姐落不是。"

鸳鸯听了,笑道:"你倒会变法儿,亏你怎么想来。"贾琏笑道:"不是我扯谎,若论除了姐姐,也还有人手里管的起千数两银子的,只是他们为人都不如你明白有胆量。我若和他们一说,反吓住了他们。所以我'宁撞金钟一下,不打破鼓三千'。"

一语未了,忽有贾母那边的小丫头子忙忙走来找鸳鸯,说:"老太太找姐姐半日,我们那里没找到,却在这里。"鸳鸯听说,忙的且去见贾母。

曹公写这一段,分寸感把握得极好。贾琏神气活现、巧舌如簧,鸳鸯态度矜持且略显紧张，简单的回答里，似乎可见一两分羞涩，所以最后虽然她未曾吐口，但贾琏已然将她吃得稳、拿得定了。

更有意味的是，后来此事走漏消息，邢夫人又上来生事，凤姐深为鸳鸯担心：

"知道这事还是小事，怕的是小人趁便又造非言，生出别的事来。当紧那边正和鸳鸯结下仇了，如今听得他私自借给琏二爷东西，那起小人眼馋肚饱，连没缝儿的鸡蛋还要下蛆呢，如今有了这个因由，恐怕又造出些没天理的话来也定不得。在你琏二爷还无妨，只是鸳鸯正经女儿，带累了他受屈，岂不是咱们的过失。"

平儿笑道："这也无妨。鸳鸯借东西看的是奶奶，并不为的是二爷。一则鸳鸯虽应名是他私情，其实他是回过老太太的。老太太因怕孙男弟女多，这个也借，那个也要，到跟前撒个娇儿，和谁要去，因此只装不知道。纵闹了出来，究竟那也无碍。"凤姐儿道："理固如此。只是你我是知道的，那不知道的，焉得不生疑呢。"

平儿以为无妨，是因为她不像凤姐那样了解鸳鸯，早在第三十八回，众人在一起吃螃蟹，鸳鸯和凤姐说笑，凤姐就笑道："你和我少作怪，你知道你琏二爷爱上了你，要和老太太讨了你做小老婆呢。"虽然也是玩笑，但放在当时的场景下，着实有点儿突兀。

凤姐到底是过来人，知道鸳鸯水波不起的表面下，亦有一颗温柔的女儿心。至于说凤姐是出了名的醋罐子，这会儿怎么大度起来了？那是因为，女人嫉恨的，其实是自己的丈夫喜欢别的女人，至于别的女人喜欢自己的丈夫，倘若那感情清洁、内敛、安全，一个正经人的爱，不会给自己带来任何危险，即便窥破了，也不会过于在意，相反，有些许同道中人的欣赏也未可知呢。

而贾琏这个人，也不是完全没有可爱之处，我觉得他比柳湘莲都强。

柳湘莲自个儿眠花宿柳，以为无妨，对于女人，却讲究得紧。而贾琏对尤二姐的过去既往不咎，说，谁能无过，改了就好。尽管也可解释为欲令智昏，但不管是爱，还是不爱，他从来不曾拿尤二姐的过往说过事，在贞节问题上他不双标。

他为石呆子鸣不平，帮不愿嫁给凤姐心腹之子的彩云说话，都可见这个人的厚道本质。至于那年黛玉回苏州奔丧，就是派贾琏护送，更说明，这个人私生活虽然乱一点儿，但也不是没有底线的，在家中包括贾政宝玉在内的男人尽皆务虚之辈的情况下，他也算一顶梁柱了。

更何况，他相貌不凡，在公开场合呈现出来的修养气质也尚可。把这些加在一起，贾琏自有他一种魅力。所以，当他因为为石呆子说话的事挨了贾赦的打，一向温婉的平儿，也对挑起事端的贾雨村恶语相加，而咬牙切齿的背后，都是她平日里想要掩藏的对贾琏的感情。

贾琏之于鸳鸯，应该是一个寻常男子的可爱。他不那么干净，沉溺于肉欲，有点儿污秽，可是，只因他是生活中比较近的一个人，近到能感受到他的温度与气味，她就有一点点上心了，只是点若有若无的情愫，始终在她的剧情中荡漾、飘忽的一丝一缕，让人想来惆怅。

一个被拐卖孤女的自救之道

对于荣国府里的人，香菱是一个捉摸不透的存在，在她还未出现之前，已经作为一个新闻事件的核心人物为他们所知晓。贾家亲戚、薛家公子薛蟠，因与人争购这个女孩，犯下命案，险些被官府通缉，还好审判此案的贾雨村大人，与他们家有些瓜葛，设法放过了薛蟠，让他能够自由自在地按照原定的计划，从南京迁移到北京。

荣国府的人，对香菱很难没有好奇，一个能引发命案的美人，该是啥样的呢？待到见到她真人，发现她确实很美，和贾府第一美人秦可卿有些挂相，让阅美无数的贾琏都忍不住在凤姐面前啧啧赞赏。但是，她又懵懂而茫然，好事者问起她家乡父母，她皆摇头说，不记得了。

香菱被拐卖时，大约四五岁年纪，这个年纪，不大记事也正常，但看香菱一向言行，她似乎有意无意地遗忘一整个过去。这种刻意不只体现于她对旧日的讳莫如深上，更体现于她性格里的那种"憨"。

她没心机，没心眼，经常如梦初醒，有时被人戏耍，看上去一派天然。种种憨态，让大观园姐妹乃至袭人这样的大丫鬟，既怜惜，又感到好笑。绝大多数时候，她呈现出来的样子，都不像一个有着黑暗过去的人。

但作为一个曾经的被拐卖儿童，她可吃了太多的苦了。虽然袭人晴雯也都是贾府买来的，可袭人她们都还有可以联系的亲人。香菱是被拐卖，还在拐子手下待了七八年,其间她经历了什么,难以想象,了解她底细的门子来了句"她是被拐子打怕了的",概括了她所受的全部折磨。

谁来买她,谁就是她的救世主。冯渊对她一见倾心,以至于要郑重地择日迎之。这是一个危险的信号,太郑重地去做的事,往往都会成空。旋即拐子又把香菱卖给薛蟠,想要卷款而逃,却不曾走脱,两家联手把他打了个臭死。香菱的归属又引发两家人之间的纷争。

结局是冯渊被打死,香菱和薛蟠一道赴京,那一路上她的所思所想俱是空白,后来也几乎只字不提。唯有在第四十七回,她和黛玉谈到王维的诗句"渡头馀落日,墟里上孤烟"时说:"这'馀'和'上'字,难为他怎么想来!我们那年上京来,那日下晚便湾住船,岸上又没有人,只有几棵树,远远的几家人家做晚饭,那个烟竟是碧青,连云直上。谁知我昨日晚上读了这两句,倒像我又到了那个地方去了。"

赴京之时,就在那场血案之后,不知道香菱面对那落日青烟还想到了什么。只是从这段话,不难看出,香菱亦是个敏感的人,她表面上那种一无所知的茫然,也许只是一种求生本能,有些事儿,如果她一定记得,她可能会活不下去。

命运将她摁得太紧,她必须小心翼翼,能从拐子手里逃出已经是劫后余生,下一个主人,即便不能如冯渊那样对她珍爱,她也必须好好服侍,甚至,让自己对他生出感情来。

薛蟠调戏柳湘莲,挨了顿暴揍,香菱把眼睛都哭肿;香菱和小丫鬟斗草,拿出一枝"夫妻蕙",小丫鬟嘲笑她说:"你汉子去了大半年,你想夫妻了?便扯上蕙也有夫妻,好不害臊!"香菱羞得红了脸;薛蟠远游归来,带来准备迎娶夏金桂的消息,香菱打心眼里为他高兴,一厢情愿地认为,自己会在这位"大奶"手下得到善待。

从表面上看,香菱似乎完全接受了她的命运,还疑似呈现"斯德哥尔摩综合征",在命运的连番击打下,她似乎被驯化得逆来顺受。假如是这样,也不是她的错。可是,我得说,我以为,香菱并没有放弃对自己的救赎。

这种救赎,体现在"香菱学诗"那一段。

曾经觉得这个情节非常突兀,香菱为什么要学诗呢?此前她所有的表现都很家常,不过是送个东西倒个茶什么的,憨而呆的性格,使得她看上去跟文学也没什么关系。虽然湘云也憨,但毕竟是贵族小姐,写诗是一种基本训练。香菱这冷不丁的,怎么突然要学写诗了呢?

曹公给出的理由是"羡慕"。这一章的回目就叫作"慕雅女雅集苦吟诗",香菱自己也说:"我不过是心里羡慕,才学着顽罢了。"宝玉的说法则是:"我们成日叹说可惜她这么个人竟俗了,谁知到底有今日。"总而言之,仿佛是曹公不忍心看香菱"竟俗了",特为她设这么一节。

说实话,我以前看到这里总有些反感,有一种酸文人,未必多懂诗,但喜欢女人作诗的姿态。比如鲁迅的小说《肥皂》里,文人四铭与薇园遇到个讨饭奉养祖母的"孝女",俩人兴奋得不行,一方面因为"孝"是他们旌表的美德,另一方面,乞讨的孤女,在这些充满无力感的穷酸文人眼中,也自有一种性感。

薇园于是跑去问她可能作诗,"要是能做诗,那就好了"。孤女摇摇头。薇园大失所望,说:"要会做诗,然后有趣。"

难道曹公与宝玉也跟这些人一般想法,对于一个身陷泥沼里的孤女,也认为"要会做诗,然后有趣"?许多年后,再看这一段,觉得,若是这么想,不只是把曹公看扁了,更是对人性的理解过于肤浅。

写诗之于香菱，具有相对于宝玉黛玉等人来说不同的意义。冯渊救不了她，薛蟠本身就是个坑，磨难从四面八方围拢而来并且一再收紧。写诗，也许是她绝境中唯一的自救之道。

这也是她唯一可以全力以赴的事。当她陷入诗歌的世界，如醉如痴，夜不能寐，反复吟哦，一再推敲。她夜以继日地进行着一场场和自己的战争，一次次失败，从头再来，而终于见到光明，是她的一场小胜。在她身不由己如飘蓬般辗转的一生里，有几回，她能够像这样，感受到自己的力量，感觉到自己，终于不再那么命如草芥，有了表达的可能？

这是香菱学诗的意义，不在于诞生了几首好诗，或是让一个美人显得更风雅，它体现了香菱的抗争。抗争从来都不是只有一种形式，被命运扼到最低处时，以命相搏是一种抗争，如若不能，尝试着在绝境里，专注于一件能够帮自己暂时出离痛苦的事情，也是一种抗争。香菱学诗，犹如即将坠崖的人，在伸出手去够那颗鲜艳的草莓，她终究没有被这命运彻底压倒。

苦难源源不尽，随即，夏金桂手持黑暗的权杖粉墨登场。"自从两地生枯木，致使香魂返故乡"，香菱不可能像续书里所写，给薛蟠生下儿子，再被她多度化。她一定是被夏金桂折磨而死。

香菱的一生，命苦如此，这是《红楼梦》里最为疼痛的名字，从当时在场的宝玉，到后世读者，想起她来，都有力不从心的怅然。

然而，不管我们怎样憎恨那一层层覆盖在香菱身上的黑暗，也不能忽略香菱那微弱的抗争，像萤火虫的光亮，即便渺小，却是她这被侮辱与损害的一生里，自己赋予自己的尊严。记住这个，与诅咒黑暗，并无矛盾之处。

弱者的想象里总有很多好人

王熙凤从平儿那里听说,贾琏在外面娶了个二房,立马叫来知情人,连唬带诈地打听详细,趁贾琏不在家,选了个上香的日子,带一帮人马,直奔贾琏为尤二姐所租的房子而来。

她不是去搞打砸抢,是要去演一场好戏。尤二姐惊慌地迎出门来,见到的,是一个与素日完全不同的王熙凤。她"头上皆是素白银器,身上月白缎袄,青缎披风,白绫素裙。眉弯柳叶,高吊两梢,目横丹凤,神凝三角。俏丽若三春之桃,清素若九秋之菊"。

人还没开口,衣服就已经在说话,告诉尤二姐,这是一个清心寡欲好相处的善女人,她找你叙交情来了。

但见王熙凤滔滔不绝地说了一大堆话,她的苦衷,贾琏的误解,现在的期望,足足有几百字。透过字面,你几乎能看到她诚恳地望着尤二姐的眼神。其中更有"今日二爷私娶姐姐在外,若别人则怒,我则以为幸"的佳句,推心置腹,言无不尽,姿态放得极低,说着,还呜呜咽咽地哭了起来。

尤二姐未曾与王熙凤见过面,这名字早如雷贯耳,她一定很多次想过相见的情景,未料到竟然是这样一幕,这个名声在外的凤奶奶,原来是这样一个被误解伤害的弱女子。她感动得落下泪来,与凤姐倾心吐胆,认作知己。当凤姐建议她搬进荣国府,她二话没说,立马就换了衣服,跟她上了车。那时，她不知道，她已经在奔赴黄泉的路上。

尤二姐实在是很傻很天真。没错，凤姐表现得非常完美，可是，是不是太完美了？没有破绽就是最大的破绽，世间事，是不可能这样让你称心如意的。而尤二姐的天真，也不只是这一回。

从和贾琏交往之初，她就存在着许多误判，将这个猎艳之徒，当成终身依靠。她不知道贾琏之所以勾搭她，是因为听说她们姐妹和贾珍父子皆不干净，将她们当成了有缝的蛋，"百般撩拨，眉目传情"。

尤三姐一眼看穿贾琏是怎么回事，态度很淡；尤二姐却很领情，悄悄地收下他递过来的九龙佩，又允了嫁给他做二房。

贾琏许她的条件倒也中听。他不止一次说，凤姐身体很糟，眼看就不行了，等她一死，就把她接进去做正室。说久了，不但尤二姐信了，连贾琏自己都信了。但有一个人不信，那就是冷眼旁观的尤三姐。

她曾指着贾琏骂："你不要和我花马吊嘴的，清水下杂面，你吃我看见……这会子花了几个臭钱，你们哥儿俩拿我们姐儿两个权当粉头来取乐儿。"

她早看清楚他不过是一晌贪欢，更知道他摆不平凤姐，那个出了名的厉害女人，绝不是他口中的病秧子。她知道，将来"势必有一场大闹，不知道谁生谁死"，她也曾放豪言，要去会会这个凤奶奶，要是能够让她们过得去便罢了，要是有一点儿过不去，"我有本事先把你两个的牛黄狗宝掏了出来，再和那泼妇拼了这命"。

豪迈背后，是不无恐惧与悲怆的，她知道姐姐这一步已是行差踏错，从此必然步步惊心。

相对于尤三姐对凤姐的高度重视，尤二姐未免太不重视。贾琏的小厮们其实早已告诉她,这位二奶奶多么可怕:"嘴甜心苦,两面三刀;上头一脸笑,脚下使绊子;明是一盆火,暗是一把刀:都占全了。"

她还能很不当回事地笑着说:"我只以礼待他,他敢怎么样!"她以为她的"礼"就能把王熙凤拘禁住,却不知,礼数这件事,凤姐能做得比她更周全。

王熙凤礼数周全地将她赚入荣国府,杀人不见血地消遣她,小丫鬟也能对她冷言冷语,给她送来的食物都是吃剩的。凤姐还挑拨秋桐对她百般辱骂。贾琏搭上了新欢,玩起了失踪。

全世界的凄风苦雨都压过来,尤二姐这个花作肌肤雪作肚肠的人,"恹恹地得了病"。深夜妹妹的鬼魂来访,托梦要她和凤姐拼命。她却依旧对命运存有痴念,因为她已有了身孕。"随我去忍耐。若天见怜,使我好了,岂不两全。"

她对于贾琏和王熙凤曾有的盲信,又转移于命运,尤三姐听了,长叹而去。当初,她听说尤二姐要嫁贾琏时,大约也有这一叹吧。

尤二姐肚子里的婴孩,成了她唯一的指望,她求偶尔来看她的贾琏帮她找医生,"我来了半年,腹中也有身孕,但不能预知男女。倘天见怜,生了下来还可,若不然,我这命就不保,何况于他"。

贾琏是那种良心被狗吃了一半还剩一半的人,陪她泣下,要她放心,明天就请人帮她看病。这一看不当紧,一服药下去,竟然将一个已经成形的男胎打了下来。命运像贾琏、凤姐一样欺骗了她,尤二姐再无指望,吞金自尽。

尤二姐的一生,确实如她妹妹所言"心痴意软,终吃了这亏"。她每每轻信,非常容易接受别人的暗示,蠢到让人没耐心。但许多年之后,当我也曾略经世事,却觉得,她不是蠢,她只是懦弱。无力者的幻觉里,总有很多好人，就如我们自己曾经经历的那样。

如果尤二姐能够直面内心，她未必不清楚，无论贾琏还是王熙凤，以及她碰到的很多人，都不是什么善人。但她有求于他们，在没有更多资本进行博弈的情况下，她只能不假思索地在好人那个选项上画个钩。

她本是小白兔，却不小心做了狐狸精，和贾珍、贾蓉父子的淫乱，并非她的本愿。作为一个骨子里很本分的人，她一直等待着有人来将她解救，给她一个安宁日子。

当贾琏出现，她来不及考察，迫不及待地将他当成终身依靠；当凤姐出现，她也无从质疑甄别。她早就想进荣国府，潜意识里，她未尝不害怕自己的质疑，撕破对方假面，露出狰狞面目，倒不如装作以为对方是个好人，也许，人家因为不好意思，就会勉为其难地做个好人了。

这是尤二姐的公关之道，也是很多小人物的公关之道。我们美化暴君，赋予他们虚拟出的温良善意，我们对搞不定的人客气羞怯地笑，以为这样，就能将他们带入我们制造的气氛。我们没有尤三姐那样拼死一搏的勇气，不敢想象他们即将作恶。我们就像鸵鸟，一头扎进沙子，仿佛这样，世间纷飞的恶，就找不到自己。

有时候，对方也真的会像我们想象的那样彬彬有礼起来，但我想，这是因为利益冲突还不够强烈。假如碰上凤姐那样的对手，踏入她的雷区，那就只有你死我活，不管你对她多么信任，她也还是会想方设法，一口一口把你吃掉。

狼一定会吃羊的，即便羊虔诚地对它顶礼膜拜，为自己给它强加上的美德热泪盈眶。这，是尤二姐，以及我等像她那样的无力者，不敢面对的真相。

尤三姐的耻感从哪里来

尤三姐自杀之后，贾琏设在外面的"小公馆"乱成一团。"尤老娘一面嚎哭，一面又骂湘莲。贾琏忙揪住湘莲，命人捆了送官。"倒是尤二姐还保持理性，止泪劝贾琏说："你太多事，人家并没威逼她死，是她自寻短见。你便送他到官，又有何益？反觉生事出丑。"贾琏听她这么说，放了柳湘莲命他快去。

尤二姐说得没错，柳湘莲不过是跑来找尤三姐退个婚，不管他退婚的理由是什么，他有这个自由。如果尤三姐因此而自杀，那也是她自己想不开。害死尤三姐的，不是柳湘莲，是她自己。

尤三姐，确实是把她自己逼死的那个人。

尤二姐和尤三姐这一对姐妹花，理论上，是宁国府大奶奶、贾珍之妻尤氏的妹妹，但跟尤氏并无血缘关系，她们是尤氏的继母尤老娘带进尤家的。

尤家与贾家自不能比，但尤氏能够作为填房嫁入宁国府，成为名正言顺的大奶奶，虽不被看重门第的凤姐真心看重，表面上还是作为妯娌说说笑笑，尤家想来不会很不堪。

在清朝，一个带着两个女儿的寡妇，能嫁入还算不错的人家，这尤老娘亦非等闲人物，估计姿色过人。从尤三姐和贾珍百般轻薄时，尤老娘知趣退出看，这老太太年轻时，应当也是个风流人物。

尤二姐和尤三姐，无严亲管教，偏又妖冶多姿，从母亲那里窥到的，大约只是作为美人，能够赚到多少乐趣。在年少无知又自我膨胀时候，遇到贾珍贾蓉父子这种危险人物，选择随波逐流，简直是她们这对陋巷美人的宿命。

但是尤三姐与尤二姐又不同。尤二姐亦有些轻浮言行，骨子里却是个弱女子，当诱惑力太强时，她会顺水推舟地堕落那么一下，但孜孜以求的，还是遇到一个可靠的男人，过一份脚踏实地的日子。所以，当贾琏以二房的礼仪将她迎娶，她也就尽洗铅华，变身成一个持家女人。

尤三姐则不会为他人掌控，对于堕落，也许她曾伸出双手去拥抱，在呼啸的风声中，感受过山车般的乐趣。作为中国古代的小萝莉，她既幼稚，又风骚，既无知，又老辣，既迷茫，又自有主张，如小兽般，野心十足，灵动跳宕。她这样的人，即便干堕落这件事，都能干得才气逼人。

但是，太聪明的人，又不可能真正地堕落，他们心里有双眼睛，一半闭着，一半还醒着。不知道是从什么时候起，尤三姐发现，她并不是真的喜欢堕落这件事，不喜欢贾珍贾蓉，不喜欢那个跟他们鬼混的自己。她痛彻心扉地发现，她不觉间铸成大错，再回头，已经太迟。

这件事很有意思。看上去尤三姐比尤二姐更为放荡，但她心中，却坚守着更加苛刻的道德标杆。尤二姐还以为只要洗心革面，就能再世为人，尤三姐却在后来托梦给她说："你我生前淫奔不才，使人家丧伦败行，故有此报。"又言："自古'天网恢恢，疏而不漏'，天道好还。你虽悔过自新，然已将人父子兄弟致于麀聚之乱，天怎容你安生？"这些想法，不是她去世后的顿悟，应该，一早就在她心中。

早在她戏耍贾珍贾琏的时候。

贾琏迎娶尤二姐之后，贾珍趁他不在，跑到那"小公馆"里寻乐子，尤二姐连忙回避，尤三姐却与贾珍"挨肩擦脸，百般轻薄起来"，看似好不快活。但转脸，她忽然变脸，指着贾珍贾琏（他后来回来了）大骂，声称但凡有一点儿过不去，就把他们"两个的牛黄狗宝掏了出来"。

此后，她不断地进行这种转换。一会儿魅惑如妖，"松松挽着头发，大红袄子半掩半开，露出葱绿抹胸，一痕雪脯。底下绿裤红鞋，一对金莲或翘或并，没半刻斯文。两个坠子却似打秋千一般，灯光之下，越显得柳眉笼翠雾，檀口点丹砂。本是一双秋水眼，再吃了酒，又添了饧涩淫浪，不独将她二姐压倒，据珍琏评去，所见过的上下贵贱若干女子，皆未有此绰约风流者"。

转眼间，就化成厉鬼，"略有丫鬟婆娘不到之处，便将贾琏、贾珍、贾蓉三个泼声厉言痛骂"，"天天挑拣穿吃，打了银的，又要金的，有了珠子，又要宝石；吃的肥鹅，又宰肥鸭。或不称心，连桌一推；衣裳不如意，不论绫缎新整，便用剪刀剪碎，撕一条，骂一句，究竟贾珍等何曾随意了一日，反花了许多昧心钱"。

她就是要报复，"咱们金玉一般的人，白叫这两个现世宝玷污了去，也算无能。"她预感到自己的下场不会好："趁如今我不拿他们取乐作践准折，到那时白落个臭名，后悔不及。"

她的妖媚里有悲伤，泼悍里有恐惧，这恐惧与悲伤，皆源自她知道自己做错了。然而迁怒也没有用，只会让自己更不快乐，在冷静思考之后，她试图走一条救赎之路，那就是，嫁给柳湘莲。

她这个主意，不但让她姐夫贾琏奇怪，连柳湘莲本人都感到突兀，他们并不相识，但尤三姐从几年前起，就惦记上了这个人。

"只是因为在人群中多看了你一眼，再也没能忘掉你容颜"，五年前，尤氏姐妹的姥姥过生日，请了一帮票友来唱戏，柳湘莲在其中唱小生，尤三姐就看上了他。

也可谓一见钟情了，但我总怀疑尤三姐的爱情没那么简单。书中写柳湘莲，"年纪又轻，生得又美"，"素性爽侠，不拘细事，酷好耍枪舞剑，赌博吃酒，以至眠花卧柳，吹笛弹筝，无所不为"，确实挺有魅力，但这些优点，都很泛泛。能够打动尤三姐一颗高傲的心，非他不嫁，我觉得，还是因为他非常高调地，表现出一种出淤泥而不染的精神。

没错，柳湘莲这个人，也眠花卧柳的，但在男性社会的道德标准下，睡女人不是事儿，睡男人也不是，被男人睡了，才叫丢脸。薛蟠没弄清情况想睡他，他三下五除二就把这个浑小子收拾了一顿，然后收拾东西远遁天涯。

尤三姐想嫁给他。对她来说，嫁人是一条洗白之路，嫁给一个清洁的男人，是更为有效的洗白之路。他旧有的声誉，眼下的风骨，可以帮她遮挡住一整个过去，帮她把脱下的衣服，一件件穿回来——她愿以他为水，洗去这一路污浊。

这想法自成体系，但问题是，一个干净的男人也许能洗白你，可是洗白了你，也弄脏了他，人家柳湘莲都没见过你，他愿意为你干这么一件跟他的原则相反的事吗？当尤三姐动了嫁柳湘莲的心思，就已经是把自己往死路上逼了，而且，是必死无疑。

柳湘莲从宝玉那里知道她的来历，并推想出她必然不清白，"你们那东府，也只有那两个石狮子是干净的"。

他不给尤三姐辩驳的机会，登门退婚，尤三姐心中已明了，一句"你们不必出去再议,还你的定礼",便泪如雨下,将雌锋朝项上一横,"揉碎桃花红满地,玉山倾倒再难扶"。她求仁得仁地死去了,柳湘莲也为之落泪,泣道:"我并不知是这等刚烈贤妻,可敬可敬。"

他终于表彰了她。她苦苦挣扎,再三折腾,送了性命,为的不就是这句表彰吗?他用"刚烈"二字,为她加冕。

柳湘莲可以代表主流男性社会形象,眠花卧柳,今宵酒醒何处,都可以自许为风流,却有两条原则:第一,自己不能被男人睡;第二,自己的女人不能被别的男人睡,假如睡了,能够以死洗刷,也还算得"刚烈"。

所以,对尤三姐之死,柳湘莲的感觉不是怜,而是"敬",他在心上,为她立了一座贞节牌坊。他出走与不出走,都不是大事,守着这个牌坊,就可以安身立命了。

尤三姐对柳湘莲的忠贞,其实是对男性社会道德观的忠贞。她虽然抱怨贾珍们,但心中更恨的是自己,从迁怒,到试图洗白,再到死去,她一直都把自己当成罪人。在她彪悍的外表下,她的心,一直是怯弱的,面对强大的男性社会,她百般解释,却终是百口莫辩。

在尤三姐那个时代,她这种做法不难理解,男性社会太强大了,即便是出身豪门个人能力也极强的王熙凤,也怕别人说自己不贤惠。所有的女性,最美丽的、最聪明的、最能干的,全部被摁在"他们"的道德观之下,没有翻身的可能。

我所感到悲哀的,在这个女人已经能够自立的时代里,这种怯弱依然延续着。比如艳照门事件,倒是被曝光的受害者一再向大众道歉,难道不是窥视者欠他们一个道歉吗?

这世界上的权利,从来都是争取来的,假如当初受害者们,不选择哭泣、告饶、瑟缩、迁怒，求别人帮自己把衣服穿回去，而是接受曾经的自己，站在自己那一边而不是恃强凌弱的社会舆论一边，问一句：关你们屁事？也许，她就能浴火重生，建立自己的一个天地。

同样是艳照门，詹妮弗·劳伦斯的回应就掷地有声："这是我的身体，应该由我做主。"没错，在不违法不损人利己的情况下，她有权利处置自己的身体，包括犯错和试错，她需要面对的，只有自己的心。

假如当初尤三姐也能有这个觉悟，而不是被负罪感压倒，一门心思地折磨自己，我不敢说她能过得多好，但起码，她总能够安然地活下去。

贾琏，所谓暖男，温暖地杀你

曹公写贾琏不算客气，直接说"贾琏之俗"，又说他"不知作养脂粉"，更有对他床笫之事各种露骨描写。

但即便如此，仍然挡不住他书里书外的超高人气。

他送黛玉回苏州，凤姐每晚便"心中实在无趣，晚间，不过和平儿说笑一回，就胡乱睡了"，就是后来整死尤二姐，那恨意，也不能不说是由爱而起。

平儿对他更有一种"淡淡的深情"，她虽是凤姐心腹，关键时候，却肯仗义地偷出钱来帮贾琏。贾琏因为批评贾雨村被贾赦暴打，平儿一反平日里的温和淡定，咬牙切齿地骂贾雨村是"饿不死的野杂种"，这是她最大限度的恶毒了。

这是在书里。书外，爱慕贾琏的姑娘们不知道有多少。这当然和87版《红楼梦》电视剧选对了演员有关，但87版里，贾蓉贾芸长得都不差，但大家正眼都不带瞧上一眼的，贾琏，赢的还是人品。

说贾琏人品好，似乎有点儿不科学，但在我眼中，人品，不只是宏观上的道德，还有细节上的温度。与贾宝玉忽冷忽热的品性不同，贾琏，始终有一种恒定的微温。

这种温度首先体现在夫妻关系上。贾府里夫妻关系都淡，邢夫人是怕贾赦，王夫人与贾政算是相敬如宾，尤氏和贾珍，在贾母眼里是相亲相爱的"小夫妻"，到底是怎么回事，恐怕他们自己才知道。

只有凤姐和贾琏，在最初的几回里，才是恩爱得紧。在男性占主导地位的社会里，能够出现一对恩爱夫妻，多半是男人肯配合，贾琏的表现，证实了这一点。

比如贾琏护送黛玉从苏州回来，元春又升了，凤姐心情极爽，跟贾琏一见面，就来了场脱口秀："国舅老爷大喜！国舅老爷一路辛苦了。小的听见昨日的头起报马来报，说今日大驾归府，略预备了一杯水酒掸尘，不知赐光谬领否？"

这话，不是每个男人都能接得住。贾政会不知道说什么好，贾赦会不知道她在说什么，贾珍这样的，更没有耐心配合。相形之下，贾琏虽然口拙，却也能来一句，"岂敢岂敢，多承多承"，知情识趣之外，亦显示出对妻子这伶俐口齿的欣赏。

凤姐绰号凤辣子，就像辣椒一样有双重性，既风情万种，又咄咄逼人，当她呈现出后一种特性时，贾琏能够避开她的锋芒，有时干脆说自己糊涂了。

在那个夫为妻纲的年代里，他肯让这一箭之地，显露出他性格的温厚，即便他知道凤姐野心勃勃，却也没有与她争夺地盘的欲望。

除了和鲍二家的鬼混被凤姐现场抓包那次，他恼羞成怒打了平儿——事后也道了歉，平时，他与平儿言谈间颇有默契；对于尤二姐的过去，他也不设双重标准，说，谁能无过？改了就好。

除了这些典型事件，我想说的还有，他和鲍二媳妇，亦不只是简单的皮肉交易，起码，当我们跟随凤姐来到现场时，他们似乎已经告一段落，从肉搏变成了谈人生。

这位鲍二家的,无疑比她的继任者多姑娘对贾琏多了点感情,她说:"多早晚你那阎王老婆死了就好了。"

这话是不厚道,但如果你知道那首《兰花花》的歌词原本是"你要死来你早点死,你前脚死了后脚我兰花花走",就能了解当情欲之火燃烧时,只有过头话可以表达。

这话透露出她对刚才那场性事的满足,还有对未来的期许。鲍二家的,对贾琏很有些恋恋。这些,超出了她的本分。假如他俩只是主仆之间的一场皮肉交易,她没有资格对他有感情。

毕飞宇的小说《玉米》里,玉米"献身"于那个老干部,从头到尾他都没搭理她,地位不对等的女人,完事不是直接打发她走人就可以了吗?

一定是贾琏在这件其实挺猥琐的事件里,表现得挺有情,对于她的非分之想,他没有敷衍,而是非常诚实地说:"她死了,再娶一个也是这样,又怎样呢?"实话实说,倒也是对对方的尊重。

贾琏对妻子不忠固然可耻,但也只是意志薄弱,跟那种把女人不当人的男人不同。

《红楼梦》里说薛蟠老婆夏金桂"爱自己尊若菩萨,窥他人秽如粪土",《红楼梦》里有点儿身份的人,哪个不是这样?

薛蟠就不用说了,洗澡水烫了一点儿,就"赤条精光地赶着香菱踢打了两下";就是贾宝玉,平时对姐姐妹妹都热络得紧,脾气上来时,也能一个窝心脚踢向给他开门的丫鬟。

唯有贾琏,若不是急火攻心恼羞成怒再加上发酒疯,他跟人说话,都挺亲和。

比如对那个跑来"找工作"的远房亲戚贾芸，贾宝玉居高临下地说："你倒比先越发出挑了，倒像我的儿子。"口气着实轻浮。

贾琏看不下去，笑道："好不害臊，人家比你大四五岁呢，就替你做儿子了。"

贾宝玉又约贾芸到自己屋里玩，贾芸来了，贾宝玉早忘了这事儿，害他白白等着。

这也罢了，过了两三个月，贾宝玉想起他来，又逼着奶妈去把贾芸找来，跟他聊什么谁家丫鬟长得美谁家戏好听之类，可怜贾芸哪里知道这些。

凤姐呢，在收到贾芸的礼物，享受贾芸的讨好之前，也是极其冷淡，嫌他没来烧自己这一炷香。

唯有贾琏，从头到尾，没得贾芸的好处，说话也和气，并满心想帮他，后来贾芸抛下他这冷灶去烧凤姐的热灶，他也毫不介怀。这样的人品，高出一般水准线了。

而最有温暖之感的，还是他和管家林之孝的一席谈。在贾琏面前，林之孝并不特别恭谨，却也不是托大，而是真心不拿这位年轻的主人当外人的一种知心。

跟他说起听闻雨村降了，不知道真不真。贾琏的口气，也是推心置腹，说："真不真，他那官儿也未必保得长，将来有事，只怕未必不连累咱们。"

贾琏相信不择手段的贾雨村没有好下场，对人世间的良知还有信赖。

他和林之孝又聊到丫鬟彩霞身上，凤姐的心腹旺儿的老婆看彩霞生得好，也不管人家愿不愿意，就霸道地想要这个丫鬟给自己那不成器的儿子当老婆。

林之孝当即表示反对，说："虽说都是奴才们，到底是一辈子的事……

何苦来白糟蹋一个人。"

贾琏表示认同，当场就要把那个"吃酒赌钱，无所不为"的小子打一顿，看来除了弄点花花事儿，他的三观还是挺正的。

两人这场谈话不算短，其间林之孝只称呼了两次爷，还是因为要驳回帮旺儿老婆求亲的任务。曹公并没有刻意表现两人的亲近，但是从那种没有距离感的对话里，你能感到他们之间有一种类似于亲情的东西。

我甚至有个错觉，觉得林之孝是衔着烟袋跟他说这番话的，这是两个男人之间的对话。

在人情冷漠、等级分明的贾府里，似贾琏这样的微温并不多见，我不免发散地想，贾琏那个早逝的娘，一定是个很不错的人吧，也许，正因为她不错，才没法和贾赦过到底便抑郁而终。

扯远了。总之，一个温暖的人，一定会散发出魅力。

然而，温暖的贾琏，同时又是给人带来痛苦最多的一个。这是因为，在温暖之外，他还有一个特点，叫软弱。

因为肉体的软弱，他对凤姐尤二姐都有情，却还是拈花惹草，给王熙凤带来莫大痛苦的同时，也害死了鲍二家的和尤二姐；又因精神的软弱，他明知道王熙凤为人处世有问题——兴儿就说，"我们爷也算个好的，哪见得她这样"，却无意于纠正与制止，让王熙凤越发跋扈，最后应该是因此断送了性命。

他有良知，有人性，不同意把彩霞许配给旺儿的儿子，但面对凤姐的强势，以及木已成舟的局面，他也懒得反对。他的良知，像个摆设，有一个在那里就行了，他也没指望它能改变什么。

《围城》里，赵辛楣说方鸿渐："你这个人，不讨厌，就是没用。"

这句话，同样也可以送给贾琏。他不讨厌，甚至还很可爱，有时还显得挺精明强干，但是，软弱与苟且，这看上去轻描淡写的弱点，却是个可以覆盖一切的致命伤。

鲍二家的和尤二姐的惨死，对贾琏不会没刺激，我不杀伯仁，伯仁因我而死，午夜梦觉，善念犹存如他，不知是否也曾觉得摧心肝？

尽日追欢逐浪，没将自己活充实，也没将自己活安稳，以他的聪明，应当知道，自己不过是一具精致的行尸走肉。

贾琏这样的男子，到如今，仍然是最有杀伤力的一类。他和颜悦色，温存体恤，笑容那样迷人。那种暖包围着你，即便你感觉到了他的软弱，也会当一个可以忽略的小问题。

有什么办法呢，人世太寒冷，他微微散发的温度，是致命的诱惑，当你身不由己地走近，他就温暖地杀你。

贾瑞为何敢勾引凤姐

《红楼梦》里贾瑞戏份不多，却令人印象深刻，他是书中第一个死得很具体的人，死于没有节制的欲望。

贾瑞父母早逝，祖父贾代儒管理族中家塾，他也在里面帮闲。书中直说他是个"贪便宜没行止的人"，却癞蛤蟆想吃天鹅肉，打起了凤姐的主意。凤姐惊怒之下，设下相思局，偏偏他身体又不怎么好，没几个回合就送了性命。

这个人，女性读者感觉更熟悉，谁这一生里，没有遇到过个把贾瑞呢？丑陋、猥琐，却勇往直前，都不用离太近，就能感觉到他从头到脚的荷尔蒙气息，让人厌恶之外更有愠怒：你到底是用哪只眼睛，看出我会上你的贼船？难不成只因你是个男的，就天然地拥有了原始资本？

若只是这样想，未免有些简单粗暴。贾瑞有这种行为，一方面当然是因为他精虫上脑致使脑残，另一方面，却也是建立在他对世界的认知上的。他招来这场灾难，是他和凤姐之间的信息不对等所致。

贾瑞眼中的世界是怎样的呢？是已婚女人很寂寞。他第一次到凤姐那里，先问："二哥哥怎么还不回来？"凤姐道："不知道什么缘故。"他便说："别是路上有人绊住了脚，舍不得回来了吧。"凤姐："可知男人家见一个爱一个也是有的。"贾瑞笑道："嫂子这话错了，我就不是这样人。"凤姐笑道："像你这样的人能有几个呢，十个里也挑不出一个来！"

贾瑞听了，喜得抓耳挠腮，又道："嫂子天天也闷的很。"凤姐道："正是呢，只盼个人来说话解解闷儿。"贾瑞笑道："我倒天天闲着。若天天过来替嫂子解解闷儿，可好么。"

看得出，贾瑞把凤姐当成了一个处于婚内寂寞的少妇。他这完全是想当然吗？也不尽然，我们看看《红楼梦》里的妇人们，大多也确实很寂寞，年轻点的有尤氏，上了年纪的如王夫人和邢夫人，尽管锦衣玉食，金尊玉贵，每日家晨昏定省迎送礼仪无数，你却能清楚地感觉到，她们的心，寂寞如深海，如无人戍守的城池。

婚内寂寞是一个永恒的主题，亦是古往今来无数已婚女性的命运。一则男人的天地很大很辽阔，二则他们的情感需求常常是通过不断的追逐来解决，即便方正如贾政，不似贾珍贾赦那样荒唐，也将妻子当成家庭里必需的一件摆设，只谈日常事务，并不做心灵交流。

我不是说女人的人生里必须有爱情，但似王夫人这样的一生，是多么荒芜。还好她尚有礼教镇着，虽说礼教吃人，但她信仰它，它就能成为一种安抚。如若没有这个信仰，性格再外向一点儿，很难不被这寂寞逼得要发疯，在那个时候，纵然如贾瑞这般不堪者，也许都能成为一种安抚。

不久前，在东北的某个监狱里，一个服刑人员，仅用一部手机，就将附近七名女性发展为情人，其中至少三人给过他钱。这三个人里，有一个是监狱工作人员，还有一个是某警察的妻子。报道里有很多耸人听闻的细节，比如警察的妻子和该服刑人员视频裸聊，又数次贿赂看守，进入监狱与他发生性关系。但相对于这些，我觉得更加惊悚的是，妻子和一个被关押的囚犯发展得如火如荼，那近在咫尺的当警察的丈夫居然一无所知。

他在做什么呢？忙工作？打牌？或者是别的其他爱好？不用再猜测了，看看我们身边的那些人吧，那些好人，好男人，老老实实，规规矩矩，说不定还特别有上进心，他就是其中的一个。

这不是一个孤例。不是所有红杏出墙的女人，奔赴的都是"潘驴邓小闲"俱全的西门大官人，她们出轨的对象，常常让人意外到震惊。是寂寞让她们丢下那光鲜体面但中看不中用的丈夫，迫不及待地赴汤蹈火，让她们用自己的想象，为贫瘠的对方增光添彩，变成自己想要的样子，成就了那样一种万死不辞的荒唐。

每个时代里，都有这样的女人吧，她们在情感上很饥渴，相对不错的物质条件，使得她们有闲暇进行一场非主流的感情，底层男人，有时也会因来自不同的世界引发她们的想象与激情，比如那个与于连私通的市长夫人，她的恋情无须门当户对。贾瑞们，并不是完全没有市场。他唯一没有弄明白的是，凤姐，到底是不是这样一个寂寞的妇人呢？

凤姐的丈夫贾琏，虽然好色，却是个喜新不厌旧的主，"家中红旗不倒，外面彩旗飘飘"是他毕生的追求。八十回里，自始至终，他对凤姐都不算太坏，前面章回中尤其好，小两口柔情蜜意的，大白天那啥啥的，还被周瑞家的给听到了。

这是一点。另外，凤姐也没那么闲，她简直忙得要命呢。家里那么一大摊子，她还贪心不足地想揽外面的事儿，正处于事业上升期，想方设法要做大业绩的她，还真没空去寂寞。

虽然说，忙中偷闲，她也跟贾蓉调个情儿——这应该是贾瑞对她产生错觉的另一个重要原因，但是，她的调情，也只是下午茶上的小甜点，浅尝辄止，点到为止，娱乐一下自己匆碌的生活，未必真的就要怎么样。

我所以能替凤姐打这个包票，有几点为证。一是平儿听凤姐说了贾瑞的情形之后，骂道："没人伦的混账东西，起这样念头，叫他不得好死。"

贾瑞算贾琏的堂弟，打堂嫂的主意，平儿就说他"没人伦"，贾蓉还是贾琏的侄子呢，若他与凤姐有首尾，平儿岂能不知道？她怎敢以"人伦"为骂点？

再者说，凤姐虽然贪婪狠毒，却也非常重视自己在家族中的形象，多次说到"上有三层公婆，中有无数的姊妹妯娌，何况贾府是世代名家"……这话，有时固然是为了糊弄人，却也的确是她心中的一种光荣。

她每天兴兴头头忙忙碌碌，在长辈面前"做规矩"，跟小叔子小姑子套近乎，严苛地管理各级奴仆，事必躬亲，努力做到完美。一方面是她过于旺盛的权欲使然，另一方面，权欲也常常是建立在成就感上的，她愿意为这样一个家族献出光和热——顺便给自己的腰包捞一点儿钱。

这注定她的形象不能出现闪失，贾母能够原谅贾琏和鲍二家的通奸，但不会原谅她的外遇。男性主导的社会，女人在这种事情上，付出的代价都要比男人多很多，聪明如凤姐，不可能拎不清这个轻重。

况且，她身体也不太好，后来还患上很严重的妇科病。综合这种种，可以想象，她和贾蓉之间，十有八九止于调笑，就像盛夏路过一条小河，把脚伸进去意思一下，也消耗掉过剩的精力。

贾琏抱怨凤姐"不论小叔子、侄儿，大的，小的，说说笑笑"时，平儿说："她防你使得，你防她使不得，她原行得正走得正，你行动就有个坏心。"风流而有度的凤姐，更加不可能看上贾瑞，她见过世面，了解底细，不会像那些单纯的妇人，把调情当爱情，把冒犯当成对方情动于衷。

贾瑞不了解内情，贸然行动，送了自己的性命，这当然也得怪他意志力不强，外加身体底子差；另一方面，也怪他脑子不够使，把有限的认知，当成了世界的全部。他的殒命，似乎不能令后人引以为戒，毕竟，这种空手套白狼的事儿，亦有成功者，像前面说的那个东北监狱里的囚犯，像于连，有女人的寂寞铺底，他们就有可乘之机。

只是，并不是所有的寂寞女人都渴望冒犯，贫穷不是冒犯，长得不好看也不是冒犯，贫穷加上长得不好看加上脑子也不好使才是冒犯。弄不清这一点，轻则碰上一鼻子灰，重则如贾瑞这样，白白赔上性命，还不知道自己是怎么死的。

从股市投资看贾瑞的欲望

我前阵子买基金亏了一些钱,不过这也没什么好怨天尤人的。回想我一头扎进基金市场的过程,活像一个被欲望冲昏了头脑的男人,根本不想真正地了解对方,也没拿镜子照照自己,耳边轰鸣着的,全是内心生出来的怂恿,认为此事大有可为,自己必有希望。很蠢,很急吼吼,就像我曾经百般看不上眼的那个贾瑞。

大约在一个多月前,我听说一个熟人炒股挣了十万块,这个消息让我很吃惊,十万块不算多,关键是,连她都挣到了。

在我印象中,这个熟人老实本分,我暗暗揣度她的"财商"不会比我高多少。看来股市并没有那么高冷,她都能进去分一杯羹,那么,我也能。

当初贾瑞跑去跟凤姐搭话时,也是抱着这种心思吧,"只因素日闻得人说,嫂子是个厉害人,在你跟前一点也错不得,所以唬住了我。如今见嫂子最是个有说有笑极疼人的,我怎么不来——死了也愿意!"

贾瑞真是死了也愿意吗?要是那样,他对王熙凤也是真爱了。但事实是,他这样说,只是以为死亡离自己很遥远,他要用虚无缥缈的誓言,赚一个现世的快乐。

我也没想过"死"这个问题。我玩不好股票,也没那个精力,在朋友的指点下,买了些据说更稳妥也更好操作的基金,虽然不无忐忑,但也是更多地想象"生"——钱生钱的"生",而没怎么想过"死"的。

股市是个坏家伙,如果它一开始就严厉地教训了我,让我知道它可不好惹,没准儿我就迅速地退出止损了。但是,它满脸堆笑,像凤姐对贾瑞那样,表达出足够的善意和极大的欢迎:"果然你是个明白人,比贾蓉、贾蔷两个强远了。我看他那样清秀,只当他们心里明白,谁知竟是两个糊涂虫,一点也不知人心。"

让糊涂虫们继续浑浑噩噩吧,反正初入股市的我,立即得到了鼓励。这么说吧,当我在电脑前语感不顺,吃了很多很多零食也无法治愈时,我去看一眼股市行情,红彤彤的大好形势,会让心中的压力瞬间减轻很多,仿佛另有金主撑腰,未必非要每天"白头搔更短"地跟文字肉搏。

喜悦之余,还有点儿相见恨晚,要是早一点儿,要是卖房买基金,没准儿我都实现财务自由了。对了,自由,这个堂皇的词,足以帮金钱洗白。我一不做,二不休,干脆把所有积蓄都投进去,一度余额宝上只剩下三位数,反正还有信用卡。

起初那几天还不错,有时一天收益就有好几千,每天晚上看净值,都成了一项娱乐。啊,那些闪光的夜晚,快乐像啤酒杯里的金色泡沫,丰盈、甜美、柔软地要从酒杯里溢出来。

当贾瑞听到凤姐说"等晚上起了更你来,悄悄的在西边穿堂儿等我"时,那种轻飘的快乐,是否也如出一辙?怪不得对方,只怪欲望,让我们失去了起码的判断力。贾瑞不但高估了凤姐,更高估了命运的善意。当然,我也同样。

不几天之后,股市转绿,看得气苦,但财经报道上都说,牛市还在继续,股市的故事还没讲完,朋友圈里更是小道消息满天飞,反正就是希望不要灭。

贾瑞被凤姐冻了一夜之后，大概就是类似的心情吧？吃了亏，很恼火，但是依然不肯相信，不信对方会玩弄自己，更重要的是，不信自己是会被玩弄的。

这也许是误解？或者是伏笔？富贵险中求，不经历风雨怎么见彩虹？一个人想要安慰自己，可以找到无数格言警句和暗示，贾瑞"再想不到凤姐是捉弄他"，没准儿还把自己受的这些苦当成资本，试图来个抄底。

结果我们都知道了，贾瑞被大大地耍弄了一番，被泼了粪，被贾蓉贾蔷羞辱敲诈。按说该死心了，但是，你看看股市上沉默隐忍依旧不放弃的人，就知道，绝望，有时比建立希望更难。

在股市狂跌的这些日子里，我总是对自己说，只要明天翻红，就立即全面退出，但是，真的给了点好颜色，马上又怀疑是调整结束，不甘心就这么出来。

贾瑞人生最后的时刻，也是这样度过，即便他拿到了那柄"风月宝鉴"，这面镜子，简直是演示给他看，红粉的背面是骷髅，他仍不肯相信。

看到骷髅立在镜子里，连忙掩上，还骂道："道士混账，如何吓我！"去翻镜子的另一面，"只见凤姐站在里面招手叫他。贾瑞心中一喜，荡悠悠的觉得进了镜子，与凤姐云雨一番，凤姐仍送他出来。"

我前期倾囊而出，无法抄底，但这诸多迟疑，一再不能决断，也差不多类似于与幻象云雨了。不不，我并不是说后市就没有机会，我想说的是，像我这样不懂的人，别给自己那么多自说自话的希望，多看看骷髅少看看红粉，也许会更好一点儿。

曹公写《红楼梦》前十九回，与后面风格迥异，无论是贾瑞，还是秦可卿、秦钟的故事，主题都非常鲜明，这些人因欲望，从人群中凸显出来，又因欲望毁灭，从人群里淡出。

写前面十几回的曹公，还有点儿向《三言二拍》致敬的意思，到他真正进入宝黛爱情的核心，才从这种"欲望与毁灭"的训诫里走出来。你依然能看到欲望，生的欲望，爱的欲望，那欲望与人生水乳交融，是生命的血肉，不像前面，处理得很简单，只是用各种故事与隐喻，来给予否定。

而我要说的也是这样。人活世间，不可能有每时每刻的高蹈，贾瑞的错误，不在于欲望，而在于对欲望的无察觉、无反省，只能在欲望的路途上狂奔，无法悬崖勒马。

若是有反省的能力，此番输赢，也不妨当作观察自己的一个机会，看自己会呈现出怎样有趣的愚蠢。虽然是亏了点钱，但执着于不能亏，就像执着于一定赚得到一样，都是一种盲目的欲望。与其屏蔽一种欲望，引来一种更加不聪明的欲望，倒不如与各种欲望和平共处，把它们视作自己的一部分，设法安排妥帖。

最后再说一个正能量的故事吧。好多年前，我的一个同事，在股市上亏了差不多有二十万，在当时，二十万可以在本地买个三居室了。我私下里盘算了一下，换成我，没准儿痛心到吐血，会用自找不痛快的思路，换算成无数我想买而没舍得买的东西。

但是这个同事，却高高兴兴地烫了头发，换了新眼镜，连社交圈都扩大了。她说，以前她把钱看得挺重的，这次亏了这么多，发现也没怎么影响到自己的生活，金钱看来也没那么重要，她一下子就把自己活敞亮了。

对，我的意思就是这样，欲望固然会让我们变得像贾瑞一样愚蠢，但有慧根者，会把这种愚蠢当成基石，使智慧更上一层楼。贾瑞式的错误，犯一次就够了，后贾瑞时代，即便无法有更正确的选择，也该有更清明的头脑，将遇到的每一件事，都化腐朽为神奇，帮助自己活得更好。

写出她的光芒，是《红楼梦》作者的伟大之处

《红楼梦》里可爱的人物太多，而且都是带着人性局限性的可爱。比如黛玉，她有时确实挺尖刻，比如说一开始处处针对宝钗，后来骂刘姥姥是母蝗虫，都不太合适。

但她后来能跟宝钗掏心窝子，说我以前觉得你这个人心里藏奸是我错了等等；她打趣宝玉时不小心伤到丫鬟彩云，被宝钗瞅了一眼，马上自悔不及。

这种敞亮和善良，让人一下子就释然了。谁还没有个兴至乱言、着急上火时候呢，能反省就很好，人类不就是在不断的反省中走向文明的吗？这些缺点反倒像阴影，使得这个人更加立体，没有那种悬浮感。

有人觉得宝姐姐比较悬浮，太完美了。但她身上是有挣扎的，她本来也是个热心肠的人，天生自带热毒，却因理性太发达，让她多年来一直致力于戒除这种热毒。但她一不小心就会现原形，感觉她嘴里都是道理，心里却不无热望，这种矛盾感，也是宝姐姐的精彩之处。

《红楼梦》作者太厉害了，把那么多可爱的女子，写得各有风姿。但可能是最近年岁渐长，更受触动的，是不那么可爱的人物的光辉时刻。我们同情那些可爱的人，也是一种慕强吧，能够同情乃至欣赏不那么可爱的人，才更见作者的慈悲心肠。

比如说对司棋。司棋这个人，最大的特点就是虎，她身材高大丰壮，做事虎虎生威。王熙凤在大观园里弄了个小厨房，原本是照顾黛玉宝玉他们的，结果小姐少爷还没怎么样，丫鬟们都把这里当成了展示实力的舞台。

宝玉屋里的丫鬟气势最足，晴雯芳官没事都爱来点个菜，对于管事的柳嫂子来说，这是麻烦，也是机会，麻烦与机会往往是并存的。她把宝玉屋里的"有脸的"丫鬟侍候好了，就有望把自己的闺女塞进去。拿公家的钱，做私人的人情，这笔账，柳嫂子会算。

但是也有人来点菜，只是麻烦，不是机会。比如迎春的丫鬟司棋，摊上个弱势的主子，柳嫂子自然不会把她放在眼里。

但人就是这样，越是没有实力，就越想展示实力。老婆子巴结袭人，要摘葡萄给她吃，被袭人正色训诫：上面还没尝鲜，下面怎敢僭越。她也是不屑于去厨房点菜的。

而司棋，越是不被人放在眼里，她就越想挑战这个底线，一会儿跑去要个豆腐，一会儿跑去要碗炖鸡蛋。

柳嫂子长期卑躬屈膝，也想有个机会发泄，把司棋当成了软柿子，豆腐给馊的，炖鸡蛋直接拒绝，以为司棋无权无势，不能拿她怎么样，却忽略了一点，啥都没有的司棋也有她的资本，就是暴力。

你别看芳官她们能跟赵姨娘打架，还真不好意思对小厨房动手，丢不起这个脸。司棋反正已经没脸了，索性大家都没脸，带人跑到小厨房一通砸，柳嫂子立即就服软了，也没人追究后果，但是司棋这事干得，也不算多光彩。

她看男人的眼光也不准，她的情郎是表弟潘又安。古装偶像剧中的男主角动不动就才比子建貌比潘安，潘而又安，也是个自诩风流的人了。但是这位潘又安和司棋约会，被鸳鸯撞破，吓破了胆，仗着是个男人，脚底抹油溜了。

司棋还是王善保家的外孙女，有个这么讨人嫌的外祖母不能算原罪，但作者好歹给她安排个好点的原生家庭吧。王善保家的害了晴雯，看苍天饶过谁，王夫人的陪房周瑞家的几乎是报复性地仔细搜查了司棋的箱子，翻出了她和潘又安的情书信物。

王善保家的是邢夫人的人，能让婆婆丢脸，王熙凤真是太开心了，和周瑞家的等人将司棋好一通奚落。王善保家的惭愧难当，司棋却镇定自若，连王熙凤都感到诧异。

司棋为啥这么镇定，一是爱本身不丢人，二是她比潘又安敢做敢当。《红楼梦》多次贬男褒女，大多是从审美上来，女人是水做的骨肉，男人是泥做的骨肉，会让人觉得，作者的赞美会不会是捧杀呢？太干净的人，是无法对抗这残酷世界的。

好在，在对于探春宝钗王熙凤等人的描述中，我们可以看到，作者同样赞赏女性的力量，"金紫万千谁治国，钗裙一二可齐家"，又说闺阁中历历有人，不可因我之不肖，使其一并泯灭也。作者并不觉得性魅力是女性的核心价值，这些都超越了时代。

在这一节里，作者通过司棋和潘又安的对比，赞美女性的赤诚和勇敢，鄙视男性的懦弱。这种懂得，是仰视的，而不像有些男性对女性的赞美，多少有些居高临下。

另一个不那么可爱但有光芒的人，是晴雯的嫂子多姑娘。

多姑娘第一次出场是在第二十一回，巧姐出天花，贾琏不能与凤姐同房，搬到书房里去睡，倒跟这个多姑娘勾搭上了。

程甲本里，多姑娘第二次出场，是在六十四回，说贾珍叫鲍二夫妇去侍候尤二姐。鲍二老婆不是跟贾琏通奸，事发后吊死了吗？现在这个鲍二媳妇是再娶的，就是我们熟悉的多姑娘。

书中说："那鲍二向来却就和厨子多浑虫的媳妇多姑娘有一手儿，后来多浑虫痨死了，这多姑娘儿见鲍二手里从容了，便嫁了鲍二。"

这两口子来侍候尤二姐，贾琏会不会觉得往事一桩桩一件件汹涌而来？

到了晴雯被撵出去那一回里，又说多浑虫两口子就是晴雯的兄嫂，"若问他夫妻姓甚名谁，便是上回贾琏所接见的多浑虫灯姑娘儿的便是了"。这多浑虫到底死没死啊？

脂本里多浑虫没有死，多姑娘也不曾改嫁过，侍候尤二姐的鲍二夫妇是另外两个人，跟多浑虫没啥关系。

这么一来，比较清爽了不是？

关于多姑娘，不但脂本和程高本有差别，程高本体系里，程甲本和程乙本也有差别。宝玉去探望晴雯，被"守株待兔"的多姑娘强拉入里间，"坐在炕沿上"，紧紧地搂入怀中，将宝玉当成了小鲜肉。宝玉像唐长老似的，又羞又急，不知如何是好。这段所有版本都一样。

差别在下面，程乙本里写的是，多姑娘承认晴雯和宝玉是干净的，然后表示，"我可不能像她那么傻"，"说着就要动手，宝玉急得死往外拽"。

幸好柳嫂子她们来了，一眼看见宝玉，多姑娘还不承认，宝玉赶紧趁这机会溜出来。

多姑娘跟潘金莲似的，"干瞅着，把个妙人儿走了。"打定主意要把多姑娘写成一个荡妇。

程甲本和庚辰本里的多姑娘则要丰富得多，这位了不起的多姑娘都已经把宝玉抓手里了，突然话锋一转，赞赏起宝玉晴雯两人的"贞洁"来："方才我们姑娘下来，我也料定你们素日偷鸡盗狗的。我进来一会在窗下细听，屋内只你二人，若有偷鸡盗狗的人，岂有不谈及于此，谁知你两个竟还是各不相扰。可知天下委屈事也不少。如今我反后悔错怪了你们，既然如此，你但放心。以后你只管来，我也不罗唣你。"

这位多姑娘啊，您这一变脸，我还真不太适应。什么叫做偷鸡盗狗，这不是您平时最爱做的事吗？您一出场就是性解放的先驱者形象啊。

书中说她"年方二十来往年纪，生得有几分人才，见者无不羡爱。她生性轻浮，最喜拈花惹草，多浑虫又不理论，只是有酒有肉有钱，便诸事不管了。所以荣宁二府之人都得入手。因这个媳妇美貌异常，轻浮无比，众人都呼他作'多姑娘儿'"。

《红楼梦》里不全是良家妇女，但大家终究都想上岸，尤三姐希望通过嫁给柳湘莲"洗白"，尤二姐想嫁给贾琏从良，不管她们的行为怎样放肆，她们的思想还是在男性社会框架下的，耿耿于自己"不干净"，需要一个男人来救赎。

多姑娘却不同，她似乎非常享受这种生活，而且还不完全是图钱，她和贾琏勾搭那描述尺度很大："谁知这媳妇有天生的奇趣，一经男子挨身，便觉遍身筋骨瘫软，使男子如卧棉上；更兼淫态浪言，压倒娼妓，诸男子到此岂有惜命者哉。"真天赋啊，相形之下，"扭手扭脚"的凤姐就僵硬了许多。书中还说多姑娘"满宅内便延揽英雄，收纳材俊，上上下下竟有一半是她考试过的"。一个真正想得开做得出来的人，为什么会这样发自肺腑地赞扬一个柳下惠呢？

当然，我也知道，欲女最爱诱僧，但也还是爱啊，是僧人禁欲系的宝相尊严，让欲女感到别样的性感。这里多姑娘对宝玉的肯定，却是一种道德表彰，宝玉和晴雯的清白，让她忽然之间立地成佛了。

这个人设是不是有点儿可疑呢？

我们不妨再回头看看她的经历，会发现有点儿诡异。在二十一回里说这姑娘是多浑虫的父母自小替他在外面娶的，到了七十七回，又说是赖家把"家里一个女孩子配了他"，不知道是曹公写忘了还是怎么着。不管多姑娘是怎样一番来历，这样一个"美貌异常"的女子会随便嫁给多浑虫这等"酒糟烂透"之人都很奇怪，有点儿像潘金莲嫁给武大郎，那么，多姑娘的前传，是否也如潘金莲一样曲折？

她是曾如彩云那样，被一个贾环式的少爷抛弃过吗？还是像鸳鸯那样被贾赦看中，又因没有贾母的庇护而惨遭侵犯？总之，能说出那样一番话来，她就不可能是一个全无心肝的及时行乐者，她以性魅力为资本，也在其间寻求自己的自由之地。

这个多姑娘，不是《家春秋》里的鸣凤，也不是《雷雨》里的侍萍，不是尤三姐尤二姐这些以自己的方式寻求男性世界认可的女人，她化被动为主动，不求理解，但求开心。反正男人都不是什么好东西。但是她内心深处，依然欣赏纯爱，愿意为此稍尽绵薄之力。

宝玉听说，才放下心来，方起身整衣央道："好姐姐，你千万照看他两天，我如今去了。"这里宝玉写得也好，他一听就懂了，知道这个人可以托付。这样的一个多姑娘，是不是比程乙本里那个扁平化的"荡妇"更丰富更耐人寻味？

有个极端的说法是，在男人心中，女人要么是母亲，要么是娼妓。这种说法过于刻薄了，但确实有太多男人一写到女人，要么是远远的敬畏，要么是不无轻狎的赏玩。但是《红楼梦》的作者，对于司棋有崇敬，对于多姑娘，也愿意懂得她心中的痛楚。这种对女性的态度，是《红楼梦》作者的伟大之处，在这个基础上的爱情，也会更加动人。

一场关于贪腐的家族共谋

凤姐和贾母打牌，总是故意输给她，贾母很开心，说不在于赢钱，只是图个小彩头。贾母眼里这个小彩头是多少呢？每次大概一吊钱多一点儿。书里说凤姐的盒子里有一吊钱，平儿怕不够，又送了一吊来，凤姐对薛姨妈笑说，贾母的那个钱盒子就这么着不知道赢了自己多少钱去。

一吊钱是晴雯的月钱，购买力接近而小于一两银子，说起来是不太多，可是你知道凤姐的月例银子，也就是每月的合法收入，是多少吗？她有次开玩笑跟李纨说，"你一个月十两银子的月钱，比我们多两倍银子"，大致可以推算出，她的月钱也不过是三两多，只够陪贾母打两三次牌。

书里没说她另有津贴，参照李纨的收入构成，她们应该还有点儿"年例"，相当于年终奖，也不是特别多，凤姐就更少。

贾府里实行高度供给制，衣食住行都是官中的，月钱是每个人的零花钱，她们又没法出去逛街，除了偶尔在外面买个脂粉，大部分时候，月钱都是用来打个赏或是到厨房里添个菜什么的，有个三五两也足够了。像李纨这样，月入十两银子，还另有儿子贾兰的十两，一共二十两，光靠合法收入，就能攒下一大笔。

但凤姐不一样。她当家理事，上上下下都要敷衍，如果她也像李纨那样，握紧手里那点钱，在偌大个荣国府，怕是玩不转。只看作为亲戚的薛宝钗，她的好人缘就与她出手大方不无关系，从黛玉到湘云再到邢岫烟乃至于赵姨娘，她都有财物赠送。倒不是说除了赵姨娘之外的这些人都见钱眼开，但适当的时候，确实是金钱最能表达自己的心意。

小说里，时不时会提到凤姐的这类开支。

第三十五回，宝玉想吃莲叶羹，凤姐叫人拿了几只鸡，要做出十碗来。说是这东西家常不大吃，干脆多做些，老太太、姑妈、太太大家都有份儿。贾母笑话她说："猴儿，把你乖的！拿着官中的钱你做人。"凤姐忙笑道："这不相干。这个小东道我还孝敬得起。"回头便吩咐妇人："说给厨房的，只管好生添补着做了，在我的账上来领银子。"

第五十回，尼姑来找贾母要年例香火钱，被凤姐遇上了，就拿了钱把她们打发走了。这种香火钱是贾母的私人开支，凤姐应当没有权力放到公家账上，自掏腰包的可能性比较大。

袭人回家探母，凤姐送她大毛衣服，虽然笑说年下做衣服时要袭人再还她，但谁都知道这是句玩笑话。邢岫烟衣着寒碜，平儿就自作主张拿了凤姐的衣服送她，凤姐倒大感欣慰，说："所以我的心，也就她还知道几分罢了。"

荣国府的人，对凤姐的大方倒也安之若素，尤其是贾母，每次都很坦然地享受凤姐的孝敬，甚至还像"莲叶羹"那节，时不时地敲打她一下，让她拿出更多的"小彩头"。

是贾母对凤姐不够体谅吗？当然不是。《红楼梦》里，最疼爱凤姐的就是贾母，那些玩笑，那些敲打，不过说明，聪明如贾母，既知道凤姐另有灰色收入，也默许了凤姐的灰色收入。

在《红楼梦》里，凤姐这种收入主要体现为三种。一种比较机动，主要是她帮别人办事时捞取的好处费。第十五回，她为秦可卿送殡到铁槛寺，寺里的老尼姑游说她帮金家员外的女儿退婚，凤姐便以贾琏的名义给长安节度使云老爷写了封信，事成之后，凤姐轻松赚了三千两好处费。

她借尤二姐之事，跟贾蓉母子敲诈的那三百两银子，也属于这一类。当然，她一半是为了泄愤，谁让贾蓉把尤二姐说给贾琏了呢，捎带着刨个收，金钱多少也弥补了受伤的感情。

第二种则是常态，是她因理家掌权而得以收受的各种贿赂。比如贾芸想在她这儿求个职，就买了大包的冰片香料送给她；宝玉屋里大丫鬟职位出现空缺，有女儿的那几家也会呈上各种好处。对此，凤姐的态度是照单全收，多多益善。

至于第三种，就更为固定，是她挪用公款放高利贷的利息。小说中不止一次提到凤姐拖欠家人的月例银子，让心腹下属放出去收取利息，赵姨娘为此曾到王夫人跟前抱怨，袭人也亲自跟平儿打听月例银子什么时候发下来。

总之，尽管凤姐薪水极低，她的灰色收入远远大于合法收入。从贾母那么心安理得接受凤姐的各种"小彩头"看，她对此应该是心知肚明的，同时也不以为有什么问题。也许，在贾母眼中，这是比较好的解决问题的办法。

凤姐的收入与她的付出不成正比。凤姐与李纨，同是贾家媳妇，李纨的合法收入远高于凤姐，工作却只是带小姑子们玩玩而已。凤姐每天清晨即起，深更半夜不得安生，操无数的心，担无数的责任，落抱怨，受闲气，活多钱少压力大，再没有点儿灰色收入，换你，你干吗？

贾母没法提高凤姐的薪水。贾府按资排辈，收入也与其挂钩。王夫人她们只有二十两月例，如果大幅度提高凤姐的收入，就算王夫人邢夫人不说话，下面的人也不服，历来就没有这个规矩。若贾母强势决策，会让凤姐成为众矢之的，日子更加难过。

如果不提高呢，如前所说，这个家凤姐就很难当下去。就算凤姐能够用海瑞似的清廉镇住一家老小，可是，作为道德操守一般的普通人，她干吗要去当那个钱少活多还得罪人的海瑞呢？

凤姐每天打了鸡血似的去冲锋陷阵，一半是她打小能干要强，一半是靠权力的各种迷人之处支撑着。也许她也曾有过探春式的治家理想，但是在荣国府的收入制度下，在可以想见的各种诋毁陷害的围攻中，这情怀必然不能长久。何况，她打小被父亲宠溺，本就极度自我，她的能力与贪欲在这个合适的土壤里一道茂盛生长，彼此勾连，密不可分。

所以，在贾母和凤姐那些玩笑背后，一定有着无须言说的共识。贾母也是一路当家理事过来的，对里面的弯弯绕，一定很清楚，她既然指望凤姐挑大梁，就不想追问得太仔细。凤姐的灰色收入，就是在贾母这个一把手的无条件支持下，变得合法了。

无奈，在贾母那里合法的，在事实上却未必。王夫人就曾问过凤姐，赵姨娘的月例为什么还没有发放，问到了凤姐心虚处，出了门她就骂骂咧咧的，发狠以后更要干几件"刻毒"的事。声调虽高，却是色厉内荏，她也知道此事一旦查出，不是好交代的。

王夫人是她姑妈，心有疑惑，也只是问一句而已，要是落到与她有嫌隙的婆婆邢夫人手里，必然是大大的一篇文章，只要贾母去世，有太多人，有着可以扳倒凤姐的愿望与能力。

古代贪官，如凤姐者多矣，和珅的种种劣迹乾隆未必不知道，但在他眼里是合法的，因为他就是法，等他死了，换了嘉庆上台，自然就不合法了。

贾母与乾隆等人相似之处在于，他们曾用个人声威代替制度，把管理给模糊化、人情化，使得他们对于宠臣的护佑，不能成为避难所，而是终身的定时炸弹。关于凤姐的结局，书中没有细说，但看看历史上这一类人的结局，也都大致可推想了。

为什么赵姨娘总是气急败坏

探春的人生痛点,基本上都与她那个不省事的娘有关。那次,赵姨娘跟小丫鬟芳官等人打了一架,探春忍不住问她娘:"你看周姨娘,怎不见人欺她,也不见她寻人去?"

周姨娘是贾政另外一个妾,跟赵姨娘身份相同,最有可比性。她在书中几乎没有什么存在感。有人就问,是不是贾政特别喜欢赵姨娘?我现在想未必,也许是周姨娘不爱给自己加戏,就算作者想写她,也写不出亮点来。

赵姨娘就不同了,成天气急败坏,觉得全世界都在欺负她,因此成了全书第一号丑角,致力于给别人添堵的同时自找不痛快。

那么她的症结到底在哪里?为什么就那么容易被冒犯?

窃以为,赵姨娘其实很有代表性,她是那种明明很弱小,却自以为强大的人。

强大的人不容易被冒犯,比如探春,她知道自己该干吗,不会把那些无关紧要的人和事放在眼里。赵姨娘认为自己被小丫鬟们欺负了,探春说:"那些小丫头子们原是玩意儿,喜欢呢,和她玩玩笑笑;不喜欢,不理她就是了。她不好了,如同猫儿狗儿抓咬了一下子,可恕就恕;不恕时,也只该叫管家媳妇们,说给她去责罚。何苦自不尊重,大吃小喝,也失了体统。"

像探春这种人,只要你别做得太过分,她都不会太计较。一方面是她忙着呢；另一方面，在她眼中许多人与事都微如草芥，不必为之伤了自己的体面。

弱小而自知者，像周姨娘，也不容易被冒犯。他们知道自己几斤几两，有个差不多就能过得去。说起来好像窝囊了点，但一来他们活得很环保，二来他们也不能说是不争，他们争的是自己的脸面，知道为无关紧要的事争，为力不能及的事争，不会长脸只会丢脸，他们的退缩里也有自尊的成分。

有个词叫"投鼠忌器"，书里是说赵姨娘唆使彩云偷王夫人的东西，平儿怕伤害到探春，不肯为了老鼠打翻玉瓶。这个词，我也经常想到，比如遭遇某些恶意或者损害时，会问问自己，值不值得为此搭上脸面和精力，最后总是选择认了，这是我的投鼠忌器。而强大的探春和弱小的周姨娘方式虽不同，也都是投鼠忌器。

但赵姨娘不一样，她特别舍得下脸，豁得出去，既不像探春那样知道自己的强，也不像周姨娘那样知道自己的弱，她是一个把弱小当成强大的人。

比如说她和芳官她们打的这一架，缘起很简单。蕊官送了芳官一包蔷薇硝，被赵姨娘的儿子贾环看到了，就想讨一点儿送给相好彩云。芳官因为是蕊官所赠，舍不得给贾环，去找自己的蔷薇硝，没找到，包了一包茉莉粉给他。

贾环高高兴兴地拿回去，交给丫鬟彩云。彩云一看笑了，说她们哄你呢，这不是蔷薇硝，这是茉莉粉。一向也很敏感的贾环这次倒不觉得是个大事，但赵姨娘生起气来，说，谁让你去要了，怎么怨她们耍你！

芳官是存心耍贾环吗？并不是，宝玉屋里的丫鬟也确实不怎么拿正眼看贾环，但这次芳官只是珍重蕊官待她的情意而已，还真犯不着主动耍贾环。但赵姨娘那种弱小者的不安全感，让她的防御等级特别高，在识别恶意这件事上敏感过度。

识别出来，就不能不作为，赵姨娘说："依我，拿了去照脸摔给她去。趁着这会子，撞尸的撞尸去了，挺床的便挺床，吵一出子，大家别心净，也算是报仇。莫不是两个月之后，还找出这个碴儿来问你不成？"

"撞尸"指的是贾母和王夫人等人，她们为一位老太妃送灵，一时半会儿不得回来。"挺床"指的是王熙凤，她正卧病在床。赵姨娘算计得非常好，要趁这三不管的时候把仇给报了。

赵姨娘是不是太猛了？没办法，弱小者自我修复能力极差，没有什么更有价值的事能够将这件事覆盖，会对别人一个眼神耿耿于怀很久。她更担心若不还击会被人永远欺负下去。她的用力过猛，是诞生于弱里的一种虚假的强。

就这么着，赵姨娘气势汹汹地去了，丢人现眼地回来了。这一场闹剧，把探春气个半死。赵姨娘的一场争，丢尽亲闺女的脸面，暴露了自己感人的智商，回目就叫作"辱亲女愚妾争闲气"，杀敌五百自损一千，可谓得不偿失之极。

我一直猜作者的生活里可能确实有一个赵姨娘这样的人物，给他带来很多不愉快的体验，所以作者对赵姨娘的态度，有不公平之处。比如赵姨娘给王熙凤和贾宝玉扎小人，就跟本书十六回之后的现实主义底色不相符。扎小人效果有那么显著吗？那么王熙凤也不用使什么阴谋诡计了，直接给尤二姐扎小人就结了。我不能不怀疑是作者想给这个人物增加点罪过，却也知道她势单力薄，干不出什么名堂来，只能叫她去扎小人。

对于作者对赵姨娘的不屑和讽刺，我持保留看法，各花入各眼，宝玉眼里的赵姨娘，可能在他爹眼里就是林黛玉。换句话说，你以为自己是林黛玉，在别人眼里可能就是赵姨娘。但是赵姨娘这种"明明很弱小却自以为强大"的特点，是有现实参考性的。

首先，对于那种明明很弱小但自以为很强大的人我们要敬而远之。他们很敏感，会为了一句调侃，或是某些细微的善意没有得到回应，而久久不能平静，然后化身为人肉炸弹，要跟你来个玉石俱焚，可能你被狂轰滥炸一顿之后，都不知道发生了什么。

其次，警惕自己那些明明是弱小但以为是强大的时刻。比如说争论时一定要说最后一句话。好像是一定要打败对手，一定要赢。但输赢岂是由谁说最后一句话定的？这种舌尖上的输赢哪有那么重要？你之所以非要抓住这些并不重要的细枝末节，是因为你站得不够稳，一点儿小动静，就能让你晃晃悠悠。

我不是说，我们就把自己定位成探春或是周姨娘，而是说，要容忍自己的弱，也知道自己的强，跟自己和平共处。别像赵姨娘这样，把弱当成强，觉得谁谁都跟自己过不去，要跟人叫板，不然就咽不下这口气，其实气急败坏的那一刻，就已经是输了。

贾政，宝玉眼中最熟悉的陌生人

一个人的背影，也许更能暴露一个人的实质，它在你自己看不到的地方，无法做下意识的修饰。

在朱自清的散文《背影》里，作者坐在火车上，看着父亲肥胖的背影，蹒跚着，翻过一道道铁轨，去给他买橘子。本来正处于和父亲对抗阶段的他，突然感觉到，眼前的这个人，老了。不满化作心酸，击中了无数也曾如此这般目睹过父亲背影的儿女的心。

但贾宝玉大概没有机会像朱自清这样，隔着距离，静静地遥望着父亲的背影。贾政在他面前，永远是一个隔着三百米就能感觉到杀气的存在。

在《红楼梦》里，为人子就是原罪，所有的儿子，在父亲面前，只有唯唯诺诺低头认罪的份。如果贾宝玉有机会，绕过父亲那张端正方直的脸，去看他的另一面，是否会震惊地发现，那背影原来是那样地疲惫空虚，像一只被命运摁住的鸟，布满不知如何是好的惊慌。华林之内，遍布悲凉之雾，这个做父亲的，感受到的，也许比谁都多。

贾政，荣国府的二老爷，自幼喜欢读书，最为祖父钟爱，荣国公希望他能科甲出身，一方面估计是觉得他有这个能力，另一方面，当时的世袭制度，爵位都是由长子继承，贾政排行老二，必须自己打出一个天地。

但命运却是这样变幻莫测——"不料代善临终时遗本一上，皇上因恤先臣，即时令长子袭官外，问还有几子，立刻引见，遂额外赐了这政老爹一个主事之衔，令其入部习学，如今现已升了员外郎了"。

怎么描述那种情形呢？就像你有实力有干劲，头悬梁锥刺股玩命地学，想要考个北大清华之类，突然，被保送了，你不用考试了，可以回家了。这是命运的恩赐，但恩赐也是一种剥夺，它剥夺了你奋发努力自我实现的可能。

当然，也有人以此为基础，比如戚继光，便将官二代的出身，变成自己人生的第一桶金，建功立业，超越祖辈。但是戚继光既有天时地利人和，也是他天赋异禀。贾政没有这天分，在他的黄金时代里，他也不过是一个平凡的小青年，有点儿志向，也还努力，但，算不得十分出类拔萃。

因了一句"（贾政）起初天性也是个诗酒放诞之人"，有人便认为他曾经也是一个宝玉，但历经世事之后的宝玉，也许会变得枯索或者从俗，但一定不会像贾政这样无趣。比如说，绝对不会像贾政这样，直接告知宝玉的老师："什么《诗经》古文，一概不用虚应故事，只是先把《四书》一气讲明背熟，是最要紧的。"

这态度比那些不让孩子看课外书的家长还要粗暴，《诗经》好歹还算课内书吧，是老师指定的读物。贾政的态度，比贾代儒老先生更现实。

没错，贾政会猜个灯谜，能够欣赏黛玉所拟的"凹晶馆"和"凸碧馆"。这种小趣味，成天带着些清客坐而论道的贾政也还是有的，是一个受过一定的文学训练的人的基本功吧。君不见，宝玉做的那些对联，也被清客们点评得头头是道，虽然是恭维，里面也不乏些许见识。

贾政真心所爱的还是学问。香菱说："我们姑娘的学问，连姨老爷都夸呢。"不消说，这个欣赏宝钗学问的姨老爷就是贾政了。

把这几点结合起来，我们基本上可以看见年轻时的贾政，他爱学习，也以文人自居，做些诗酒放诞的勾当，略通世故，会笑，骨子里却依旧是严肃的。

他的理想虽然是按照父辈的期望打造，但也究竟是他的理想，那就是科甲出身，考个进士，即便不能像黛玉的父亲林如海那样，考他个探花榜眼，也能从低级官员做起，稳扎稳打，步步高升，成为一个口碑还不错的官员，最后，在他一早就预期到的某个职位退休。

这样的人生，也不算怎样精彩，但终究是生活过。如今，圣上大手一挥，他就一蹴而就地圆满了，圆满得简直可以退休了。

想象贾政此后的日子，每天一睁眼都是白花花的光阴，曾经，他严密地安排，一刻值千金，不能浪费，而现在，这些都不必了，过去的种种努力看上去像一个笑话，他擅长的那些学问，除了应考用处也不大。好好做官？此时的他，应该对这拼爹的社会有了更深刻的了解，他爹的助力也只能送他到这里，上面的人都有更好的爹。

活到这个份儿上，只剩下无聊了，《红楼梦》里虽然也安排了贾政几次外放为官，但他出现在我们面前时，就是一份悠闲自在或者说等死的无聊感。

于是我们看到他在詹光、单聘仁的簇拥下故作风雅，跟赵姨娘在一起聊聊家中琐事。詹光们固然无聊，但他们的存在，让贾政像个有修养的读书人；赵姨娘固然粗鄙，但她是贾政的地气。正室王夫人正大仙容，出身名门，却像《诗经》里的"硕人"，隔着环佩叮当，触不到她的质地与温度。

在宝玉面前，他显得凶巴巴，这固然因为当时的社会以严父慈母为理想模板，另一方面，我觉得也是他不知道怎么跟这个孩子对接。大家族里，要直面巨大的利益分配，父子的关系也像上下级，他没有父子亲情的经验，只有按照粗浅的所见所感生搬硬套。

当他对宝玉冷嘲热讽，在清客面前不无夸张地表现他的威严，我打心底感觉到他的色厉内荏。除了暴打宝玉那一回，通常情况下，他的严厉，都多少带点表演的性质。

你可以理解成一种隐遁，一个已经放弃了自己的人，将自己隐遁于流俗中。隐于正常，隐于模式化的生活，就算给自己一个交代了，起码大家都是这样活着的。这或许也是他听到忠顺王府来人兴师问罪便无比惶恐的原因，他对生活如此厌倦，承担不起丝毫重压。

但他潜意识里，又感觉到有哪里不对。在《红楼梦》第三十三回里，尚且是烈火烹油鲜花着锦时候，贾政却发现迎春、探春、黛玉、宝钗她们所做的灯谜，尽是悲凉之语。他"愈觉烦闷，大有悲戚之状……只垂头沉思"，"回至房中只是思索，翻来覆去竟难成寐"。

这些女孩子，是他的女儿、侄女、外甥女，和他极欣赏的亲戚，他感觉到她们将面临不幸的命运，但他又能怎样呢？他自己的命运尚且不能掌控，他没有在奋斗中感觉到自己的力量和应付云谲波诡的能力，即便预感到什么，他也只能黯然旁观，爱莫能助。

无能、无力、无奈，这就是贾政的背影。相形之下，倒是刘姥姥打秋风都打得生机勃勃，她的一路紧张虽然看得人心酸，但当她听到凤姐给她二十两银子，先是心突突地跳，然后喜得"浑身发痒"，真是替她兴奋。刘姥姥虽然将自己低到尘埃里，骨子里却有一种自信，她相信这一路虽有万千艰难，她却一定能做到。

不经过奋斗的人生，是不值得一过的，即便是你为之奋斗的目标是如此卑微，都能令你心脏强劲，眼神明亮，静如处子，动如脱兔。但这样的感觉，却非肉食者能懂的，贾政那个从一生下就成了爵位继承人的大哥贾赦，对奋斗的态度居然是鄙视。

贾环写了首诗，表达厌学情绪，贾赦大为赞赏："这诗据我看甚是有骨气。想来咱们这样人家，原不比那起寒酸，定要'雪窗萤火'，一日蟾宫折桂，方得扬眉吐气。"

至于贾珍、贾蓉他们，大概会觉得说这些都多余，他们沉浸在末日般的狂欢里，不把自己作死不罢休。贾琏略好，除了有酒喝、有戏看、想方设法从老婆那里弄几个钱，就再没别的志向。荣宁二府，给我们提供了各种各样无聊的官二代、官三代的样本。

饥饿是最好的调味品，适度的匮乏，会让生活充满彩蛋。贾府里那些好命的人，一生下来就应有尽有，坏掉了胃口，要么得上厌食症，要么变成重口味，集体患上了无聊病。所谓富不过三代，有人是因为自我膨胀过度，更多的，大约都死于这种无聊病。

与贾赦、贾珍一生下来就死了不同的是，贾政是活过、努力过一阵子再死去的。看着年轻时的梦想与努力如风吹柳絮在眼前飘过，他没有机会稍做挣扎，就被命运生擒。

一个看着自己死去的人，也许比没有活过的人更加悲伤，但他又能跟谁说？就像猜谜承欢的那个夜晚，他强颜欢笑，暗自伤怀，那一刻他是活着的，活一秒钟就死去，变出一丝不苟的表情，变成所谓的社会主流，变回亲人眼中最熟悉的陌生人。

贾敬：牛人当不了好父亲

人生里第一次幻灭发生在十岁左右。我问我爸一个生字，他回答："我也不认识。"我至今记得我当时的震动，在那之前，我一直以为我爸是全知全能的。再朝后，我又发现我爸更多的"不认识"与"不知道"，甚至比我的还要多。我不是不沮丧的。也许，在每个女孩子——可能还有男孩子心中，都住着一个强大到可以无限扩张的爸爸。

醒悟发生在很多年之后，我自己也有了孩子，突然发现，真的没必要期望一个很牛的爸爸。换言之，一个牛人，可能恰好就没法成为一个好爸爸。

以主流价值观论，《红楼梦》里最牛的人是谁？不是贾政，也不是贾琏，更不是贾宝玉，而是宁国府掌门人贾珍的爸爸，贾宝玉他大爷，贾政的堂兄，那个出场不多的贾敬。

此人运气极好，原本他和贾政一样，上面还有一个哥哥，按照当时的世袭制度，他们家的爵位没他什么事儿。不承想，这哥哥八九岁上就死了，贾敬晋级为长门长孙，顺理成章地袭了官。但他也没有就此躺在家业上睡大觉，又考了个进士，要知道贾政当年就希望能够从科举出身而不得，宁国府的这根独苗儿，一下子就有了双重保险。

我的朋友陈思呈说，她发现牛人都很容易灰心。这个结论没有统计学数据支撑，但想想却不无道理。寻常人见识不够，一点儿成就就能沾沾自喜，一点儿希望就能鼓舞自己自带鸡血地上前去。牛人站得高看得远，看透所谓希望不过是驴子鼻子前的那串胡萝卜，就算够到，意思也不大。

像贾敬，在应有尽有之后，就厌倦了胡萝卜的滋味，也厌倦了这个游戏，他突然就像那个顺治皇帝，抛下偌大家业，跑到都中城外某个道观，去找那帮道士"胡羼"去了。

贾敬先生在道观里是怎样一个"胡羼"法，非关本题，搁下不表。我想说的只是，这么个高人，可真不是个好爸爸。不妨来看看，他这一走，给宁国府都带来了什么。

他有一儿一女，贾珍和惜春，这两个人的一切表现，都像是没有爹的人。惜春冷漠，贾珍无法无天，霸占儿子的老婆，勾引小姨子，带着子侄辈喝酒赌博，无所不为，且不知遮羞布为何物。他表现如此出格，和他父亲的缺席有很大关系。一个正常的父亲，给你亲情，又教你敬畏，前者让你对世间始终存有温柔一念，后者让你学会谦虚恭谨，两者加在一起，成就一个如切如磋的谦谦君子，而贾珍，正好是这些词语的反面。

但是有什么办法呢？作为一个牛人，即使贾敬能够像鲁迅先生一样写出"横眉冷对千夫指，俯首甘为孺子牛"的佳句，他也会像后者一样，无法真的做到。牛人太牛了，他们世界太强大，没有那么多患得患失，也就没有那么多儿女情长，说好听一点儿叫豁达，难听一点儿就叫自我。

我曾经很看不上李商隐的晒娃之作《骄儿诗》，把自己家娃夸得像一朵花，连"衮师我骄儿，美秀乃无匹……交朋颇窥观，谓是丹穴物。前朝尚器貌，流品方第一。不然神仙姿，不尔燕鹤骨"这种话都说得出来，也不知道他们家衮师长大看见了会不会想当场土遁。

而他致敬（叫板）的陶渊明那首《责子》明显就豁达得多："阿舒已二

八，懒惰故无匹。阿宣行志学，而不爱文术。雍端年十三，不识六与七。通子垂九龄，但觅梨与栗。"儿子们都成这样了，老陶也不特别难过，举起酒杯潇洒一叹："天命苟如此，且尽杯中物。"千载之下，那高冷范儿，真让人悠然神往。

许多年后，我三观有了大幅移位，再想起这两位父亲，竟然觉得，李商隐式的热烈，虽然会让子女感到不好意思，却是生命里的一份暖，多年后温度犹存的记忆；陶渊明式的高冷呢，固然好看，但与子女，未免太隔膜。一个父亲的必修课，不是通达，而是对于子女的疼爱、珍惜和也许是不切实际的赞赏。

贾敬没有这种信仰，这是他的自由，但要命的是，他又没有彻底从贾珍的人生里消失。作为一个牛人，他不在江湖，江湖上可是一直有他的传说，荣宁二府，也就出他这一个进士吧。

虽然贾赦看不上读书人的艰辛，但在主流价值体系里，科举还是挺了不得的，不然曹公也不会给林黛玉她爸一个探花的身份了，贾赦的鄙视里，未必没有点儿酸葡萄心理。贾政也不见得能考上，贾珍就更不行，他不管怎么蹦跶都没法比他爸牛。说起来没什么了不起，但你要知道，很多人都有那么一种成就感，就是，我起码，超越了我的出身。

贾珍无法享受这种快乐。

待贾珍自己做了父亲，他拿另外一些东西教他儿子。每次看到贾珍不避嫌疑地为秦可卿看病哭丧等等，都想把小跟班似的贾蓉拽到他跟前，问一句，这是不是你亲生的啊？但贾珍显然无所谓，贾蓉跑到钟楼里乘个凉，贾珍就要小厮啐到他脸上，还问他："爷还不怕热，哥儿怎么先乘凉去了？"他觉得天下的福都该他先享。

也许，父性这样东西，不是天生的，是学习来的。愿意为孩子鞠躬尽瘁的爸爸，可能自己也曾被那样爱护过，没有被父亲疼爱过的贾珍，不觉得自己有对贾蓉巴心巴肝的义务，大家都是纵浪大化中，你想办法把自己活高兴吧。

贾蓉果然不违父命，他是个小机灵鬼儿，天资不错，"面目清秀，身材俊俏"，头脑更是灵活。他爸欺负他，他也不悲愤，不叫屈，不做激烈之事，很配合地制造父慈子孝的假象，然后，动用自己的头脑，从父亲手里，偷一点儿残羹冷炙。

比如他唆使贾琏迎娶尤二姐做二房，打的主意就是把尤二姐从他父亲眼皮子底下弄出去，他好跑去私会。尤三姐对她姐姐说"你我生前淫奔不才，使人家丧伦败行"，"丧伦"两个字很醒目，贾蓉和这位三姨也脱不了干系。他爸没拿他当儿子，他也就不把他爹当爹，他特别喜欢对他爹的女人下手。他最后还会做什么？他爸当年叫人啐到他脸上的那口唾液，他会还回去吗？

这一切的起因，皆是因为贾敬制造了那么一个断层，曹公在《好事终》的曲子里，严厉地谴责他"箕裘颓堕皆从敬，家事消亡首罪宁"。有人推测这句词暗示了一大篇宫闱秘事，我却更愿意认为，这字字句句，说的不过是人之常情。一个父亲的临阵脱逃，就像抽走了一个家族的脊梁骨，能引发一场"箕裘颓堕"的多米诺骨牌效应，在整个贾府"盛极而衰"的转折期，这种伤害，就来得更为彻底。

不过，即便贾敬知道这种指责，大概也不会放在心上。彪悍的人生不需要解释，他更着急修道成仙，死于服用自己炼制的所谓"金丹"，小道士们知道他功行未到，但拦都拦不住，他半夜三更"悄悄服了下去"，

"便升仙了"。

不知道这死法是否别有意味,是否有曹公对这位牛人的怀疑,修行未到,便想升仙,是不是也是他现实人生里犯下的错误?说到底,贾敬也只是个面目模糊的牛人,终究没有抵达智慧,曹公想尽量说得客观,还是稍稍显露了一点儿态度。

你问我像红楼里的谁，我觉得可能是迎春

我以前特别赞同毛姆的一句话："阅读是一座随身携带的小型避难所。"每当我为什么事情生气，就会对自己说，这都是不读书之过，如果你的世界无限宽广，又怎能会为这种事情动气呢？这就是鄙吝之心啊。

我一直非常相信这个道理，直到有次在杭州开读者见面会，主持人萧耳老师问我：你好像没有写过惜春和迎春？

其实这两位我早年都写过，惜春先不说，迎春我忘了说她什么了，可能当时觉得金陵十二钗总得都写一下，虽然关于她并没有太多可说的。唉，谁没有一些不太成熟的少作呢？

但是这个下午，萧耳老师问到我的这一刻，一个念头冒出来，我说：总有人问我是像宝钗还是像黛玉，我现在想想自己最像迎春。

当迎春遇到麻烦时，就是躲到书里去，她的丫鬟和她奶妈的儿媳妇吵架，她劝不住，干脆拿了本《太上感应篇》来看。

这不就是把阅读当成避难所吗？

87版《红楼梦》迎春是由两个演员演的，第一个叫金莉莉，真像书上形容的，"温柔沉默，观之可亲"，后来她上大学去了，换了个演员叫牟一。

多少年后红楼剧组重聚首，牟一倒是蜕变出典雅如希腊女神的气质来，但当年扮演这个角色时，不知怎的，眉宇间就有点儿晦气。当然，迎春

确实算十二钗里最倒霉的一个，但是她自己也说，在大观园里曾经度过些快乐时光，把她想成一个苦命的工具人是不对的。

迎春这个人笨吗？好像是不太聪明，大观园里起诗社，黛玉湘云宝钗轮番展示才华，迎春和惜春总是靠后。宝琴她们来走亲戚，宝玉马上就邀她们参加诗社，探春说二姐姐病着呢，宝玉说："二姐姐又不大作诗，没有他又何妨。"元宵节元春做的灯谜，也只有迎春和贾环没有猜到。

她处事也极其懦弱，她的首饰攒珠累丝金凤被奶妈偷去当了做赌本，丫鬟绣橘回了她，她骗绣橘说一定是司棋收着呢。绣橘去问司棋，司棋说她没有收，显见得是被奶妈拿走了，但迎春还是装聋作哑，眼看过几天中秋节要到了，要戴这个金凤，迎春还是不闻不问。

我觉得这事儿我也干得出来。上次看京东版的《脱口秀大会》，有个京东的高管说，他们接过很多奇葩的咨询，其中有个人问：我能不能给楼上住户买台冰箱而又不被他发现？这人为啥要做这活雷锋呢？是因为楼上住户冰箱太响吵得他不得安生，他又不敢跟人家提出来。

就是不想面对，花钱买平安吧。

迎春的小伎俩被丫鬟揭穿了，只好老实承认她一开始就知道怎么回事："何用问，自然是他拿去暂时借一肩了。我只说他悄悄的拿了出去，不过一时半晌，仍旧悄悄的送来就完了，谁知他就忘了。今日偏又闹出来，问他想也无益。"

家里出了个贼，迎春的态度还是"问他想也无益"。

倒是丫鬟绣橘不肯就这么认了，直指迎春太过"软弱"，跟奶妈的儿媳妇大吵起来，迎春像个唐僧似的左右劝架，看谁都不听她的，干脆拿了本《太上感应篇》来看。后来探春在外面听到，招来平儿，替她摆平了。

我以前看到这些，对迎春很不以为然，但活了一把年纪，跟各路人马几番过招之后，有了点自知之明，处处能认出自己。

迎春为什么执意不去问奶妈要累丝金凤？就是一种淡淡的疲惫感，能躲一时是一时。

奶妈的儿媳妇提出，她可以去赎回累丝金凤，前提是迎春要去找贾母帮奶妈说情，因为奶妈赌博的事被贾母知晓，现在人已经被关起来了。

换成赵姨娘，估计要跳起来了；换成探春，也会震怒，这要求实在不合理。但是不管哪种反应，都还是对生活有热情的表现，认为生活应该具有某种秩序。但在迎春看来，这不过是各种光怪陆离中的一种，她平静地表示绝不会去求情："问我，我也没什么法子。他们的不是，自作自受，我也不能讨情，我也不去苛责就是了。"

至于私自拿去的东西，"送来我收下，不送来我也不要了。太太们要问，我可以隐瞒遮饰过去，是他的造化，若瞒不住，我也没法，没有个为他们反欺枉太太们的理，少不得直说。你们若说我好性儿，没个决断，竟有好主意可以八面周全，不使太太们生气，任凭你们处治，我总不知道"。

还真不能说是懦弱，如果是懦弱，她就不会在太太们面前替奶妈遮掩了，她也不指望一定遮掩得过，瞒不过的话她也不在乎。她一点儿也不紧张，甚至比大多数人都松弛，怎样的结果她都接受，太太们的观感和贵重的首饰她全不在乎。

这就是咱们现在所说的佛系啊，虽然她拿在手上的书是《太上感应篇》。黛玉笑她 "虎狼屯于阶陛尚谈因果"，又说，"若使二姐姐是个男人，这一家上下若许人，又如何裁治他们。"迎春笑道："正是。多少男人尚如此，何况我哉。"

你看，这话多么明白，多么自洽，迎春也许并不是笨，她只是懒得用力，知道活在这世上用力也是白搭，倒不如省些气力。我平时跟人打交道，也每每因好说话被家里人责备，为什么不讲价呢？因为相对于那点可能的利益，我更希望这个给我制造困扰的人早点从我眼前消失。

自小习惯了输的孩子会长成这样的性格。勇于跟人死磕的人，则是从小习惯了赢，他们觉得天生就该自己赢，他们就总是赢，哪怕抽奖，中奖的概率都比别人高。

你希望外人怎样对待你的孩子，你就怎样对待他。强势的父母指望孩子对别人勇敢，这很不科学好吗？

我努力挣钱的动力，很大一部分是免于跟人碰撞，我感觉我三分之一的钱都花在这上面了。迎春虽然不挣钱，她愿意让出其他利益，随便猜灯谜也罢，不问累丝金凤也罢，都不过求一个眼下安生。"逃避虽可耻但有用"，迎春也是相信这句话的吧？我娃小时候听到，说应该是"逃避虽有用但可耻"。

但事实上，并没有什么用。所谓的避难所只能躲点小风雨，真的抗不了大风浪。迎春手无寸铁，只有送命。

读《红楼梦》很容易产生代入感，有意思的是，少年时候，会把自己代入黛玉湘云这些优秀的人物，人到中年，某些际遇倒是跟赵姨娘迎春这些不如意的人更相通，就像有人想穿越回古代做才子佳人，我却因为担心自己穿越成春燕娘而从来不动这类念头。

只是，产生代入感，不完全是认同，更多是提醒，越是有可能成为赵姨娘，越不要成为她，倒比那些把自己代入林黛玉的人，更有可能避免赵姨娘化吧。

探春的寂寞

一

曹公善写节日，通过节日来写繁华，写喜悦，也通过节日来写萧条，写凄凉。第七十六回的中秋节，是曹公细细描述的最后一个节日，凤姐生了病，宝钗已经搬走，唯有贾母王夫人们还在强打精神张罗宴席、赏月、说笑话，但风光不再，那笑话通通变了味儿，每个人，都笑得很疲惫。

贾母还在强撑着，到了四更，她四下里一看，姑娘们都已散去，只剩一个探春。贾母笑道："也罢。你们也熬不惯，况且弱的弱，病的病，去了倒省心。只是三丫头可怜见的，尚还等着。你也去罢，我们散了。"

贾母说得没错，静静地守在一旁的探春，的确有点儿可怜见的，别的姐妹若不耐无聊的宴席，大可以走开，唯有探春不可以。

黛玉和湘云都是贾母的宠儿，被爱就可以任性，此刻，她们联袂逃席，正在花园里谈诗对韵。迎春一向不受长辈待见，在荣国府里存在感极差，惜春性格孤僻，在长辈心里也没有什么分量，极度边缘的人物，倒落了个来去自由，反正她们不在也没有人会注意到。

探春与她们都不同，在长辈眼里，她比迎春、惜春分量重，南安太妃访问荣国府，贾母选了黛玉、宝钗、宝琴、湘云之后，又对凤姐说，"再只叫你三妹妹陪着来罢",明显对她高看一眼,惹得迎春的嫡母邢夫人大为不悦。

但另一方面,探春这待遇,不像黛玉、宝钗她们,天生就有,她作为庶出的姑娘,先天不足,须以后天努力来弥补。贾母的一句命令轻描淡写,我们却不知道,探春奋斗了多久,才得以和黛玉宝钗她们坐在一起,接待尊贵的太妃。

所以不管渐近尾声的夜宴多无聊,探春都必须安静地坐在那里,等待被注意,被发现,被感动,维持乃至提升她在荣国府高层心中的地位。这些年来,她一直是这么做的,只是,这一次,她也许更寂寞一点儿。

二

如果说宝玉是贵族中的贵族,探春就是贵族中的草根,她的母亲赵姨娘虽然以主子自居,在芳官她们眼里却是"梅香拜把子——都是奴几"。

贾母一个不高兴,对赵姨娘兜头就啐;王夫人通常情况下对赵姨娘都是爱答不理;凤姐三天两头当面数落呵斥,有时甚至是当着探春的面。要强如探春,一定非常痛苦,更加痛苦的是,这些都是赵姨娘咎由自取。

好在,当时的媵妾制度,可以帮助探春和她母亲切割开来,妾算半个主子,妾所生的孩子,则归于嫡妻名下,是明公正道的主子。

也就是说,探春虽然出自赵姨娘,她却可以对自己说,她的母亲是王夫人,她的舅舅是王夫人的哥哥九省都检点王子腾,至于赵姨娘和她的亲戚们,都是奴才。赵姨娘让她拉扯自己时,探春近乎冷酷地说:"哪一个主子不疼出力得用的人?"又说:"谁家的姑娘们拉扯奴才?"

理论上这个说法没问题,但是世事大多不能与理论严丝合缝,赵姨娘首先就不答应,"必要过两三个月寻出由头来,彻底来翻腾一阵,生怕人不知道，故意的表白表白"。

王夫人也不能完全接受，凤姐说她心里将探春看得和宝玉一样，只是"面上淡淡的"，但翻遍红楼，看见了王夫人的"淡淡的"，并没看见"心里却是和宝玉一样呢"。

王夫人不会像关心宝玉那样关心探春的起居饮食，更不会把她搂在怀里抚爱摩挲，对于赵姨娘所生的这个闺女，王夫人器重多于疼爱。不过对于探春来说，这种器重已是难得，是她从赵姨娘制造的泥淖里走出来的可能。探春在极力切割和赵姨娘的关系的同时，也在用心经营她和王夫人的关系。

四十六回，贾赦要收鸳鸯做小妾，贾母大怒，看见王夫人在旁边，迁怒于她，劈头盖脸地一通骂。众人避之不及，探春却是个有心的，"窗外听了一听，便走进来赔笑向贾母道：'这事与太太什么相干？老太太想一想，也有大伯子要收屋里的人，小婶子如何知道？便知道，也推不知道。'"

一句话说得贾母转怒为喜，又把王夫人好一通夸，我们且不评论贾母的领导水平，只说当此际，王夫人对探春必有感激。

探春通过自己的能力、勇气，尤其是积极向王夫人靠拢的姿态——她帮王夫人讲话时，并不是仗义执言，而是清楚地意识到，"这正用着女孩儿之时"，一个"用"字，使两人的关系如上下级——赢得了王夫人的信任，在凤姐生病时，探春临危受命，管理偌大家庭的经济事务。

三

探春迎来了最风光的时代，却也有可能，她进入了最痛苦的时代。

她奉命管家，大权在握，是包括宝钗、李纨在内的三驾马车中的核心，连赵姨娘都觉得自己的春天到了。但她也因此碰触到自己这个在外人看来风光体面的家族的真相，发现它已经站在危险边缘，自己纵然能够通过"包产到户"等举措稍做弥补，但究竟是回天无力。

通过探春的眼睛，荣国府里的经济问题一一暴露出来，多项重复浪费是其一，其二在于管理者出于各种顾忌的不作为。

比如，小姐们有一笔胭脂水粉的费用，但买办以次充好，从中渔利，小姐们只好拿了月例银子自己找人另买。给买办的这项费用是笔冤枉钱，但凤姐还不能裁掉，一旦裁掉，就会有人说她苛待小姑子，荣国府支付的，其实是凤姐自己的维稳经费。

再比如，大观园里的花草树木，都可以产生效益，凤姐何尝不了解，但如果她像探春那样承包给老婆子们，园子里的一草一木别人都动不得，丫鬟小姐都受到限制，凤姐必然又遭非议。

归根结底，荣国府最大的问题在于，它已经走上末路，但贾母王夫人们却不能接受这一点，她们用末世有限的资源，不管不顾地维持盛世的繁华。管家林之孝建议裁人，凤姐也向王夫人建议过，王夫人却说，贾家的小姐们虽有不少丫鬟侍候着，但"只有一两个像样，其余的，竟像庙里的小鬼"，她向凤姐描述林黛玉母亲贾敏昔日的体面："是何等的金尊玉贵。"

可是，她难道不懂今非昔比四个字？荣国府也许曾经是一艘豪华游轮，眼下，它已经裂了缝，进了水，在逐渐下沉，船上那些能够做决定的人，却依旧掩耳盗铃，有这样一些或麻木或贪婪或愚蠢的上级，探春纵然心志再高，又有何用？

第七十四回里，面对抄检，她沉痛地说："你们别忙，自然连你们抄的日子有呢！你们今日早起不曾议论甄家，自己家里好好的抄家，果然今日真抄了。咱们也渐渐的来了……"说着，不觉流下泪来。

这眼泪为丧钟而流，作为贾府里的草根贵族，她起起落落，体会到的比谁都多，她曾经那么希望靠近贾府权力的最核心层，靠近之后，却触摸到最深的失望。

四

探春打了邢夫人的陪房，抗拒王夫人的抄检行动，把高层全得罪了，从此后，她应该无须再那么谨慎，积极地向她们靠拢了。但是在第七十六回的这个中秋夜，姐妹们纷纷离去，她依旧安静地守候着荣国府史上最为乏味的宴席，等待贾母发下话来。

这是探春的悲哀，就算她洞察了、了解了、绝望了，她又能怎样？她仍然要在这个体制内混，即使那样激烈地表达过心声，过后，依然只能随波逐流，希望自己继续被重视，有更好的发展。她说："我但凡是个男人，可以出得去，我必早走了。"她不是男人，她还得依托这个家庭，只是，在宴席的角落里，注视着中间那些人的表演时，她的心，当不再那么热切，有的，更多的是悲凉。

有无数像探春这样的局内人，比外人更了解大厦将倾，一定也有过像探春那样激烈沉痛的片刻。但有什么办法呢？大家都在一条船上，如果你不能"小舟从此逝，江海任平生"，你就还得在这艘破船上，将日子按照常态过下去，不然就会疯掉。

所以，日子还在继续，你继续对同僚微笑，跟上司问好，参加没有必要的饭局，像等死一样，等待那结果的来临。只是，在那些黑暗的宴席上，你再努力，也无法让心灵依附于那虚假的繁华，注视着宴席最中央的人，会有什么，像夜雾，像流水，漫上心头，那宴席有多欢乐，你的心就有多寂寞。

一个权贵家族的覆灭样本

和几个同行在一起聊天，谈到纸媒整体性衰落，纷纷摇头叹气，唯有一位说，现在虽然今非昔比，也不是就过不下去，关键的，我们要有点儿平常心。

"平常心"三个字已被鸡汤化，但放在这里真合适。当年我入职时，纸媒正是韶华极盛时代，我报考的那家报社，招十几个人，哗啦啦来了两百多，有教师、公务员、大公司的中层。在报名现场，我听见有人聊天，说，虽然现在的工作也挺好，但报社开出的条件太诱人了。

1998年，一个三线城市处级干部月入不过千把块钱，我报考的这家报纸，号称年薪三万。

收入是一方面，那年头报纸多有影响力啊，这家报纸创办伊始，甚至弄了一辆印了"新闻110"的车在街上跑，方便老百姓拦路喊冤。

那些年，每一年的年终大会上，领导都会神采奕奕地宣布，我们的订阅量已经突破多少多少，利润比去年增加了一千万或两千万或更多。年终奖因此更加值得期待，事实上，也确实每年都会多一点儿。

作为一个副刊编辑，我习惯了自我边缘化，觉得这荣耀跟自己关系不大，但还是打心眼里，为这种人喧马嘶的气氛感到高兴，希望年年岁岁花相似，大家能这么乐乐呵呵地一年年过下去。可一转眼间，竟然到了祭出"平常心"的时候了。

但识时务者为俊杰——这个"识时务"指的不是投机钻营,而是对眼前形势有清楚的判断,并做出适当的选择。不再是高盈利的巅峰时代,何妨放低心态,选个稳妥保守路线?所谓"亢龙有悔",难的,不就是身居高位时,睿智的一回首吗?

《红楼梦》里,荣国府落魄的重要原因之一,就是不懂无常二字。

曹公是敢于冒险的作家,一开始就向读者交了底,让你知道最后的结局是"空对着山中高士晶莹雪,终不忘世外仙姝寂寞林",是"好一似百鸟各投林,落得个白茫茫大地真干净"。在此前提下,他所有的叙说,都是回望,即便是看似不带感情色彩的对于衣食住行的叙述,都已然浸透着某种悔意。

他们家原本可以不落到那步田地的。虽然抄家是迟早落下来的一场雪,但如探春所言,"这样大户人家,若从外头杀来,一时是杀不死的,这是古人曾说的'百足之虫死而不僵',必须先从家里自杀自灭起来,才能一败涂地"。

这话,对了一半。荣国府里有内斗,但只要气数未尽,是可以忽略不计的。王熙凤不是扬言:你就是告我们家谋反都没关系。

家族兴旺时,小沟小坎都很容易逾越,贾家倾覆的根本原因秦可卿在第十三回里就有提示,是气数已尽:"常言'月满则亏,水满则溢';又道是'登高必跌重'。如今我们家赫赫扬扬,已将百载,一日倘或乐极悲生,若应了那句'树倒猢狲散'的俗语,岂不虚称了一世的诗书旧族了!"

似乎很唯心也很悲观,提示着历史潮流的不可逆、个人的无能为力,像在为贾政贾珍们开脱。却也是真相。和平年代,贾府完全靠皇帝的欣赏抬举撑着，本就难长久；族中子弟的上进心，固然是个人素质，但也不可避免地受家庭经济等各方面影响。生在贾府这种安乐窝，只有像贾兰这种寡母带大的孩子，还保持着悬梁刺股的意志力，这也是官N代富N代的宿命。

秦氏这话，是说给凤姐听的，用秦可卿的话说，凤姐是"脂粉队里的英雄"，但此时，王熙凤却问"有何法可以永葆无虞"，难怪秦可卿要冷笑一声，说"婶子好痴也。否极泰来，荣辱自古周而复始，岂人力能可保常的"。

天命如此，折腾无益，相对于一心只想往前冲的凤姐，秦氏更有大智慧。她在可以前进时，看到后退之路，她给凤姐提出的两条建议，都是筹划将贾府从豪奢的大户人家，朝审慎的中小型人家转型。

一是在祖茔附近多置产业，"便是有了罪，凡物可以入官，这祭祀产业连官也不入的"；二是将私塾供给制度化，"便败落下来，子孙回家读书务农，也有个退步"。

借秦氏之口说出的这两条对策，当是曹公饱经困窘忧患才得出的，他多想借一个人的口去提醒贾家人。这种提醒不可轻描淡写，所以必须借助将死之人，听者也不可以是等闲人物，没有比王熙凤更好的人选。但王熙凤对这真知灼见充耳不闻，着急打听秦氏口中那"烈火烹油，鲜花着锦"的喜事，人啊，尽想好事了。讽刺的是，正是这"喜事"，元春省亲，让荣国府大兴土木，拖垮了贾家的经济。

命运对贾家的第一次提示就这样被错过。第二次提示，出现在探春理家时候。探春去贾母的陪房赖嬷嬷家吃饭，和赖家女儿聊起了持家之道，发现"包产到户"这种先进的生产关系，回去就把大观园承包给了老婆子们。

这是一次非常了不起的尝试，更了不起的是，探春懂得从赖家这种中小户人家引进先进经验，她看出了他们家的生机所在。

凤姐做不到，平儿替她解释："这件事须得姑娘说出来。我们奶奶虽有此心，也未必好出口。此刻姑娘们在园里住着，不能多弄些玩意儿去陪衬，反叫人去监管修理，图省钱，这话断不好出口。"

凤姐的顾虑不是没道理，媳妇难当，何况她原本是老大家的儿媳妇，跑到老二家来当家，更不能让别人捏到把柄。若是她提出转型，一定会引起众议哗然，这一方面是探春说的"一个个像乌眼鸡似的""自杀自灭"所引发的掣肘所致，另一方面，凤姐没有改天换地的魄力。

更有实权的王夫人，则是无法接受转型。她不是不知道贾家已经入不敷出，对策居然是："凡百事情，我如今都自己减了。"

没错，袭人那每月二两银子，就没有动用公家的钱，是从她的账目上出的。但这有限的节约，怎能改变贾府江河日下的局势？王夫人喜欢"笨笨的"下人，一个反智主义者适合过田园慢生活，不适合当家。

贾府里，有眼光、有魄力、有实权、有威望的，还数贾母，如果她来推动荣国府转型，任何人都无话可说。转型不是体力活，细节可以交给像凤姐探春她们去处理，贾母需要动用的，只是自己的声威。

但贾母显然无意于此，第七十五回，尤氏在贾母那儿吃饭，主子吃的饭不够了，丫鬟给她盛了下人吃的白粳米饭。鸳鸯说："如今都是可着头做帽子了，要一点儿富余也不能的……"王夫人说："这一二年旱涝不定，田上的米都不能按数交的……"荣国府的窘态已经露出来，贾母也只是开了个玩笑："这正是'巧媳妇做不出没米的粥来'。"众人的反应呢，是"都笑起来"。

还都挺开心的样子。

贾母不是不清楚，"如今比不得在先辐辏的时光了"，要把有些旧规矩都"蠲"了；她也肯让凤姐拿了自己的东西去当。但这些小打小敲，对于一个当家人算不得美德。当家人最重要的是什么？是制定路线。《水浒传》里你觉得宋江窝囊是不？但他始终是路线的制定者，这个魄力还是有的。

贾母却在听到甄家被查抄之后都无警醒，只是"心里不受用"而已，她的聪明才智，就像她屋里那些古董，做摆设绰绰有余，不算有用之才。

还要注意的是，贾琏凤姐后来那样窘迫，正因贾母被大操大办的那个八旬生日，"把所有的几千两银子都花完了"。你说她大办生日也是不得已？唔，当年慈禧大办生日时，也觉得办得好不好，关系到帝国的荣光。

总之，我们对大人物常常很宽容，他们有点儿幽默感，有点儿小慈悲，有点儿气质有点儿审美，就能被夸到天上去。写官场小说的王跃文曾说，人们看领导，就像看孩子，他们随便说个什么，大家都觉得有趣。到了某个位子上，才干倒是不重要的事了。

八十回红楼的后几回，破败之气随处可见。当年秦可卿生病，每天吃二钱人参，完全不在话下，到了七十七回，凤姐生病需要二两人参配药，荣国府已经找不到像样的，王夫人想到要拿钱去买，已经焦躁起来。

好容易从贾母那里找了点儿人参，"固然是上好的……但年代太陈了。这东西比别的不同，凭是怎样好的，只过一百年后，便自己就成了灰了。如今这个虽未成灰，然已成了朽糟烂木，也无性力的了"。

这说的是人参，也是贾家，还是贾家的灵魂人物贾母。百年之后，大厦将倾，那个就在不久前还口口声声"我们这样的人家"的贾府，正在以惊人的速度倒下来。不能说这就是悲剧，"陋室空堂，当年笏满床；衰草枯杨，曾为歌舞场"，没有凋落，就没有生长，得失都是常态，不用过于纠结。

若有什么好总结的，只是，在大厦倾倒之前，贾家上下几百口，都在以各种方式等死，聪明的，糊涂的，看得清的，看不清的，就像等一场命定的火灾，竟没人想到，在火灾来临之前，正视这命运，带上全家人，走出去。

抄家是压倒骆驼的最后一根稻草，在此之前，贾府的"内囊"已经上来了，但人们已经在繁华梦魇里醉生梦死，他们死于不敢面对导致的无所作为。这也是一部《红楼梦》，对于现代人，最为实用的一点儿警示。

食色，性也——《红楼梦》里的好味道

黛玉去看望宝钗，见宝玉也在这里，两人正凑在一块儿谈什么冷香丸，亲近得有点儿暧昧了。林妹妹用鼻子冷笑一声，说出来的话句句带着小钩子，将那个还不知道自己犯了错的人捎带上。

宝钗心中有数，宝玉几分懂又有几分不懂，只有个不明就里的薛姨妈来凑趣，接着林姑娘的话茬儿鸡同鸭讲。小时候看这一段，替林黛玉生气，像她一样怀疑薛宝钗心里藏奸，连那个冷香丸，都视作宝钗的伎俩。小孩子比大人更依赖二元对立，要是不分出个好坏人来，这故事还怎么看下去。

长大一点儿，看曹公，更像个坐在监视器后面的大导演，分给每个人的戏份都是那么合适。将一本书读到烂熟后，技术分析取代了感情立场。

这几天下起了雪，喝着热茶，靠在沙发上看《红楼梦》，翻到"探宝钗黛玉半含酸"这段，入心的，竟然是宝玉在薛姨妈家的饮食。

薛姨妈是王夫人的妹妹，宝玉的亲姨娘，在她那儿，宝玉自然会受到非一般的款待。但是，他探宝钗，只是信步而至，不比平时随贾母参加的那些正式宴席，如若摆出一桌子山珍海味，也太俗，像作诗用"金银珠玉"点缀富贵，倒透出十二分的穷酸。

薛家是皇商，"丰年好大雪，珍珠如土金似铁"，有什么拿不出？到了这个份儿上，倒是手工制作更能体现真心，如"妈妈烤的蛋糕"，如薛姨妈

自己糟的鹅掌鸭信。

若让薛姨妈一开始就乐颠颠地端出她糟的鹅掌鸭信，未免太有个性了一点儿，不合她的做派。文中是先借宝玉之口提起大嫂子家里"好鹅掌鸭信"，薛姨妈忙取出自己糟的，家常情致呼之欲出，加上外面已下了半天的雪珠子，屋内林妹妹虽然还怄着气，却是可爱的小脾气，宝姐姐笑得善解人意，正是喝酒的气氛。几盅酒，就是那样下了肚。

这中间夹杂着奶妈李嬷嬷的阻拦——好像除了大堰河，古今中外的奶妈都很絮叨，没错，我想起《飘》里面让斯嘉丽少吃点的奶妈了。而林妹妹心情逐渐好转，口齿还是那么伶俐，却从酸楚的攻击，变成炫技般的傲娇，薛姨妈照例是没原则的宠爱……声声笑语，话赶着话，如大珠小珠轻叩，又如玻璃瓶里的清晰花朵，都是可以留到以后作回忆的东西，怎能不让人微醺？

酒至半酣，薛姨妈端来热腾腾的酸笋鸡皮汤，雪天酒后，没有比这个更合适的了，酸香鲜美，提神又开胃，难怪宝玉痛喝了两碗。然后又喝了半碗碧粳粥，给这场小饮收了个尾。半碗而不是一碗，更显得这一顿吃得心甜意洽，恰到好处。

这时是不是该来一杯茶？薛姨妈端上了酽酽的浓茶。林黛玉她爸教的规矩，茶应该在饭前喝，现代科学论证，这个顺序也确实更符合养生之道，但酒后这杯浓茶，解醉意，去油腻，跟前面的饮食搭配得浑然天成，看了，只让人也想捧上那么一杯。

《红楼梦》爱谈吃，最著名的吃食，是凤姐奉贾母之命为刘姥姥擩的茄鲞。香菌、新笋什么的折腾好半天，还要"十来只鸡来配他"，足够高端，却让人难以产生想象，是贾母凤姐存心让这乡下老太太开眼的。还有贾母吃的那些牛乳蒸羔羊、糟鹌鹑、山药枣泥糕、螃蟹馅儿饺子之类，想来味道不错，但并不令人特别神往。

究其原因，在于作者只报了个菜名，并没写出它的滋味，唯有某次说到还有野鸡肉，贾母嘱咐凤姐"炸上两块，咸浸浸的，吃粥有味儿"。"浸浸"似乎是错字，应为"津津"，但这里错得有味道，显见得野鸡肉已然入味，配上白粥，浓淡相宜，隔着白纸黑字，不妨碍口舌生津。

相形之下，宝玉吃过的东西，更像"吃过"的。他偏爱笋子入汤，除了前面的酸笋鸡皮汤，第四十六回里，丫鬟端的攒盒里，有一碗火腿鲜笋汤。鸡皮油腻，酸笋方能解腻，而这鲜笋脆嫩，正要火腿提鲜。宝玉不顾烫，端起来就喝了一口。袭人在旁边都笑："菩萨，能几日不见荤，馋的这样起来。"

宝玉对一碗火腿鲜笋汤如此倾情，是因为他前些日子听紫鹃说黛玉将来要回苏州，大受打击，"整个人死了大半"，后来渐渐醒转过来，身体总未大愈。贾府习惯对病人"净饿"调养，宝玉已经狠吃了几天的小菜清粥，那一口滚烫的火腿鲜笋汤，将这些日子以来的郁闷尽扫。

饥饿是最好的调味品。四十一回里，贾母看到捧盒里有几样点心，皆不感冒，无可无不可地拣了个松瓤鹅油卷来，只尝了一尝，剩下的递给丫鬟了。

特意查了下，松瓤鹅油卷，是撒了松子仁的小面点心，用鹅油制成，应该是贾母平时喜欢的甜软之物，但呈上来时贾母他们刚吃过饭，贾母就没什么兴致。

后来芳官也嫌它油腻。宝玉过生日那回，芳官吃不惯面条，让厨房管事的柳嫂子另外给她做碗汤盛半碗粳米饭。柳嫂子巴结芳官，自然尽心竭力，一汤一饭就变成了"一碗虾丸鸡皮汤，又是一碗酒酿清蒸鸭子，一碟腌的胭脂鹅脯,还有一碟四个奶油松瓤卷酥,并一大碗热腾腾碧荧荧蒸的绿畦香稻粳米饭"。

除了笋,看来曹公对鸡皮入汤亦情有独钟,这次的虾丸鸡皮汤,更为鲜腴。奶油松瓤卷酥,鹅油换成奶油,跟贾母吃的那松瓤鹅油卷当是一类东西。胭脂鹅脯与碧荧荧的粳米饭,红绿搭配得鲜明。芳官这两菜一汤一甜点,丰盛,同时热量不低。

芳官便不喜欢,说:"油腻腻的,谁吃这些东西。"不约而同地,跟贾母竟是一个口气。

芳官这个人有意思,在当时,像她这样的文艺工作者不怎么受人尊重,但在芳官心里,连赵姨娘都不见得比她强:"梅香拜把子——都是奴几"。后来她被人暗算,宝玉也说:"只是芳官尚小,过于伶俐些,未免倚强压倒了人,惹人厌。"是啊,脱口而出的这句话,听起来可不就是很惹人厌。

但这次宝玉的感觉却不同,他闻着,倒比往常味道好,吃了个卷酥,又来了个汤泡饭,吃得有滋有味,"十分香甜可口"。

为何这一遭,松瓤卷在宝玉这里翻了身?因为他饿了。

这天是宝玉的生日,姐妹们都来为他庆祝,划拳射覆开玩笑,围观史湘云酒醉卧眠在花园里的青石凳上,芍药花瓣撒了一身。良辰美景,花样年华,让在姐妹堆里动辄就"喜不自胜",被封为"无事忙"的宝玉,哪里还有心思吃饭?待到大家都散了,他才觉出饿了,在自己房间里,一只"油腻腻"的奶油松瓤卷也吃得香甜,是兴奋之后的甜软余欢。

曹公的菜单,从来不是随便下的,一定要吃出情致,吃出口感,吃出彼时彼地的心情。或者,吃出不同的个性。

宝玉叫人送给晴雯吃的是豆腐皮包子,我一直在想,这是包子馅里有豆腐皮呢？还是用豆腐皮包的包子？反正，这个自小得宠的俏丫鬟，口味总比别人刁一点儿。宝玉特地为袭人留的是酥酪，这是老北京特有的宫廷甜食，牛奶做成，袭人"柔媚娇俏"，正是这个味儿。

这也跟她们的生活状态相称。大观园里有个小厨房，将饭菜做好了送到各房，但总有人在标准伙食之外，还想换换口味。晴雯叫小丫鬟找柳嫂子去要个芦蒿，柳嫂子问肉炒鸡炒，小丫鬟抢白她说："荤的因不好才另叫你炒个面筋的，少搁油才好。"一听就是惯吃山珍海味，想来点清淡的。

虽然丫鬟的伙食份例都一样，但一则宝玉在外面见到好吃的会给晴雯她们带回来，二则老太太也经常将佳肴赏赐给宝玉——有次赏的是风干果子狸，还好去年有科学家论证，非典不是果子狸传播的——想宝玉吃不完，必会与丫鬟们分享。吃腻了胃口，惦记起芦蒿面筋之类来，晴雯点的菜里，透着得势者的骄矜。

迎春的丫鬟司棋也叫人来点菜，她要的是炖鸡蛋，即便强调"炖得嫩嫩的"，也改变不了这道菜的草根本色。

就这么着，柳嫂子也没痛快答应，这碗鸡蛋好像比芳官那两菜一汤一甜点还难弄，引起了好大一场风波后终于面世，还悲惨地被司棋全泼掉了，而它引发的恩怨还在继续……

柳嫂子是势利了点，但她的抱怨也不是没道理。自从大观园弄了小厨房，稍有点儿头脸的丫鬟都将点菜看作自己不占白不占的便宜。探春和宝钗深知这一点，她俩有天商量着要吃个"油盐炒枸杞芽儿"时，特地给小厨房送来了五百钱，这道菜成本只要几十文。宝钗和探春对柳嫂子说，剩下的钱，算是补偿丫鬟们自作主张点菜的亏空。

这等慷慨明理，确实像宝钗和探春的为人。我只奇怪，宝钗那样一个

"淡淡的女子",衣着半新不旧,身上无富丽闲饰,亦不爱花儿粉儿,房间里布置得雪洞一般,近乎存天理灭人欲,如何会突然想吃什么枸杞芽儿?

探春倒是可能,从她喜欢"柳枝儿编的小篮子,整竹子根抠的香盒儿,胶泥垛的风炉儿"看,她爱奇巧之物,是有可能突然惦记起这"油盐炒枸杞芽儿"的。

自己去点太像吃货,那时候吃货还不是个褒义词,起码对一位小姐来说不是,两个人点菜就好多了。而她的"小伙伴"也只能是宝钗,两人当时正一道理家,在议事厅里商量着加道菜却也顺理成章。

林黛玉的身体敏感如她的灵魂,螃蟹宴上,众人持螯大嚼时,她只吃了点"夹子肉",心口就微微地疼了。湘云他们烤的鹿肉她也吃不得,站在旁边取笑:"那里找这一群花子去!罢了,罢了,今日芦雪广遭劫,生生被云丫头作践了。我为芦雪广一大哭!"

史湘云反唇相讥道:"你知道什么!'是真名士自风流',你们都是假清高,最可厌的。我们这会子腥膻大吃大嚼,回来却是锦心绣口。"《红楼梦》前面部分,湘云维护宝钗,对黛玉总有点儿来者不善。

怎么说呢,爱吃鹿肉的湘云虽然风雅豪迈,却少了点林妹妹的七窍玲珑心,甚至不如宝玉,能看出宝姐姐与林妹妹,早就"孟光接了梁鸿案",暗结金兰契了。宝钗永远是不动声色间什么都看在眼底,笑着打圆场:"你回来若作的不好了,把那肉掏了出来,就把这雪压的芦苇子捯上些,以完此劫。"这打趣不算机智,却扭转了被湘云小小的攻击性弄得尴尬的气氛。

而宝钗的妹妹宝琴,是被曹公刻意朝完美里写的人物,这样的人,通常都会有一点儿不易察觉的距离感。比如大家想看她收藏的西洋美人作的诗时,她不想去找,就说没带来。这次,看大家腥膻大嚼,她只是披着凫靥裘站在那里笑。宝钗喊她吃,她笑说:"怪脏的。"宝钗告诉她,"你林姐姐弱,吃了不消化,不然他也爱吃",她才过去尝了一块。倒也可以看出,来大观园没几日,黛玉已成为她的偶像,看得比宝钗还重。

而宝钗判断黛玉只是身体弱不然也爱吃,也真是黛玉知己,黛玉高冷外表下,也有个想要和大家一起撸串的活泼灵魂,可惜身体条件不行,令人同情。

孔子说:"食色,性也。"如果来个歪解,"食与色,都能体现一个人的性格",亦是对的。像那个薛蟠,是好色之人,与宝玉低回再三的"意淫"不同,他贪婪、粗鄙,只求肉欲,不讲情调。

能让他来劲的食物也是这样,他过生日,有个叫程日兴的给他弄来了"这么粗这么长粉脆的鲜藕,这么大的大西瓜,这么长一尾新鲜的鲟鱼,这么大的一个暹罗国进贡的灵柏香熏的暹猪"。他喜欢猎奇,就很激动,还对宝玉说:我想除了我之外,也只有你配吃。哈哈哈,他可真看得起自己啊。

他老婆夏金桂比他更糟,"爱自己尊若菩萨,窥他人秽若粪土",她的口味简直穷凶极恶,最爱吃"油炸焦骨头",不是说这玩意儿不能吃,偶一为之未尝不可,但整日家拈着根炸得焦黑的骨头大啃,是不是很像个魔鬼?

而在那些焦黄的骨头渣滓横飞之际,香菱的命运,也不可避免地被注定了。

《红楼梦》版《闻香识女人》

我有个很风雅的朋友,送了我一盒沉香,并郑重告知,不打算睡觉时千万别点,这种香助眠功效太强大。听她那口气,这哪儿是香,分明是武侠片里舔破窗纸伸进去的那种迷药。

我睡眠不大好,当晚就点了一根。半炷香下去,一个哈欠也没来,但是,随着香味无声弥漫,一种意想不到的效果发生了。我想起小时候的某个夏夜,我到我爸单位大院去玩,走廊上,不知道从哪儿飞来硕大飞蛾,雪片般绕灯而舞,覆盖了一地。

传达室里刘爷爷的电视机正在播一个新剧,叫《魔域桃源》,神叨叨的,和那些赴死而来的飞蛾之间,似乎有一种神秘的关联,整个晚上,我都感到某种诡异气息。

我一点儿都不怀疑,这记忆是被这款名为"惠安红土"的沉香唤醒的,我感到它们之间某种难以名状的相通。嗅觉比视听将记忆保存得更笼统也更完整,好几次,在被某种气味弄得恍惚的时刻,我怀疑我的身体里有一个气味博物馆,所有旧日都在那里完好封存。

胡兰成说张爱玲喜欢闻气味。她自己说得更详细:"别人不喜欢的许多气味我都喜欢,雾的轻微的霉气,雨打湿的灰尘,葱蒜,廉价的香水。像汽油,有人闻见了要头昏,我却特意要坐在汽车夫旁边,或是走到汽车后面,等它开动的时候,'布布布'放气。每年用汽油擦洗衣服,满房都是那清刚明亮的气息;我母亲从来不要我帮忙,因为我故意把手脚放慢了,尽着汽油大量蒸发。"

她还说:"回忆这东西若是有气味的话,那就是樟脑的香。甜而稳妥,像记得分明的快乐,甜而怅惘,像忘却了的忧愁。"这个比喻跟她《对照记》里那些往事倒是风格一致。若是曹雪芹呢?他的记忆应该是各种香味吧?像他在警幻仙姑那里饮下那杯"万艳同杯",是那些女子的历历芳魂。

最为馥郁的,是秦可卿房中气息。贾宝玉跟了贾母去宁国府赏花,要找个地方午睡,被人带到一间挂了各种鸡汤字画的屋子,他立即要出来,秦可卿便带他去自己房间。

"刚至房门,便有一股细细的甜香袭人而来。宝玉觉得眼饧骨软,连说'好香'。"他很快睡去,梦游太虚幻境,完成了他人生的第一场春梦。

想象可卿屋里的那种香,性感,甜软,让人既放松又想放肆,应该类似于香奈儿5号。但也有女友闻不来这款香水,说,香得臭臭的。她说的那种"臭",应该是那种动物性的风骚感觉,但性感娇娃常有一种原始感,比如那个声称只喷香奈儿5号入睡的玛丽莲·梦露,她的魅力之一,是让你迫不及待地忘掉她的灵魂只记得她的肉体——虽然,据传她看过太多书。

秦可卿的甜香完成了对于贾宝玉的情欲启蒙,但他终生挚爱的却是药香。第五十一回里,晴雯嫌煎药弄得满屋子药气,要人拿到茶房去弄。宝玉说:"药气比一切的花香果子香都雅。神仙采药烧药,再者高人逸士采药烧药,是最妙的一样东西。这屋里我正想各色都齐了,就只少药香,如今恰好全了。"

宝玉说得煞有介事,好像他真有这么雅,他自己可能也不知道,他爱药香，因为那是林妹妹屋里的味道。紧接着，宝琴送给黛玉一盆水仙，黛玉要转送给宝玉，说："我一日药吊子不离火，我竟是药培着呢，那里还搁得住花香来熏？越发弱了。况且这屋子里一股药香，反把这花香搅坏了。"

前两天看见吾友思呈文章里引用海子的诗，说"秋天又苦又香"，林妹妹的屋子，亦是又苦又香，有一种秋天的味道。然而她本人，同时有着纯粹的少女气质，在某些时刻，感觉很春天。

第十九回的回目是《情切切良宵花解语　意绵绵日暖玉生香》，在这一回里，宝玉和黛玉斜靠在床上闲话，宝玉忽然闻见一股幽香从黛玉袖子里发出来，"闻之令人醉魂酥骨"。黛玉说，想必是柜子里头的香气，衣服上熏染的也未可知。宝玉摇头，说："未必，这香的气味奇怪，不是那些香饼子、香毬子、香袋子的香。"黛玉记起宝钗那个冷香丸，吃起醋来，两个人说着，就把话题岔到了别处。

究竟黛玉香从何来？窃以为，那应该是黛玉的味道，每个人都有自己的味道，无关者闻不出来。只有爱意，才会让它如此明显地呈现，有人曾说，爱一个人，就是爱他身上的那种味道。爱情，真的也可以用闻的。

再回头说让黛玉惦记着的，宝钗那个神奇的冷香丸，宝钗跟周瑞家的说过它的制作方法："东西药料一概都有限，只难得'可巧'二字。要春天开的白牡丹花蕊十二两，夏天开的白荷花蕊十二两，秋天的白芙蓉蕊十二两，冬天的白梅花蕊十二两。将这四样花蕊，于次年春分这日晒干，和在药末子一处，一齐研好。又要雨水这日的天落水十二钱……还要白露这日的露水十二钱，霜降这日的霜十二钱，小雪这日的雪十二钱……"

其核心，不就是"合时宜"吗，这也是宝钗的毕生追求。

宝钗不做刻意之事，"他从来不爱这些花儿粉儿的"，更不熏香，"好好的衣服，熏得烟燎火气的"，她的香，都是于无心中来。身上的香来自冷香丸，房间里亦有异香扑鼻，来自院子种的那些奇草仙藤。她"一生爱好是天然"，但也少了些家常烟火气，少了些女孩儿家的旖旎娇嗲，"任是无情也动人"七个字，说尽了宝玉对她的复杂感受。

假如说黛玉的香更多的是药香，宝钗的香更多的是花草香，湘云的香呢？我觉得应该是果香。柠檬或者橙子的那种香，明亮，浓郁，又有一种中性的清新。

只是不知道那时柠檬是否已传入中国，《红楼梦》里倒是提到了柚子。刘姥姥带着板儿第二次来贾府，探春给了板儿一个佛手，后来被巧姐看到了，家人就拿了个柚子给板儿，把佛手哄下来，给巧姐玩。

这个细节轻描淡写，又别具匠心，当时巧姐和板儿的地位有天壤之别，谁能想到，将来他们有可能结为夫妻。不过我每次看到这里，最觉有趣的，是曹公描写那柚子"又圆又香"。一个没有被打开的柚子，谁会首先想到它的香呢？由此可见，对于曹公，是嗅觉先行的。

宝玉的荷包里，经常携带着些微沉香速香之类，他的案上，也总供着一炉香，虽然是因为心中有所祭奠——真悲伤，那么个年纪，心里就已经有许多放不下的纪念——但也说明，在他看来，焚香是最好的纪念。

但曹公也不是对所有的香，都一味赞美，还得看用在谁身上。薛蟠的老婆夏金桂，出身"桂花夏家"，"长安城里城外桂花局俱是他家的，连宫里一应陈设盆景亦是他家贡奉"，这真是在香气里长大的姑娘。然而，她专横跋扈，竟然连香菱名字里有个"香"字，都视为对自己的侵犯。

她对香菱说："菱角花开，谁见香来？若是菱角香了，正经那些香花放在那里？可是不通之极！"

香菱回答："不独菱花，就连荷叶莲蓬，都是有一般清香的。但他那原不是花香可比，若静日静夜或清早半夜细领略了去，那一股清香比花儿都好闻呢。就连菱角、鸡头、苇叶、芦根得了风露，那一股清香，就令人心神爽快的。"

这一番回答真是妙极。香气亦是有品格的，《浮生六记》里，芸娘讽刺茉莉的香如小人胁肩谄笑，说佛手香才是香中君子。那个以追求林徽因而在民间获得盛名的金岳霖也有类似见解：

"上海从前有些女人头上喜欢插几朵白兰花，人们习惯于把那些女人的俗气转移到花上。这不是'不白之冤'，恰恰是'白之冤'，白好像也俗起来了，白兰花的香好像也俗起来了。香不可俗，也不能雅。这涉及箭兰。你把箭兰摆在旮旯里，你走到它的旁边，左闻一下，右闻一下，它不理你，只好回到座位上去；这时忽然间最美妙的香味来了。这香也不能说'雅'，最恰当的字是'幽'或'清'。"

菱花、荷叶、莲蓬的香，就香得且清且幽，要借了风露，要等到静夜静日，只能邂逅，不能寻访，更无意于逢迎，那一种偶尔得之转瞬即逝的清香，要有慧心者才能闻到。由这个回答，也可见，香菱真是兰心蕙质，她总被人取笑的呆，不过是一种下意识的自我保护。

"根并荷花一茎香，平生遭际实堪伤"，即便她已经如此小心，还是躲不开命中注定的摧残。虽然在高鹗的书里，她最后被扶正，但我残忍地更爱曹公"香魂返故乡"的预言。像薛蟠这样的二傻子，即便悔改，仍是对香菱的糟践，魂兮归去，才是这芬芳灵魂最好的收场。

"芳名"背后是文章

《红楼梦》一开始,就写贾宝玉的小厮各种顽劣,"恋风流情友入家塾,起嫌疑顽童闹学堂",文中说:"这茗烟无故就要欺压人的",又说"宝玉还有三个小厮:一名锄药,一名扫红,一名墨雨,这三个岂有不淘气的,一齐乱嚷……"四个顽童把学堂闹了个天翻地覆,再对照他们那文绉绉的名字,总不免哑然失笑。

"茗烟"指的是茶上雾气。古人有诗曰:"白云堆里茗烟青",宝玉亦曾写道:"宝鼎茶闲烟尚绿",可见无论是作者,还是宝玉,都恋恋于茶雾之美,只是这种极静态的雅致,实在安不到活蹦乱跳的茗烟身上啊。

锄药扫红等等,自然更不能人如其名,但宝玉给他们起这些名字时,大概也没想着要名副其实,在那时,下人的名字由主子随意指定,主要用来体现主子的趣味与审美。

贾宝玉的小厮是这等锄药扫红的风雅,丫鬟的名字,就起得更为用心。袭人姓花,名字里有个"花气袭人知昼暖"的典故,贾政听了都摇头,骂宝玉专会这些"精致的淘气"。而晴雯、麝月、秋纹、碧痕等等,更是透着富贵小闲人的文青气质,一听就知道,背后有个专爱吟风弄月的主子。

就像琼瑶喜欢让主人公叫什么"梦竹""慕天""雨薇""吟霜"之类,宝玉的小厮和丫鬟的名字,看似大雅,实则大俗,当初曹公写下他那精致又无聊的用心时,脸上应有自嘲的笑容。千帆过尽,沧桑阅遍,再看那"锦衣纨绔之时,饫甘餍肥之日"的所谓风雅,真是不忍卒读,又令人感慨万千。

黛玉屋里的丫鬟出现得不多,除了一带而过的小丫鬟"春纤",大丫鬟就是"紫鹃"和"雪雁"。两个名字都是偏正词组,紫色的杜鹃,与白色的大雁,这两种颜色皆与黛玉正相宜,这两种鸟,在古代,也都有着悲情的色彩。

杜鹃不用说了,杜鹃啼血,黛玉自己也有诗句:"洒上空枝见血痕。""雪雁"的名字,我总怀疑是出自元好问的那首《摸鱼儿·雁丘词》:"问世间,情是何物,直教生死相许?天南地北双飞客,老翅几回寒暑。欢乐趣,离别苦,就中更有痴儿女。君应有语:渺万里层云,千山暮雪,只影向谁去?"

丫鬟的名字,暗示了黛玉恋情的结局,另一方面,是否也展示了黛玉的性情?老婆子们看不上宝玉,觉得他痴,会对着天上的鸟、地上的鱼喃喃自语,却不知,真性情的人,会觉得浊世无足观,万物皆有灵,豆瓣上人手一猫或者可以算是一个证明。

《红楼梦》里,最爱小动物的,除了宝玉,就是黛玉,她养的鹦鹉会学着她的口气念诗,她跟宝玉吵架,还不忘嘱咐紫鹃:"把屋子收拾了,撂下一扇纱屉,看那大燕子回来,把帘子放下来,拿狮子倚住,烧了香,就把炉罩上。"那只无情的"梁间燕子",俨然已经成为她生活中的一部分,这是在怜惜落花之外,黛玉与宝玉又一心神相通之处。

据说紫鹃来到黛玉身边之前原本叫鹦哥,那时她是老太太屋里的一个二等丫鬟,其实不看介绍,单看这名字,就知道她在老太太屋里并不被看重。老太太最得力的几个丫鬟,名字全是"单纯词"——必须两个音节放在一起才能有意义，像鸳鸯、琥珀，袭人从前的名字珍珠，还有玻璃、翡翠，等等。

这种"单纯词"念在口中，有琳琅之感，前后音节敲叩，似有金石声，也显示出贾母生命里华丽鲜明的色彩，配得上她在审美方面一贯的自信。她曾对宝钗说："我最会收拾屋子的……如今让我替你收拾，包管又大方又素净。"她看不得宝钗房间里像雪洞一般，而她自己的屋子，则珠围翠绕，花枝招展。

贾母华丽，却华丽得不俗，她有一份自信撑着，相形之下，王夫人给她的丫鬟起的那些名字，就多了点力不从心。

王夫人的丫鬟的名字，走的也是华丽路线，比如金钏玉钏，再有彩霞（有时又叫彩云），等等。与贾母的丫鬟的名字都是单纯词不同，王夫人的丫鬟的名字都是偏正词组，却又不能像黛玉的丫鬟的名字那样来得浑然天成，金啊玉啊彩啊，暴露了王夫人审美的极度贫乏，以及在起名字上面的敷衍潦草。最起码，她不像贾母那样，坚持过有审美的生活，所以贾母会欣赏伶俐漂亮手艺好的晴雯，她却更爱本分顺从的袭人。

凤姐的手下人名字都俗，小厮就叫什么兴儿旺儿，丫鬟就叫平儿丰儿。我小时候看《红楼梦》，是从中间部分看起，不知道平儿是谁，单看这名字，实在引发不了丝毫美好想象。凤姐屋里人的名字，不求优美，但求顺嘴，外加意思吉利，这都是当家人的起名诉求。

所以她听见"红玉"这个名字就皱起眉头，张嘴就改成了"小红"。你别说，"小红"这名字比"红玉"顺嘴多了，透出凤姐的实用主义。还有，兴儿旺儿，平儿丰儿，这些名字像凤姐那句诗："一夜北风紧"，俗得坦率，俗得利索，俗成一种无色无味的空白。一旦对书中人有所认知，倒可以填充进去更多的想象，曹公为她起这些名字，也算是煞费苦心了，可见得对她的厚爱。

薛姨妈家里人的名字也俗，却不像王熙凤手下人的名字俗得有味道，是一种市井草根的俗法，比如同喜同贵，一看就是薛姨妈自己起的。

《红楼梦》里，就这个薛姨妈最有烟火气，虽然与王夫人是亲姐妹，她却不像姐姐老是端着。她也慈祥，也嘴碎，丫鬟们都能在她面前撒个娇，叫一声"好亲亲的姨太太，姨祖宗"。她像所有的老太太那样，见不得家里人糟践东西，这与王夫人的爱面子死撑着的大家闺秀气质迥然不同。

这样一个俗气又可爱的姨妈，喜欢"同喜同贵"这种名字不足为奇，但宝钗的名字不见得是她起的，也俗得可以。还有薛蟠，字文龙，这名字明显起得太大，若命小福薄压不住，就会给自己带来麻烦。

还有薛蝌，还比如薛宝琴，都显得小气，薛家到底差了点文采。

《红楼梦》里的名字，大多都内中有文章，但相对于贾雨村、甄士隐、詹光、单聘仁这些巧用谐音的名字，我更喜欢丫鬟们名字里藏着的那份委婉用意，前者能立即让人会心一笑，后者却让人在许多时日后，恍然大悟。

念在嘴上的名字，留在心里的印迹，带着彼时彼地的气息，浮现在细密的叙事里，岂能够只当是一个个代号，在唇齿间轻易放过？而曹公深深浅浅地写下那些，也许，就是留着给后人，一再追索。

宝黛之恋,在才子佳人套路之外

无常,华林之中的悲凉

鲁迅先生谈《红楼梦》:华林之中,遍布悲凉之气,呼吸感知于其间者,唯有宝玉一人。

这悲凉之气是什么?肯定不是华丽家族没落的前兆,对于家族命运,宝玉压根儿不上心。宝玉的悲凉感不是务实的,是务虚的,其实就是怕死,想到死,这人生也虚无了。过得不好的人能容许人生虚无,宝玉不能。

金圣叹读《西厢记》,写过这么一段话,也许可以为贾宝玉代言:

今夫浩荡大劫,自初迄今,我则不知其有几万万年月也。

几万万年月皆如水逝云卷,风驰电掣,无不尽去,而至于今年今月而暂有我。

此暂有之我,又未尝不水逝云卷,风驰电掣而疾去也,然而幸而犹尚暂有于此。

幸而犹尚暂有于此,则我将以何等消遣而消遣之?

我比者亦尝欲有所为,既而思之,且未论我之果得为与不得为,亦未论为之果得成与不得成,就使为之而果得为,乃至为之而果得成，是其所为与所成，则有不水逝云卷，风驰电掣而尽去耶？

夫未为之而欲为，既为之而尽去，我甚矣，叹欲有所为之无益也。

然则我殆无所欲为也？夫我诚无所欲为，则又何不疾作水逝云卷，风驰电掣，顷刻尽去，而又自以犹尚暂有为大幸甚也？甚矣，我之无法而作消遣也。

总之一切都将水逝云卷，我拿这虚无没办法。

宝玉与金圣叹又不同，他比金圣叹过得好。什么含着银勺子出生？人家是含玉而生，黄金有价玉无价，何况银子。他母亲王夫人虽然专制，爱他却是没商量的；他父亲贾政虽然有点儿简单粗暴，出发点也是为他好；上有贾母的宠溺，下有丫鬟们的拥簇，更有那么多美丽聪慧的姐姐妹妹们相伴度日，他几乎得到了可以想象到的极致。

佛家有因果这一说，快乐，正是痛苦的因，痛苦，则是快乐的果。他在拥有时多么快乐，就会在失去时多么痛苦，没有比他更害怕失去的人了。

这种恐惧在第十九回初见端倪。袭人被家人接回去过年，宝玉闲极无聊，去她家探望，在一堆女孩子中瞅见一个穿红衣服的，大概出落得格外齐整一些。宝玉留了心，回去就问袭人，袭人说这是她的两姨妹子，又说起她各式嫁妆都备好了，明年就出嫁。宝玉听到"出嫁"二字，已经大不自在，又听袭人说，连她自己，也终究是要离开的，一时间情难以堪，竟至于泪流满面。

书中替袭人解释说，袭人是见宝玉毛病太多，拿这话要挟他一下。袭人的出发点是好的，只是她不知道这对宝玉来说是多么残忍。她揭开了宝玉一直不敢直面的"无常"的面纱,向他展示他依恋的一切都会改变。

如悉达多王子的第一次出行。净饭王的小王子,自小长于深宫之中,后来他这样回忆:

> 我娇生惯养,在我父亲的宫殿里,有三座特别为我营造的莲池,各生长蓝色、红色和白色的莲花,我用的都是迦尸出产的檀香木,头巾和衣服全来自那里。
>
> 无论白天黑夜,我总是在白色华盖的保护之下,以防尘土、冷热、树叶乃至露水。我有三座宫殿,一座用于冬季,一座用于夏季,还有一座用于雨季。在4个月的雨季里,足不出户,一天到晚由宫女陪同娱乐。
>
> ——《印度佛教史》,[英]沃德尔著,王世安译

他的父亲把他保护得很好,梦想让他在温香软玉的包围中,无烦忧地生活。他二十九岁才得以离开宫殿,来到外面,看到了老人、病人、送葬者,窥见浮华背后生老病死的存在,跌入了痛苦之中。

悉达多的故事可以是一个比喻,用在贾宝玉身上,锦衣玉食、至爱亲朋构成了他的宫殿,他以为可以像个鸵鸟似的在里面赖下去,永远不出去。"出嫁""离开"这些字眼,揭示了他自说自话的稳定必然被打破。

他的一番讲述,透露出他无能为力的挣扎:"只求你们同看着我,守着我,等我有一日化成了飞灰,——飞灰还不好,灰还有形有迹,还有知识。——等我化成一股轻烟,风一吹便散了的时候,你们也管不得我,我也顾不得你们了……"

这是一个强要遮挽的手势，然而却是徒劳。面对生老病死，谁都是没办法的。秦始皇的五百童男童女的方队，徒然暴露了不那么英豪的一面；汉武帝的不死灵药，也早已被东方朔调侃地解构。古往今来，有多少高人能参透生死？

王国维说李后主，越是敏感越是执着的人，就会体验到越多的痛苦。宝玉是这样，黛玉也是这样。

葬花：一场哀伤的行为艺术

京剧大师梅兰芳倾情出演《黛玉葬花》，却因外形丰腴，很被鲁迅先生讪笑了一番。我没有看过剧照，大略可以想象得出，可能是有些滑稽，不过窃以为，外形的胖瘦，并不足以影响葬花的效果，在某种意义上，葬花更像是一种行为艺术。

"原来姹紫嫣红开遍，似这般都付与断井残垣，良辰美景奈何天，赏心乐事谁家院"，黛玉听到戏词心醉神痴。一如阮籍的行到途穷处痛哭而返，黛玉葬花，葬的也不只是花，还有自己，她预先给自己完成了一个美丽而悲凉的仪式。

"侬今葬花人笑痴，他年葬侬知是谁"，"一朝春尽红颜老，花落人亡两不知"，在山坡的另一面，宝玉听到这字字句句，不觉恸倒在地，怀里兜的落花撒了一地。

他"试想林黛玉的花颜月貌，将来亦到无可寻觅之时，宁不心碎肠断！既黛玉终归无可寻觅之时，推之于他人，如宝钗、香菱、袭人等，亦可到无可寻觅之时矣。宝钗等终归无可寻觅之时，则自己又安在哉？且自身尚不知何在何往，则斯处、斯园、斯花、斯柳，又不知当属谁姓矣！——因此一而二,二而三,反复推求了去,真不知此时此际欲为何等蠢物,杳无所知,逃大造,出尘网,始可解释这段悲伤"。

《西厢记》里的爱情,是"少年看见红玫瑰",《牡丹亭》里的爱情,是"那小子真帅",都是远远地一瞥,心潮起伏,情潮涌动,彼此倾慕的,都是对方的肉身。只有宝黛,是执有同样的生命感,用心灵相爱的人。

《红楼梦》里,对宝钗的形象多有描写,她的肌肤,她的眉目,她的穿着打扮以及配饰,荣国府的人都说她比黛玉美丽,连宝玉看了她雪白的膀子,都只恨不得一摸。相形之下,黛玉是气质美女,光说是风流袅娜,没有一个字描述她的肉身。我总怀疑她的"硬件"不如宝钗。

而且湘云也美,宝琴更美,怎么着黛玉都不是《红楼梦》的第一美女,做不得偶像剧里的第一女主角。但是,《红楼梦》给我们提供的,正是"才子佳人"这俗套之外的爱情,卿非佳人,我也非才子,我们只是一对因活得真切深入而疼痛的人,那种"同质"感,让他们彼此爱恋。

黛玉和宝玉,一个清高矜持,一个昏头昏脑,但是在灵魂最深处,他们是相似的。宝玉最恨别人劝他读书,黛玉从不劝宝玉读书,宝玉并非贪玩懒惰,只是不喜欢读"正经书"而已。他愿读庄子西厢,不爱做八股文章,他厌憎仕途经济那一套,却愿意跟河里的鱼天上的鸟喁喁轻谈。

他憎恶别人将他朝所谓正道上驱赶,男性世界的气味让他眩晕,他不能想象一个女人也对那样的世界心存向往,不管他对宝钗怀有怎样的好感,只要她一句劝学的话,就知道她与自己不是一路人,道不同,不相与谋。

所以,当宝玉因为跟金钏戏谑、跟琪官交往等一大堆乱七八糟的事,被他老爸暴揍一顿时,来探望他的黛玉居然是期期艾艾地说了句:"你从此可都改了吧。"若是这句还可以视为黛玉有规劝之意,下面,宝玉的回答,坐实了他们是一个阵营里的:"你放心,别说这样话。就便为这些人死了,也是情愿的!"

我少年时读到这段颇为不解,结交琪官倒也罢了,再怎么说,跟金钏打情骂俏也不是什么好事,黛玉为何怕他改掉这些毛病呢?待到后来,经历了些事情,对于爱情的理解不复那般单薄,方觉,这才是黛玉与宝玉的心心相印之处。

只有黛玉,能看明白那些浮花浪蕊般的调笑背后,他的悲哀,无助,依恋,执迷——他跟那些美好的人厮混,梦想在他们的音容笑貌里,醉生梦死,自生自灭。一旦宝玉洗心革面,重新做人,成为第二个贾政,纵然是非礼勿动,非礼勿听,黛玉与他,也只能在精神上分道扬镳了。

她对宝玉的那些不良嗜好,从不像宝钗、袭人那么不以为然,看见宝玉脸上的胭脂痕,也只怪他带出痕迹来,怕人跑到贾政那里学舌,让宝玉吃亏。

正如她所言,她在乎的,只是自己的心,当然,还有宝玉的心。她知道宝玉心里总会给自己留一间,但还是受不了隔壁来来往往,对宝玉的心思并不那么笃定,所以对宝玉说:"我很知道你心里有妹妹,只是见了姐姐,就忘了妹妹。"

情悟:此生只得一份泪

也难怪黛玉多疑,那时节,纵然在宝玉心中,黛玉最重,如他自己所说,有什么好吃的、好玩的,只要黛玉喜欢,他赶紧送去给她,这并不妨碍,他想爱更多的人,也要让更多的人爱自己。

他跟袭人说梦想:"我此时若果有些造化,该死于此时的,趁你们都在,我就死了,再能够你们哭我的眼泪流成大河,把我的尸首漂起来,送到那鸦雀不到的幽僻之所,随风化了,自此再不要托生为人,就是我死的得时了。"

一个人的眼泪是不够的,他要一条大河那么多的眼泪,也许他以为自己的感情无穷尽,再拿出些来,也影响不到黛玉的那一份。呵呵,说到这,倒想起朱天文她爹朱西宁的一个桥段来。当初朱西宁以粉丝的身份给张爱玲写信,想来文通字顺,行文流畅,又附了自己写的小说,身在美国无人识的张爱玲见这么一个人万里迢迢地来致意,难免心情不错,回了封信,很是敷衍了他一番。

如是断断续续地过了几年,朱西宁突然写了封信登在《人间副刊》上,朱天文复述说:"(朱西宁)引耶稣以五饼二鱼食饱五千人做喻,讲耶稣给一个人是五饼二鱼,给五千人亦每人是一份五饼二鱼,意指博爱的男人,爱一个女人时是五饼二鱼,若再爱起一个女人,复又生出另一份五饼二鱼。他不因爱那个,而减少了爱这个,于焉每个女人都得到他的一份完整的爱。"

胡兰成看了剪报很高兴,写信恭维他说:"耶稣分一尾鱼于五千人之喻,前人未有如足下之所解说者,极为可贵。"张爱玲那边没有任何表态,只是很客气地写了个便条,拜托朱西宁不要写她的传记。从此以后音书断绝。

朱天文也怪她爸多事,说她妈看到那封信首先就大不悦,天下的女子更要揭竿而起,打个满头包了。

我也曾觉得朱西宁真是天真到无耻,再细想,这感觉未曾经过推断,不过是觉得它对我的安稳形成隐隐的威胁罢了。"博爱"真的有错吗?五饼二鱼之说真的不能成立吗？套《红楼梦》里的说法是："一个人只能得到一份眼泪吗？"

《红楼梦》不会提供详细的阐述、严密的推断，它所做的，不过是复述生活，在生活的推进中，灵光乍现，醍醐灌顶。

先是在某一日，宝玉看见花荫之下，一个女孩子手里拿个簪子，一笔一画地写"蔷"字，不觉写了几千个（此数字应有夸张的成分）。里面的人写痴了，外面的人也看痴了，宝玉不知道是什么，使得这个单薄的女孩承受如此大的熬煎——曹公在这里特地伏了一笔。

然后是纷纷纭纭一大堆事件，不知过了几日，宝玉百无聊赖，突然想听《牡丹亭》里的曲子，还就想听梨香院里的小旦龄官唱的。他来到梨香院，那龄官却不爱搭理他，躺在床上，纹丝不动。宝玉还当她像晴雯似的使小性子呢，就势在她旁边坐下，又赔笑央求，龄官竟马上起身躲避，自称"嗓子哑了"。

自来宝玉所到之处，遇见的都是笑脸相迎，连最不讨人喜欢的邢夫人，还特意留个玩具送给他。他已经习惯了接受别人的赞美恭维呵护善意，被人这样厌弃，在他还是头一遭。梨香院里其他的女孩子对他说，你先等一等，等蔷二爷来了叫她唱，她是必唱的。

所谓蔷二爷，贾蔷是也。荣宁二府的一个远房亲戚，地位跟宝玉差得远了。就不以地位论，一向受欢迎的宝二爷也想不到，在小旦龄官眼里，有着远比他更重要的人。

好奇心使他留了下来，他要看看龄官和贾蔷在一起的情景。

此前贾蔷出过几次场，皆是一副见人说人话见鬼说鬼话，八面玲珑的面孔，但这一次，他匆匆归来，对于宝二爷都顾不上多应付一下，"只得站住","一面说,一面让宝玉坐,自己往龄官房里来"。

到得龄官房里,也不见卿卿我我,两人一会儿拌嘴一会儿着急一会儿无可奈何,小哀怨纠缠里,尽是细细密密的感情,再次地把宝玉看痴了。

爱一个人,他的名字就是她唯一的钥匙,看上去普普通通的字,一笔一画写出来,就是豁然开启在现实的千万阻隔外自己发现的甬道。可是他同样寄人篱下,只怕还被贾珍贾环掌控,给不了天长地久的承诺。她想用眼泪葬的人不能给她这个资格,世间哪有那么多得偿所愿。

更没有五鱼二饼这种事,就算你想去爱全天下的女子,人家也不见得都愿意给你爱。况且,想要一条大河那么多的眼泪,这看似天真的愿望背后,有太多的盘算算计,有小"我"在顾盼自怜,而爱之超越死亡,就在于它能够让人忘"我",忘掉得失心分别心,将生死视为一体。

宝玉立即就悟了,回到自己的房间,对正巧都在那里的黛玉和袭人说:"昨夜说你们的眼泪单葬我,这就错了。我竟不能全得了。从此后只是各人各得眼泪罢了。"又说他自此深悟人生情缘,各有分定,只是每每暗伤"不知将来葬我洒泪者为谁"。曹公戏言"此皆宝玉心中所怀,也不可十分妄拟"。何谈"妄拟"?他老人家已屡屡揭示,还要再说得更清楚一点儿吗?

宝黛之恋,不是缘定三生,不是木石前盟,是建立在对于生命之美的共同感知与不舍上的,逼向生命的本真,去为所有美好的事物扼腕可惜。

没有你,我独自一人怎能温暖

"弱水三千,我只取一瓢饮",宝玉确定了自己的"那份眼泪"之后,大观园里一片祥和之气。林黛玉似乎也与他心有灵犀,也不跟他怄气了,不吃薛宝钗的醋了,甚至还"金兰契互剖金兰语",和薛宝钗情同手足不说,连薛宝琴也视作亲姊妹。哭哭啼啼恩恩怨怨全没有了，他们剩下的是赏雪吟梅，联诗作对，是群芳夜宴，兴尽而归，知人生苦短而及时行乐，美满得都近乎无聊了。

不错，无聊。叔本华说人在各种欲望不得满足时处于痛苦的一端，得到满足时便处于无聊的一端。人的一生就像钟摆一样，在痛苦与无聊之间摇摆。以宝玉为例，如花美眷，似水流年。爱我所爱，得其所哉。这样的日子，让人还有什么话说？

四十五回后，林黛玉的出场率大大降低，大多数时候，都是作为配角出现，她和宝玉之间，没有了试探、揣摩、误解、分辩，没有了暴风骤雨似的碰撞与表达，总一派温情脉脉式的感情，可看性确实大打折扣。

固然，作为个人，能一生处于这样的无聊中也算好命了，但叔本华又说了："好比是投给一个乞丐的施舍一样，维持他活过今天，以便把他的痛苦拖延到明天。……只要我们的意识中还充满意志，只要我们还沉溺于种种欲望以及随之而来的不断的希望和畏惧之中，我们就决不会得到永久的幸福和安宁。"

假如确定一生一世一双人，就能够将他从虚无中救赎，那么，如今黛玉的存在，又成了让他提心吊胆唯恐失去的立足之地。这种存在包含两个意义：一方面，是在他的生命里存在；另外一方面，是在人世间存在。

黛玉的丫鬟紫鹃对宝玉总不放心，谎称黛玉将来要回苏州去，以此试探。宝玉一听马上人就呆了，"死了个大半"。醒转之后，明白了紫鹃的小心思，他跟紫鹃说："你放心，活着，咱们一处活着，不活着，咱们一处化烟化灰。"

似这样的话他还说过几回，那样说的时候，他看"失去"与"死亡"相同，虽然念念于心，却也觉得十分遥远，甚至，他可能都没想象过它们真的出现。他没完没了的念叨里，未尝没有撒娇的意思。

但我们知道，贾家盛极必衰，黛玉也一定会死去。到那时，宝玉该当如何？如果他死掉，那就成了梁祝，《红楼梦》收梢成一部以殉情为结尾的言情小说，但是他没死，那就有了各种各样的说头。

我年轻的时候，跟很多人一样，对于高鹗给宝玉安排的结尾很不满，黛玉都死了，他怎么还能跟宝钗结为夫妻呢？就算是中了凤姐的调包计，明白过来也该一走了之吧？就算一时走不掉，也不用先跟宝钗生个孩子吧？他还有心思去考八股，中那劳什子进士！

不消说，我希望他对黛玉之死做出点表示，自杀也行，出家也罢，跟宝钗划清界限也好，总之，他得为他的伟大爱情做点什么，方不负了黛玉，不负我等为他们的伟大爱情揪过心伤过神的人。

一死，倒是简单了，但那样一来，也就成了梁祝或者罗密欧与朱丽叶了。梁祝固然伟大，罗密欧与朱丽叶固然不朽，是不是都太简单了？生活没那么简单，世间为爱疯狂者不乏其人，兑现了誓言同生共死者少。总是有太多此一时彼一时，也不能说明童话都是骗人的，人活世间，不只是爱情这一件事。再说，本来也没有规定谁就是谁的，人，都是自己的，这一世各种贪嗔痴怨，都是自己选择的路上风光。

宝玉还是选择了活着，我想，这应该离不开宝钗的启悟。

救赎，宝钗的启悟

我也曾跟许多人一样，不但视宝钗为黛玉的情敌，也视她为黛玉的天敌，很有些"既生瑜何生亮"的不忿。就算她最后嫁给宝玉是风云际会的结果，作为一个资深黛粉，不吃些干醋是不可能的。

年过三十，不好意思再那么情绪化，看宝钗，更多的是看她的可取之处，竟一点点看出，她是一个过来人。

作为四大家族之一，薛家留给我们的印象是有钱："丰年好大雪，珍珠如土金似铁。"书中宝钗甚是慷慨，帮湘云摆酒，资助邢岫烟生活费，长期给黛玉提供燕窝，王夫人急需人参而手边没有时，也是宝钗从自己家里拿来应急，好似比贾家还阔绰。因此，历来有一种荒谬的说法，说贾家选择宝钗，乃是看中了薛家有钱。

薛家是有些家底，但这家底已不比往日。《红楼梦》没有写薛家旧日的光景，但是此刻母女三人来到京城，傍着姨娘生活，已经见得凄惶，而第七十八回，宝钗跟王夫人说："据我看，园里这一项费用也竟可以免的，说不得当日的话。姨娘是深知我家的，难道我们当日也是这样冷落不成？"

她家昔日如何？跟黛玉的一番推心置腹里略露端详："先时人口多，姊妹兄弟都在一处，都怕看正经书。兄弟们也有爱诗的，也有爱词的，诸如这些《西厢》《琵琶》以及'元人百种'，无所不有。他们是偷背着我们看，我们却也偷背着他们看。后来大人知道了，打的打，骂的骂，烧的烧，才丢开了。"

这虽是劝黛玉不要看"不正经"的书，却也透露出她家昔日的热闹繁华，而这些是因了什么一去不复返了呢？也许是祖父和父亲的去世，也许是家业的日渐凋零，总之，过往种种已成旧梦，薛家如今虽还能过，但敏感者，总能一叶知秋。

然后该怎么办呢？宝钗做不到随波逐流，也不会像探春那样，推行改革，试图对家庭小有裨益，她比探春更聪明也更悲哀之处在于，她能够看得更远,看得出气数已尽盛极必衰是铁的规律,非人力可以改变。她所做的,不过是在这无可抵挡的滚滚洪流中,守护住一些什么。

这跟秦可卿的想法不谋而合。秦可卿告诉王熙凤,贾家的结局是"树倒猢狲散",一向恃强自称不信阴司报应的王熙凤赶紧问,有何法可以确保无虞。秦可卿冷笑道:"婶子好痴也。否极泰来,荣辱自古周而复始,岂人力能可保常的。但如今能于荣时筹划下将来衰时的世业,亦可谓常保永全了。"

秦可卿此人,让人看不透也说不尽。一方面,她的形象是"淫",是《红楼梦》里第一性感娇娃;另一方面,她也堪称《红楼梦》里的第一智者。她的话中颇有一番禅意,世间一切都是无常,休要梦想浮华永驻富贵常保,若你能在富贵时做衰败想,便可在一切际遇中来去自由。

《了凡四训》中言:即命当荣显,常作落寞想;即时当顺利,常作拂逆想;即眼前足食,常作贫窭想;即人相爱敬,常作恐惧想;即家世望重,常作卑下想;即学问颇优,常作浅陋想。

罕言寡语的薛宝钗不大可能放出这种金句来,只是在衣食住(红楼是室内剧,不大表现"行")中体现出来。

衣。关于宝钗的衣服,书中重点介绍过一回,即在第八回宝玉去探望她时,书中写道:"蜜合色棉袄,玫瑰紫二色金银鼠比肩褂,葱黄绫棉裙,一色半新不旧,看去不觉奢华。"

这是正面描写,侧面写还有两处。一处是薛姨妈让把宫花送给黛玉她们,王夫人说,留着给宝丫头戴吧。薛姨妈说,姨娘不知道,宝丫头古怪着呢,她从来不爱这些花儿粉儿的。

另一处是探春送了邢岫烟一个玉佩,邢岫烟戴在身上,宝钗看到了,说："这些妆饰原出于大官富贵之家的小姐，你看我从头至脚可有这些富丽闲妆？然七八年之先，我也是这样来的，如今一时比不得一时了，所以我都自己该省的就省了。将来你这一到了我们家，这些没有用的东西，只怕还有一箱子。咱们如今比不得他们了，总要一色从实守分为主，不比他们才是。"

食。关于宝钗的口味，书里倒是没怎么说，有一次贾母问宝钗喜欢吃什么，宝钗想着老人爱吃甜烂之物，就按这个说了，讨了贾母的欢心，却不代表她本人的爱好。唯一可知的，是宝钗颇注意养生之道。宝玉爱喝冷酒，别人劝他都不听，宝钗劝得非常聪明："宝兄弟，亏你每日家杂学旁收的，"——这正投了宝玉的心思，"难道就不知道酒性最热，若热吃下去，发散的就快，若冷吃下去，便凝结在内，以五脏去暖他，岂不受害？"

注重养生，也是一种守势，飞扬的少年只想着朝前飞奔，要的是一个"爽"字，哪里会把养生放在心上。

住。第三十九回，刘姥姥游览大观园，来到宝钗的住处："屋内雪洞一般，一色玩器全无，案上只有一个土定瓶中供着数枝菊花，并两部书，茶奁茶杯而已。床上只吊着青纱帐幔，衾褥也十分朴素。"凤姐说，也曾送过一些摆设，全被退回来了。薛姨妈说，宝钗在家时，也不大弄这些玩意儿的。

生活方式体现人生态度。宝钗的内敛里，有忧患意识，有退守之感，有删繁就简方得大自在之思，用她告诉宝玉的那句曲子词就是：赤条条来去无牵挂。

二十二回里，宝玉听宝钗点了一支《鲁智深醉闹五台山》，便说他不喜欢这些热闹，宝钗就给他念曲中辞藻，里面有"赤条条来去无牵挂"一句，宝玉称赏不已。后来跟湘云黛玉生了气，觉得没意思，自称自己是"赤条条

来去无牵挂",并占一偈云:

> 你证我证,心证意证。
>
> 是无有证,斯可云证。
>
> 无可云证,是立足境。

黛玉看了,在后面又添了两句:"无立足境,是方干净。"宝钗赞扬说,这方是悟彻。又说:"当日南宗六祖惠能,初寻师至韶州,闻五祖弘忍在黄梅,他便充役火头僧。五祖欲求法嗣,令徒弟诸僧各出一偈。上座神秀说道:'身是菩提树,心如明镜台,时时勤拂拭,莫使有尘埃。'彼时惠能在厨房碓米,听了这偈,说道:'美则美矣,了则未了。'因自念一偈曰:'菩提本非树,明镜亦非台,本来无一物,何处染尘埃?'五祖便将衣钵传他。今儿这偈语,亦同此意了。"

小姐公子们参禅悟道,说得好不热闹,但真正有所感者,大概只有宝钗自己吧。反正宝玉一直都想要抓住些什么,要一个"立足之境"。待到风流云散,家破人亡,他失去了最爱的女子,失去一切所执,再无立足之境时,他大概才能明白宝钗的淡泊宁静之后的力量——得失皆忘,才能宠辱不惊,纵浪大化中,不忧也不惧。

得失有无,本是一体,无所执着,才能做到"赤条条来去无牵挂"。难怪曹公将宝钗称之为"山中高士",视她为"小三"或是"阴谋家"者(本人曾这么认为过),是自己太过浅薄了。

可是,曹公也说了,"空对着,山中高士晶莹雪,终不忘,世外仙姝寂寞林"。宝玉到底不是悉达多,他是个抛不开丢不下的人,纵然被宝钗式的理性、冷静、智慧、通达所吸引，所带动，却仍然如从前一样，睡里梦里也忘不了爱过的那个女子，他的理智战胜不了自己的热情。

这才是宝玉，这也才是曹公，这亦是混迹于滚滚红尘中的我们，世间的大多数人。说到底，我们都不是悉达多王子，甚至也做不了弘一法师，我们时而在黛玉式的热情中醉生梦死，时而在宝钗的理性空间里寻找救赎。

贾宝玉是不是个女性主义者

1987年《红楼梦》开播时，我在读小学，班里女同学大多喜欢黛玉，也有为宝钗说话的，还有人别具慧眼独爱湘云探春，但对男主宝玉大多是莫名惊诧，不明白宝黛这两位如花似玉的姑娘，为什么要争抢这个花心又娘娘腔的人。

上了年纪的人对贾宝玉也不满意，有个长辈直斥他没有阳刚之气，这话也不算冤枉他，宝玉自己平日里喜欢调脂弄粉不说，看到小侄子追逐小鹿练习骑射，竟然还在旁边说风凉话："把牙栽了，那时才不演呢。"

并不是用当下的眼光看历史，贾宝玉在书里的风评便是"没刚性"。

第三十五回，有两个老婆子谈论他，说："他家里许多人说，千真万真有些呆气：大雨淋的水鸡儿似的，他反告诉别人：'下雨了，快避雨去罢。'你说可笑不可笑？时常没人在跟前，就自哭自笑的，看见燕子就和燕子说话，河里看见了鱼就和鱼儿说话，见了星星月亮，他不是长吁短叹的，就是咕咕哝哝的。且一点刚性儿也没有，连那些毛丫头的气都受到了。"

都说男儿有泪不轻弹，在书中，宝玉动不动就哭了，为黛玉哭也就罢了，还为袭人哭，为晴雯哭，为平儿哭……他说希望死去时女孩子们的眼泪能流成一条大河，将他送到那鸦雀不到之地，我看倒是他自己活着时，早已为这些女孩子们泪流成河。

他爹贾政无法理解他对女性世界的热爱，认为他长大后必是酒色之徒，不怎么喜欢他，后来贾政点了学差，差不多等同于现在的教育厅厅长，估计指导工作时务必以他儿子为戒。

不知道贾宝玉算不算史上最不受待见的男主角，贾琏获得的赞赏似乎都比他多，一度传说女大学生投票，最乐于选择的对象居然是贾政，这两位各有缺点，但都比宝玉浓眉大眼得多。

宝玉确实不怎么符合传统审美，那么黛玉爱他，到底是因为前生有约还是因为别无选择？还是自传体小说的惯例，作家要把以自己为原型的主人公，写得特别受异性青睐，比如《平凡的世界》？我不这么想，宝玉也许不够"男人"，但他像个"人"，窃以为，做"人"比做"男人"更重要，把"人"做好了是根本，做不做传统话语里的"男人"，只是个人选择。

宝玉最像人的地方在哪里？在于他作为既得利益者，一个男性，并不轻狂傲慢，像他的同性那样轻视与践踏女性。他能突破性别局限性，看到女性的美好，有发自肺腑的肯定，也能看到女性的痛苦，给予最深刻的同情。

那句"女儿是水作的骨肉，男人是泥作的骨肉。我见了女儿，我便清爽；见了男子，便觉浊臭逼人"，让他被人怀疑为色鬼，但看《红楼梦》，他说的难道不是事实吗？

说出这事实并不容易，男尊女卑的世界里，女人都不可以与男人相提并论，你搜一下贬义词，很多都有女字旁，比如"奸""婪""嫉妒"等等。男人就不奸诈不贪婪不嫉妒吗？这样的男人会被人说"像个女人"。

而宝玉正相反，他认为女人原本是好的，像珍珠，是嫁了男人之后才被男人带坏的，"沾了男人的气味"，失去珍珠光芒，渐渐变成鱼眼珠子。在他眼里，女人的不可爱，是因为越来越像男人。

有了这份肯定在，许多貌似理所当然的事，就很不对，不正常。比如前面提到的贾琏，他不算个坏人，甚至被贾赦贾雨村比得都像个好人了。但是他背着王熙凤在外面乱搞还在其次，被王熙凤捉奸在床，他居然还以王熙凤"连我也骂起来了"为由拔剑吓唬她，人越多他越来劲，知道王熙凤在众人面前要装出贤惠样子，不敢怎么样。

这就有点儿仗势欺人了，倚仗的，是社会对于女性的压迫，没理也被他讲出理来。就在这场混乱里，他还打了平儿，后来虽然跟平儿赔礼道歉，不过是好色的本性驱使，"妻不如妾妾不如偷"，并不是真的觉得自己有什么错。

宝玉却不同，他痛惜平儿这么个"极聪明、极清俊的上等女孩"，"并无父母兄弟姊妹，独自一人，供应贾琏夫妇二人，贾琏之俗，凤姐之威，她竟能周全妥帖，今儿还遭荼毒，也就薄命的很了"。

虽然用了"上等"这个字眼，似乎还是把人划分为三六九等，但一来此时的宝玉不可能有绝对平等的意识，二来宝玉是以智商气质而非身份性别来划分的，这就已经超越了时代。

他不平于平儿的遭遇，但也不可能很有阳刚气地做她的盖世英雄，想想看，如果他挺身而出，只怕添乱多过帮忙。后来晴雯被王夫人驱逐，有人说他不肯帮晴雯说话，我以前也这么想过，但让我们结合实际情况来看，如果这时宝玉为晴雯仗义执言，您觉得王夫人是会饶恕晴雯呢还是恰恰相反？

他也不可能越过王夫人去找贾母，这不但不符合礼数，也不可能帮到晴雯。能死皮赖脸纠缠母亲的只有薛蟠这样的人，说起来也是让人无奈。

宝玉能为平儿做的，不过是在她受委屈时，照顾她补个妆，替她洗个手帕子，想到她生平，为她落几点痛泪，但这是发自内心的心疼，是把这个女孩子当人看了，与爱情无关，但和爱情一样动人。

宝玉并不只是对于年轻漂亮的女孩子才这样，刘姥姥进大观园，贾母带她去妙玉那里喝茶，妙玉看不起刘姥姥，用过的杯子也不许收进来，宝玉便赔了笑脸，跟妙玉说："那茶杯虽然腌臜了，白撂了岂不可惜？依我说，不如就给了那贫婆子罢，她卖了也可以度日。你说使得么？"

宝玉这也太操心了，平时为那些女孩子操碎心也罢了，这会儿怎么又为刘姥姥操上心了？你要问宝玉的心路历程，他可能自己都说不清，但天性里的善与聪敏，让他也愿意为这老妇人做点什么，哪怕是顺水人情。

如果考虑到《红楼梦》是部自传体小说，作者的视角，一定程度上能够代表宝玉的视角，作者对书中人物的态度，也是宝玉的态度，我们就更能理解宝玉对于女性的敬重。当刘姥姥的女婿无力养家只会在家里喝酒骂人时，刘姥姥像个女英雄一样挺身而出，克服各种艰难险阻，包羞忍辱，释放魅力，满载而归，四大名著里，还能找出一个更加有力量感的老妇人吗？

可以说，《红楼梦》之外，几乎没有不处于男性凝视之下的女性，只有《红楼梦》，塑造了一群不凡的女性群像。她们不是作为贤妻良母或是温柔忠实的情人被讲述，她们的迷人之处，来自她们自身。

这其中有"一身诗意千寻瀑"的黛玉，更有"金紫万千谁治国，钗裙一二可齐家"的王熙凤、探春和宝钗等人。作者的这些认知不是从天上掉下来的，是宝玉慢慢地体会出的，能够逆时代而行，独立思考，比所谓的"刚性"是更彻底的勇敢，单就这一点，无法不对宝玉生出敬意。

有次参加活动，有人问我曹雪芹是不是个女权主义者，我有点儿茫然，如果一个人从来没有听到过这个主义，他算是某某主义者吗？他歌颂女性，同情女性，维护女性，不过因为他是一个诚实、敏锐、善良、勇敢的人。

贾宝玉也正是这样一个人，这样的人，之前从未有过，之后呢，其实也不多。这样的一个贾宝玉，岂不比泛泛而言的有阳刚之气者，更难得，更珍贵？

贾雨村低配版的"才子佳人"梦真的可笑吗

贾雨村人品不好，但智商情商双高，几乎在任何情况下，都能审时度势，从容不迫。

比如那回甄士隐资助他冬衣和银两，他接过来，"不过略谢一语，并不介意，仍是吃酒谈笑"。看似不领情，实则号准了甄士隐的脉。

他若是满口称谢乃至感恩涕零，甄士隐不但有可能看低了他，还可能会很不自在。甄士隐神仙一般的人品，资助贾雨村，并不是要做他的恩公，只是看贾雨村不是凡人，不忍英雄埋没。若他为一点儿钱财就失了仪态，说不定甄士隐立即就默默后悔了呢。

后来他考上进士，选入外班，升任知府，一路平步青云，却得罪了上司和同僚，惨遭革职。心里不是不懊恼的，但他也不让人看笑话，"面上却全无一点怨色，仍是嬉笑自若"。将积蓄家眷送至原籍安顿妥当了，"自己担风袖月，游览天下胜迹"，可谓能上能下，进退自如。

唯独有一次，在无人知道的角落，贾雨村小小地露了一次怯。

那时他刚刚出场，一无所有的穷书生，想进京赶考，半路没了盘缠，暂寄破庙里存身。偶尔去隔壁乡宦甄士隐家串门，偏巧又来了个严老爷，甄士隐丢下他先去应酬严老爷。贾雨村一个人待在屋里，忽然听到一声咳嗽，隔窗望去，是个眉清目秀的丫鬟在掐花。

丫鬟也看见了他，她眼中的贾雨村剑眉星目、直鼻权腮，虽衣衫褴褛，但生得雄壮，跟一般人不同。这些信息汇总起来，丫鬟猜到他可能就是老爷最近经常念叨的，那个"非久困之人"的贾雨村，于是又回头看了他一两次。

丫鬟的好奇心满足了，贾雨村的心却静不下来了，他见姑娘回头，便以为人家有意于他，狂喜不禁，自谓此女子必是个巨眼英豪、风尘知己。从此时刻放在心上，中秋节还特意为人家写了一首诗：

未卜三生愿，频添一段愁。闷来时敛额，行去几回眸。自顾风前影，谁堪月下俦？蟾光如有意，先上玉人楼。

蟾光有没有上玉人楼不说，贾雨村本人很上头。人家只是随便看了您几眼，您怎么就能想这么远。但也不能怪贾雨村，他青春年少外加孤独寂寞冷，渴望爱情不奇怪。另外我们的爱情观常常会受流行文化的影响，比如20世纪八九十年代，琼瑶小说风靡一时，谁不想来一场山无棱、天地合、乃敢与君绝的爱情呢？

贾雨村那个时候最流行的文学形式是什么？才子佳人戏。茗烟给宝玉搞到的"小黄书"里有《西厢记》，黛玉耳朵里飘进来的戏词是《牡丹亭》，荣国府的盛宴上来了个说书的女先生助兴，想讲的也是赶考的才子遇到佳人。如今贾雨村也是去赶考，淹蹇住了，一筹莫展之际，不正应该有个佳人出场，安慰他那颗苦闷的心吗？

只是，才子佳人戏里是两情相悦，贾雨村却是自作多情；别的才子遇到的都是侯门相府的千金大小姐，贾雨村结缘的是个丫鬟——我们不应该把人分为三六九等，但是当时的社会里，张生只会爱崔莺莺，袭人都跟宝玉发生关系了，听到他对黛玉表白，误以为冲着自己来的，吓得魂飞魄散，嘴里直说："神天菩萨，坑死我了！"主仆之间如有天堑，贾雨村心里这出才子佳人戏是低配版的。

这里可以看出作者对贾雨村的不友好，更可看出作者对才子佳人戏的不友好。贾雨村攀附传奇固然滑稽，但也通过他的攀附说明，哪有那么多才子佳人。贾母早就看穿了一切："有一等人，他自己看了这些书，看邪了，想着得一个佳人才好，所以编出来取乐儿。"

当然，贾母的态度未必代表作者的态度，但第一回里，作者旗帜鲜明地说："至于才子佳人等书，则又开口'文君'，满篇'子建'，千部一腔，千人一面。"他与这种作品划清界限。

虽然宝黛都爱《西厢记》《牡丹亭》，但他们喜欢的是"幽僻处可有人行？点苍苔白露泠泠""原来姹紫嫣红开遍，似这般都付与断井颓垣"这类余香满口的辞藻，更多才子佳人戏就只有赶考遇佳人，更像那个时代的爽文。

从文学的角度，作者不喜欢这种俗套可以理解。但又不尽于此。第一回发生了那么多事，神瑛侍者要下凡，绛珠仙子要还泪，就算是贾雨村本人，收到甄士隐的资助，急慌慌进京赶考，都是作者用笔墨更多之处，偏偏把"贾雨村风尘怀闺秀"写进回目里，是不是太促狭了点？作者如此厌恶才子佳人戏，还因为它是一种普遍的情结。

才子为什么要赶考？因为在没有拆迁的时代，赶考是普通人逆袭的唯一可能，朝为田舍郎，暮登天子堂，赶考才能跨越阶层，获得更多资源，拱到"城里的白菜"（广义）。像《万万没想到》里，王大锤那著名的梦想：

"当上总经理、出任CEO、迎娶白富美、走上人生巅峰。"

既得利益者就很不屑,比如贾赦欣赏贾环诗里的厌学情绪,说:"咱们这样人家,原不比那起寒酸,定要'雪窗萤火',一日蟾宫折桂,方得扬眉吐气。"豪门是不用急慌慌地去赶考的,"可以做得官时就跑不了一个官的。何必多费了工夫,反弄出书呆子来。"

倒也是,贾政原本就想着科甲出身,他父亲一死,他就被保送了。贾敬虽然考了进士,纯属智商过剩,本来家中爵位就已经是他的了。

你看看,才子们的终极目标"蟾宫折桂",被贾赦这样看不上。宝玉和他大伯不是一类人,但他们是一个阶层,他也看不起追求功名的人,给人家起个名字叫"禄蠹",小侄子练习骑射,他十分不以为然。

他们都设定,他们会永远富贵下去,这种设定,让他们成了没有准备的人。

且看贾雨村和甄士隐这两位,甄士隐高尚,贾雨村卑鄙,但甄士隐生性淡泊,只以种花修竹为念,贾雨村却是才华卓越,野心勃勃,尤其是,他行动力极强——那晚甄士隐送他银子,俩人喝酒喝到三更天,五更时候,贾雨村已经打点好行装,赴京赶考去了,跟建议他良辰吉日出发的甄士隐形成对比。

生于忧患,死于安乐,甄士隐这样缺乏战斗力的中产阶级,看似稳固,但一场火灾,就可以让他家业尽毁,阶层急速下坠。

而无论是贾雨村,还是其他和他一样奔波在赶考路上的"穷酸"才子,生命力却极其强韧,为了生存与发展无所不用其极。尽管我们很容易就在他们两人之间站队,但不是还有一句话:天地不仁,以万物为刍狗。天地运转,自有它的一种筛选方式,有时候,很残酷。

只是作为当事人,感觉完全不同。甄士隐就觉得不公平啊。本来好好的,怎么突然就这样了呢?那首《好了歌解》怨气满满:"陋室空堂,当年笏满床",这天翻地覆,太让人感慨了。却不想想,你家要是永远"笏满床",别人就只能永远"陋室空堂"了。世事无常,但这无常,何尝不是终极的公平。

他又叹,"金满箱,银满箱,转眼乞丐人皆谤。正叹他人命不长,那知自己归来丧……甚荒唐,到头来都是为他人作嫁衣裳"。他不接受变化,觉得这人生无趣,跟着跛脚道人走了。

甄士隐身上有贾宝玉的影子,也有作者的影子。他们都是无常的受损者。而贾雨村以及无数和他一样奔波在赶考路上,觊觎着白富美,试图改变命运的"才子",则是无常的受益者,站到了甄士隐贾宝玉们的对立面。作者看他们不顺眼,觉得他们僭越了,甚至是掠夺者,下笔有意无意地奚落几句,也就很自然了。

有意思的是,秦可卿临死前托梦给王熙凤,嘱托她两件事,一是在祖坟旁边买地,二是办好家里的私塾。总结一下,就是耕读二字。

耕,是生存的保障;读,是发展的可能。秦可卿知道富贵不可常保,也许将来还要靠考试翻盘。而贾雨村原本也出生于诗书仕宦之族,"因他生于末世,父母祖宗根基已尽,人口衰丧",想来祖上也是阔过的。世事无尽循环,你可以鄙视贾雨村的人品,但不必鄙视他的梦想,因为我们并不知道,自己到底是谁,我们会不会做同样的梦。

假如丘处机没有路过牛家庄

有个很著名的梗,叫做"假如丘处机没有路过牛家庄……"。

假如当时丘处机没有路过牛家庄,秘密跟踪他的那些金兵就不会死在郭、杨二人的院子里,同样,完颜洪烈也不会见到包惜弱而对她念念不忘。

郭靖和杨康将会平平安安出生在牛家庄。铁木真就会死在扎木合他们手里,蒙古各部也就不能统一。也就不会有什么西征。火药就不会传入欧洲。

黑暗的中世纪将延长一千年,也就没有文艺复兴。自然也没有大航海。西班牙人不会将铁炮传入日本。长筱会战使武田方面获胜,日本战国时代将一直持续不能统一。

最后的结果是,中国将是最发达的国家,远远领先于日本、西班牙、西欧、美洲……

所以都怪丘处机。

哈哈,我觉得这个可以命名为"牛家庄现象",这个现象在文学作品里处处可见。比如说《水浒传》里,假如武松不叫武大郎早早回家拉上窗帘,潘金莲也不会看武大郎就要回家先尽职尽责地把窗帘拉上,她手里的竿子就不会打中西门庆的脑袋……所以,都怪武松咯?

《红楼梦》里面,也有这样的阴差阳错,比如晴雯被驱逐,当然要怪王夫人，可是你知道这个事情的缘起吗？我们如果从头捋的话，你会发现，都怪王熙凤心腹小厮旺儿的老婆。

旺儿老婆看上了王夫人屋里的丫鬟彩霞，王熙凤帮她去跟彩霞妈说媒，彩霞妈觉得很有面子，就答应了。但彩霞不答应，她和贾环相好，有点儿急。

贾环这人很渣，他一点儿不着急，觉得女人有的是，没了彩霞说不定还有好的。倒是赵姨娘还有情有义一点儿，跑去跟贾政说，把彩霞许给贾环吧。贾政说贾环还小，还说他帮两个儿子看中了俩丫鬟。看到这里就很难不产生八卦之心，政老爷那么一本正经的，暗地里还偷摸地打量丫鬟？而且，到底是哪两个丫鬟入了他的法眼？我们对他的审美可是已经好奇很久了。

但赵姨娘一点儿不好奇，她更着急攀比宝玉，说宝玉已经有了屋里人，都一两年了，老爷还不知道？

这下轮到贾政吃惊了，问："谁给的？"赵姨娘正要说话，只听外面一声响，赵姨娘吓一跳，外面人说是窗屉没有扣好。赵姨娘骂骂咧咧带着丫鬟把窗屉扣好，后来的事就没再说了。

但是，这个动静真是窗屉没扣好弄出来的吗？我猜不是。在赵姨娘睡下之后，怡红院里来了位不速之客，赵姨娘的丫鬟小鹊跑来找宝玉，跟他说，我来给你报个信，刚才我们奶奶在老爷面前如此这般地说了你，当心明天老爷问话。然后茶也没喝就走了。

感觉这个丫鬟当卧底是自发的，她直接跟宝玉对接，都不跟袭人晴雯啰唆。这且不说，更荒诞的是，听小鹊说赵姨娘告诉贾政，宝玉早已有了屋里人，宝玉的反应居然是披衣起床温习功课。

这个脑回路怎么来的呢？我猜是贾政对宝玉有屋里人这事儿感觉不太

好，但这是王夫人主张的，他也不好说什么，可他也有办法整宝玉。不能问屋里人还不能问功课吗？这种声东击西的打击方式现在也很常见，当你领导因为某件事骂你，你和他都知道他真正的怒点是什么。

宝玉很清楚他爹的路数，未雨绸缪，临时抱佛脚。书里说宝玉此刻心中后悔，早知道好歹温习些，现在就《大学》《中庸》和《论语》能背得出原文和注释，《孟子》有一半是夹生的，要是凭空提一句，肯定接不上下句。还好最近作诗，常把《诗经》读些，虽不甚精湛，但还可塞责。至于古文，就更是一塌糊涂，高兴了也会拿来一看，但是没下苦功夫，根本背不下来。

我之所以要把宝玉的功课这么详细地复述一遍，是因为我最近在陪即将中考的小儿复习语文，这种四处冒烟的困顿感，和宝玉如出一辙，"原文与课下注释"也是现在必须掌握的，这个场景还原度太高了。

小儿好歹还有数月时间，宝玉要在这一晚上搞熟，也没有大纲，没法押题，还害得丫鬟们都得陪着，不能睡觉，真的太痛苦了。

就在这时，宝玉的屋外也突然出了一点儿动静，春燕秋纹说有个人从墙上跳下来了。外面上夜的人仔细搜查，啥都没有，但是小机灵鬼晴雯已经帮宝玉想出了一个躲避贾政盘问的办法来，说宝玉被吓着了，吓得浑身发热，嚷嚷得全家都知道，王夫人贾政也知道了，想象中的抽查就这么躲过去了。

但晴雯没想到的是，这件事引起贾母的高度重视，认为此事非同小可，说上夜的不小心没有看好门还是小事，只怕他们自己就是贼。探春站出来说，园子里的人，确实比以前放肆了，经常在一起开赌局，不但赌注大，甚至还有打斗事件。

这么一说可不好了，贾母立即根据她的人生经验推断出，赌博不是小事。既耍钱，就保不住不吃酒；既吃酒，就未免门户任意开锁。夜静人稀，趁便藏贼引盗，什么事做不出来？再说大观园里陪伴姑娘的，都是丫头媳妇们，贤愚混杂。贼盗事小，倘有别事，略沾带些，关系非小。不能轻恕。

这个别的事是什么呢？丫头媳妇们干不了太暴力的事，她又说贼盗事小，那就肯定是风化之事了。所以虽然贾母重点是抓赌，却为后来王夫人整饬大观园风纪埋下了伏笔。而大观园整风运动，晴雯首当其冲，当她病得七荤八素的被王夫人派去的人拖下床时，一定想不到，这一切，都和自己当初灵机一动，给宝玉出的那个主意有关。

引用一句可能不太恰当的话，一个人的命运，既要看个人的奋斗，也要参考历史进程。这里可以把"个人的奋斗"改成"个人动作"，晴雯也罢，武松也好，不管他们是不是那么做，都无法扭转荣国府由松到紧和潘金莲一定要出轨的趋势，丘处机路过牛家庄是个引爆点，好像很重要，可能也没那么重要。

附录：

《红楼梦》里的"她力量"
——和骆玉明老师聊红楼速记
（收入本书时略有改动）

时　　间：2020年8月22日19:00
地　　点：志达书店
主 办 方：复旦大学出版社 志达书店

出席嘉宾：闫红，作家，著作有《误读红楼》《她们谋生亦谋爱》《哪一种爱不千疮百孔》《我认出许多熟悉的脸》等十余种。

特邀嘉宾：骆玉明，复旦大学中文系教授，《辞海》编委，中国古典文学分科主编，著有《骆玉明老庄随谈》《世说新语精读》《诗里特别有禅》《美丽古典》《游金梦——骆玉明读古典小说》等，主编有《中国文学史》等。

主持人：闫红在我们复旦大学出版社出的一本书，叫《她力量》，就是女性的"她"。我刚刚开始前还在跟两位老师开玩笑，我说我看骆玉明老师以前写《红楼梦》，我看到的是阳春白雪，还有做人的大智慧。看闫红的书，觉得如果我早点看这本书的话，我可能现在应该混得非常好。这本书教我们很多处世的原则。闫红老师为什么用《她力量》作书名呢？

闫 红：《红楼梦》一开头，作者就讲他写这本书的初衷。他说，如今自己一技无成，半生潦倒，回想生平所见之女子，觉得她们的行止见识都在自己之上。行止见识四个字很有意思，说明他想要回顾的不只是感情，而是那些高明的行止见识，与导致他如今之落魄的"不肖"形成了对照。很明显，这些行止见识就是为人处世之道。

写这个开头时，作者的处境是非常窘迫的，看着亲人受苦，但凡有点儿人心者，都会暂时丢下"自由而无用"的理想，希望自己具有生存能力。《红楼梦》里有很多女子在这方面有着卓越的能力，但在过去，这种能力完全地被漠视和小看了。

我有条微博下面有过一条评论，说宝钗再厉害，但是宝玉不爱她。我就觉得这个角度特别滑稽，有人觉得一个女人只有被男人爱的时候，她的生命才是有价值、有意义的。像探春这样不谈爱情的人，存在感就更低。但人到中年我再读《红楼梦》，不那么注意爱情这件事了，常常会看到这两个姑娘的卓越。

在大多数人，包括王夫人还沉浸在豪门梦里的时候，探春、宝钗已经很理性地知道这个家入不敷出，不要再做豪门梦了，要把土地承包出去，搞"土改"。

探春为什么想搞"土改"？她是跟着贾母去赖大家里喝酒，跟赖大的女儿聊起这个，发现可以从花园里得到收益。当探春跟赖大的女儿聊怎么理家的时候，宝玉在干吗？在跟其他纨绔子弟讨论谁家的戏好听，谁家的丫鬟长得漂亮。《红楼梦》是一部自传体小说，作者写到这些时，一定是有自嘲的,这也是《红楼梦》这部小说特别伟大的地方,毕竟,很多人一写起自传体小说时,会不由自主地把自己写成高大全。

探春搞"土改",提出的思路是,让一部分人先富起来,因为她是觉得把这个土地如果平均地分给所有的老婆子,这个土地就糟蹋了,要分配给擅长耕种的人。宝钗的思路更进一步,她说这些得到土地的人当然很高兴,但是得不到土地的那些人呢?他们明里不敢说,背地里就偷你一朵花,摘你一个果子,那你其实是受损害的。所以,我们要建造和谐社会。要把你们的这种利益拿出来分给所有的人,这样的话整个大观园就很和谐。

《红楼梦》到八十回就结束了,可能很多人会有一个错觉,认为贾家败落完全是因为皇帝抄家。其实在书里有很多暗示,比如秦可卿留给凤姐的遗嘱,要她把家庭朝"耕读之家"的路子上带,探春说的"百足之虫死而不僵",一定是要自己人杀起来,才能杀得死,等等,都说明,贾家的败落,也是自己转型没转好,不会过日子。可惜贾家的男人没有这种见识,单靠这些女子无法进行到底,作者回忆起来,说自己又悔又愧。

主持人:有意思。骆玉明老师曾经也跟我聊过,说实际上男性看《红楼梦》和女性看《红楼梦》是完全不一样的。其实我们也都特别好奇您作为一个男性,您怎么看"她力量"?

骆玉明:我跟闫红有一个很特别的地方,我们很少在一起,通信也很少,微信是刚刚恢复上,都20多年不见了。但是我们说一件事情的时候很容易就说得一样,很容易说到一起去。比如说我刚说讨厌白先勇,她立刻说她写过批评白先勇的文章。

白先勇谈《红楼梦》完全都是反张爱玲的,凡是张爱玲赞成的东西,他都要去反对。无论你是坚决地爱一个人还是恨一个人,你肯定会变得蠢。爱一个人变得蠢那还比较好看，比较可爱；讨厌一个人变得蠢，那个腔调就很丑。

他一点一滴地说这个程乙本比脂本好，说得一点儿没有逻辑。

我举一个例子，就是《红楼梦》的尤三姐。在脂本里，尤三姐是一个堕落的女人，我觉得这个词一点儿没用错，她是个堕落的女人。我如果再说得彻底一点儿，尤三姐身上有妓女的影子，就是曹雪芹在写尤三姐的时候，他有对于妓女的生活经验。

但是，大家还记得那个情节吗？尤三姐在贾琏的新房子里，贾琏娶了尤二姐，买了一个新房子，贾珍又去跟尤三姐偷情，两个人在房间里百般轻薄，无所不为，挨肩擦脸。然后贾琏进来说，叫贾珍把她娶回去做小老婆。

几乎所有人都觉得很好。尤二姐肯定觉得好，是吧，她妹妹有个着落；尤老娘肯定也觉得好，两个女儿都有了着落；贾琏就更觉得好了，你贾珍不要跑来胡闹了，弄不好，你把二姐又给偷了。但是就没有一个人想到三姐觉得好不好。

三姐就站到炕上骂他们，这个动作非常地漂亮。站到炕上，为什么要站到炕上骂人？就是居高临下地去骂。这个东西就是在程本被改掉了，只说二姐跟贾珍是不干净的，三姐跟贾珍并没有什么过分的举动。要给尤三姐一个纯洁的新样子，想把尤三姐写得比较纯洁。

为什么这样写？因为他们觉得贞洁的女人才能刚烈，这是程本和脂本的差异。你一个堕落的女人，你凭什么刚烈？白先勇没有办法理解曹雪芹到底写了什么，我就化成简单的一句话，尤三姐是一个堕落的女人，但是老娘乐意跟你玩儿，老娘就跟你玩儿，老娘不乐意跟你玩儿，你给我滚一边去。这样的女人很美，一个女人不会因为她堕落而不美，一个女人是因为她自由而美。一个女人如果是自由的，她就可以是美的。思想很狭隘，很拘谨的人，不能够理解曹雪芹。一定要把她改得很贞洁，也就是说你认为一个在道德上贞洁的女人才是美的。曹雪芹不这样认为。

现在的中国最有名的作家能写出尤三姐吗？写不出来，真的写不出来，他们对人、对世界没有这么深刻的理解和那种非常热烈的感情。所以我说《红楼梦》赞美女性，它是对女性的伟大的赞美。它写了林黛玉，写了史湘云，写了薛宝钗，是了不起的；但是更了不起的是因为它写了鸳鸯，写了晴雯；格外了不起是因为它写了尤三姐，只有在尤三姐身上你才可以看到这样的一个很响亮的声音，就是女人的美因为她是自由的，她是自由的她才美。

一个作家之所以伟大是因为他忠实于他自己，这个很重要。你不能用任何社会的意志、社会的力量、社会的意识形态、社会的道德去使他改变，他忠实于他自己，忠实于他所认识的、所理解的那些女子。所以，我们才会有《红楼梦》，所以我们才会有尤三姐。

主持人：对，闫红老师你谈一下。

闫　红：白先勇先生提出过三个他认为程高本高过脂本的原因，其中有一个就是说尤三姐。但是我的想法和骆老师稍稍地有一点儿差别，可能我是女性，我看到的不是自由，而是想自由而不得。

尤三姐当年在年幼无知的时候，被贾珍父子诓骗了，她们姐妹俩跟他们父子俩都有关系。书里边有一句话后来被程高本改得很奇怪，脂本里写尤二姐已经被王熙凤骗到了荣国府以后，做了一个梦，尤三姐拿了一把剑过来，说："你我生前淫奔不才，使人家丧伦败行，故有此报。"

她这个话是非常痛的，虽然她已经觉醒，知道应该恨这些臭男人，但还是无法不去背男权社会赋予她的道德包袱，把所有问题都自己扛。但是在程高本里，尤三姐被洗白了，只是对尤二姐说："你生前淫奔不才，使人家丧伦败行，故有此报。"

尤二姐当时都那样了，快活不下去了，你还跑来骂她一顿？是不是很有病？但如果说"你我"，那我们就是同命运的人，你的痛就是我的痛。

当然，不管是脂本还是程高本，尤三姐这样说都有点儿奇怪。她以前不是说她们姐妹是被贾珍他们玷污的吗？不是已经有了觉醒吗？怎么忽然又把问题都自己扛？我们就要看这中间发生了什么，是柳湘莲对她的拒绝。

尤三姐为什么爱柳湘莲？当然柳湘莲长得很帅，但是我觉得她选择柳湘莲还有一个原因，就是柳湘莲的标签是清洁。其实柳湘莲也不怎么清洁，他那种清洁就是只能他睡男人，不能男人睡他。书里也说了，他喜欢娈童，但是当薛蟠想去睡他的时候，他把薛蟠打了一顿。在男权话语体系里，柳湘莲就是非常清洁和刚烈的，所以尤三姐希望通过一个清洁的人，使自己获得救赎。当她被柳湘莲拒绝的时候，也就是她的救赎之路受到了阻击。

尤三姐的这种痛苦可能就是女性一种普遍的痛苦。她受到了双重剥削，贾珍父子对她是一种"坏男人"的剥削，柳湘莲对她是一种"好男人"的剥削。她死于不能自洽。一方面内心有觉醒，不肯像尤二姐那样逆来顺受；另一方面她毕竟活在男权话语体系里，柳湘莲拒绝了她，她就没法活下去了。她其实是一个精神上的娜拉。张爱玲说她特别喜欢一个戏，那戏是讲一个人愤然准备出走。让我们走，走到哪里去？走到楼上去，反正吃饭时会下来的。在这样一个社会环境中，不管你怎样想奋飞，最后结果还就是不能够奋飞。

最近有个综艺叫《乘风破浪的姐姐》，一开始大家都很兴奋，女性解放了，女性有勇气做姐姐了，但这个节目高开低走，从万众瞩目，到观众意兴阑珊。大家发现这些姐姐最后还是要扮嫩，扮演活泼的小女孩。孤立地说自我解放，很难的，不管你姿态摆得多美，总会碰到一个什么东西让你猝不及防地跌落下来。

另外，刚才骆老师有一个说法我特别赞同，就是骆老师说尤三姐是身上有一点儿妓女色彩的这样一个人。我觉得其实这个词绝对不是一个贬义词。

骆玉明：只是一个客观描述的词。

闫　红：对。在脂本里边把尤三姐那种风流放荡之美写到了极致。我刚才由这个话题想到了林黛玉，杨绛就对林黛玉的形象很不满，说："第三回写林黛玉的相貌：'一双似喜非喜的含情目'，深闺淑女，哪来这副表情？这该是招徕男人的一种表情吧？"其实曹公都说了，黛玉之美在于风流袅娜，她眼睛是有钩子的，用现在的话说，她有一双性感的眼睛。我觉得很美。

不过我也不觉得薛宝钗就不性感，女人性感有很多种。沈从文说他当年被张兆和所吸引是迷上了她那种冷冰冰的性感。探春在工作中也很性感，王熙凤你不要觉得她体格风骚才是性感，她的那种幽默感，那种机智灵巧也是她的一种性感。

薛宝钗也很有趣，很能够懂得别人说什么，能够吸纳别人话语中传达的信息。我们这个社会上很多人，跟别人是不能够互相吐纳吸收的，他自己是个铜墙铁壁，比如像白先勇，他不能够吸收到。他看到脂本《红楼梦》里边秦钟嘱托宝玉以后还是应该立志功名以荣耀显达为要时，他觉得这一定是别人瞎编的，他觉得这个话太庸俗了。

骆玉明：他那个地方说了特别蠢的一句话，他说秦钟死之前记挂家里还有三千两银子，他放不下。白先勇说他这个人死了，怎么还放不下家里的钱。我说你试试看。那秦钟那点钱是他们家一生的积蓄，而这时候老子死了，姐也死了，他也死了，这钱给谁？给那些不相干的亲戚，你心里会不会觉得难受？

闫　红：秦钟说，以前自己以为高过世人，竟是误了，这个话我也很有感触。我在20岁之前都是那种自说自话的人，想要过一种自由而无用的人生。后来找到一份工作，在单位也没想朝好里混。大概在2007年左右，我家里出了一些事儿，我这样一个弱女子，到处去找人，去察言观色，看人家会不会帮助我。那个时候我很想扇自己一耳光，我当年要是好好学习，后来混得主流一点儿哪至于这样。

所以在人生的某些时刻，你看着家里人受苦你又帮不上，你一定会后悔的。当然那个时间段过去以后，我又该咋活咋活了，那种悔是一时一地的心情，但它一定是一种真实的心情。《红楼梦》的好处在于它是活的，真的，非常丰富的。

还有，贾宝玉讲说"女人少女时代是一个珍珠，后来就是变成鱼眼睛了，没有珍珠光泽"这样一句话，我也不认为这就是作者的想法。有一次贾宝玉又在大放厥词，说女人一旦嫁了汉子，比男人更可杀，有个老婆子就问他说，那我有句话想请教二爷，其实这个时候就是作者想给这些老婆子一个发声的机会，将来也能呼应。但是作者妙就妙在，他没有让这个老婆子把这个想法说出来，这个时候贾宝玉被叫走了，老婆子想说什么，你可以自己去体会。

骆玉明：我有一句话插一下，复旦有一个非常有名的老师，他老说女人到了40岁就该枪毙了。但是，他老是牵着他那个70岁的太太，非常恩爱地在路上散步，我觉得这两者都很真实。

主持人： 我听得津津有味。我觉得闫红真的是读得特别地通透，而且我也发现闫红最近这两年老是动不动说人到中年，她这本书里面也透露着我人到中年了，我现在再看《红楼梦》就不像当年看的什么了。这个气息非常浓厚，好像人到中年百事都很麻烦。

骆玉明： 我这个话不一定好听，人到中年的意思就是再不干坏事就来不及了。

主持人： 所以她这本书里面，其实我觉得读者，我们这样的人看看挺好的，就是让中年人看，或者让快要步入中年的人做好准备。可是就像她刚才讲，年轻的时候，你也是喜欢林黛玉的那种。

闫　红： 我现在还是喜欢林黛玉。

主持人： 所以，中年以后你才能感觉到各种事情你都需要处理，因为我们毕竟是活在那个红尘中。这本书是非常有用的一本书，我不知道骆老师，因为你读《红楼梦》也是读了好多年，少年时候读，中年读，现在读。我不是说你年纪大了，我就想知道你现在怎么读？

骆玉明： 我读《红楼梦》是小学五年级，四卷本，我记得非常清楚，读两天三夜，就没停下来，两天三夜。可现在回想，一个五年级的小男生怎么能够把《红楼梦》读下来？这个东西到底是什么能够迷住人，因为很多字都不认识的。

我想《红楼梦》真是有它非常迷人的地方。《红楼梦》的一个非常了不起的价值，其实刚才闫红也说到了。你不能拿一个很固定的立场去看《红楼梦》，其实它对于人，它总体上来说还是比较宽谅的，比如它写林黛玉有林黛玉的美，写薛宝钗就有薛宝钗的美，而薛宝钗有些优点是林黛玉不及的，就是那种宽谅。

你比如说，史湘云要请客，薛宝钗就把她阻止了，说就你那点钱还不够你盘缠的。因为史湘云虽然是生在豪门，但她父母早就死了，她是生活在二叔家的，花钱有限制。薛宝钗很体谅史湘云，说你不要跟着凑热闹，你的钱都不够你零花的。说到这个就完了？不是的，她还是要让史湘云去办这个酒会。薛宝钗拿钱吗？也不行。她办了一个她说是不需要花钱的酒会。

首先她家里有很多螃蟹，是店里的伙计从家乡运来的大螃蟹，她拿出螃蟹来请客，请老太太、太太吃螃蟹，然后那么多螃蟹也吃不了，其他人回去了，我们就办诗会了。

为人着想，做到这种程度。维护朋友的自尊心，让朋友做成这件事情不花钱，但是她也没觉得好像占了你多大的便宜。不仅仅是机智和聪明的问题，是一个对人的一种感情上的、很宽厚的一种态度才能够做到的。

还有读《红楼梦》的时候有一个小的地方，我不知道闫红有没有察觉，它在评价人的时候不是用一个人的眼光评价的。比如说写鸳鸯，王熙凤说鸳鸯素来有些可恶，这个可恶是对鸳鸯最大的赞美。为什么是最大的赞美？作为主人，支配不了鸳鸯，所以她可恶。你这个时候才可以看得出来，鸳鸯能倔强到什么程度。鸳鸯跪在老太太的面前说贾赦怎么欺负她，那个实际上在逼迫贾母。就是你必须按照她的做，不按照她的做就不行，当然在主人看来，这是可恶了。用王熙凤说的可恶来赞美这个鸳鸯，用贾珍说尤三姐无耻老辣赞美尤三姐，然后婆子骂晴雯狐狸精，这也是一个赞美。这种想法，也就是说事物要从不同的人、不同的立场、不同的角度去看待的，事物是这样一个事物。这也就体现了作者胸怀非常地宽大，这个也是曹雪芹非常了不起的地方。

一般的著作写不了这么多人。你比如说我们讲《金瓶梅》,《金瓶梅》也是一本很了不起的书,但《金瓶梅》一旦写到东京就写不下去了,一旦写到蔡太师他就写不下去了。为啥?他根本不知道那些人是怎么生活的,他写的那种就是蔡太师怎么怎么,都是漫画式的、听说的,他根本不知道蔡太师怎么生活的。

就像我们写现在的官场小说,一写到省委书记全是胡说八道,写县委书记还写得挺好的,写到省委书记就不成个样子了,更不要说太师了。

但是曹雪芹从贵妃一直写到刘姥姥,都写得很真实,就是他能够理解那些人。你看刘姥姥,小时候读《红楼梦》就喜欢看刘姥姥,但是没有那么看得明白,现在看刘姥姥,觉得真了不起。这个刘姥姥出场的时候是个小丑,这个人物的源头是来自戏剧里面的小丑,但是她最后写成了一个菩萨。这个真是让人觉得,他能够理解底层的这样一个有智慧、有生命力的人。

主持人:闫红也写了刘姥姥,我想听听闫红的这种看法,具体谈一下刘姥姥,你为什么在这本书里面也写了她?

闫　红:刘姥姥是一个特别知道自己在做什么的人。我既是来打秋风的,那我就要配合,我不能一副明明来打秋风的,我还士可杀、不可辱的样子。我觉得其实像她这种人反而就是最知道感恩,因为她在整个过程中她不痛苦,她对自己要做什么心里很有数。而有些人,他一边收了你的钱,又觉得你可恨,拿钱羞辱我,忘了本来是自己来要钱的,这种人特别容易忘恩负义。

另外,贾宝玉对刘姥姥的态度蛮值得玩味的。贾宝玉对刘姥姥的态度非常复杂,一方面他也跟着黛玉她们笑话刘姥姥,同时他又对刘姥姥有本能的恻隐之心。我觉得当时贾宝玉表面看是在帮助刘姥姥，其实他在帮助一个可能的自己。我们如果践踏贫贱之人，等到有一天你落到她那样一个地步的时候，你就会践踏自己。如果你把她看成一个人，有一天你落到她那个命运的时候，你还会觉得自己是一个人。如果别人践踏你，那是他们不对，你内心会有一个平衡。

刚才骆老师说宝钗帮史湘云的事儿，我想起一个很好玩的事儿。有一次我到北大去做个演讲，有个学生提问，说闫老师，你看薛宝钗不是送黛玉燕窝吗？黛玉吃那个燕窝马上就不好了。她跟宝玉说我最近就睡得不太好，我哪儿哪儿都不好。闫老师你怎么看？

我说你这个说法坚定了我一个信念，绝不要把吃的送给别人。前段时间我们单位发了很多核桃，我就送了些给楼下的老太太，等我送完以后，我突然想起我说过的话，非常恐惧，把那个核桃砸吃了好多，以身试毒，证明这个核桃绝对不会出任何问题。

对于薛宝钗有很多诛心之论，认为她帮湘云摆酒是收买人心，但薛宝钗去帮助邢岫烟有什么好处呢？邢岫烟是邢夫人的一个穷亲戚，邢夫人自己都不待见她，整个荣国府的人都不拿她当回事，薛宝钗偷偷接济她，这也是对于自己未来的一个救赎。因为她知道家里将来一定会衰落，预先实现了消费降级。另外就是去帮助其他人，等到我落到那样的田地的时候，我能够心平气和，把自己当个人看。薛宝钗有一套非常严密的体系，她做的一切都是为了未来的下降做准备。

她跟宝玉介绍那句唱词"俺也是赤条条来去无牵挂"，聊"本来无一物，何处染尘埃"。宝钗一直在给宝玉提示这种生命的无常。其实宝玉也好，林黛玉也好，我觉得他们有一个很一致的痛苦，就是他们希望生命中有些东西是永恒的，一个想不开的人遇上另一个想不开的。

其实我还挺喜欢这种想不开。以前人家问我喜不喜欢苏轼，我不是很喜欢苏轼，因为我觉得苏轼太想得开了，我喜欢那些想不开的人，比如辛弃疾、晏几道。但是只有活得还不错的时候适合想不开，比如活在一个太平盛世，我可以熬夜，喝酒，发一场相思病。但是我们如果活在一个兵荒马乱的世道里，活下去就要用尽全力，那时就只能通透，减少想不开的耗损。

主持人：我好有收获。我觉得《红楼梦》里面确实一本书都在谈无常，都在告诉我们世界是无常的。那我也想请两位老师讲一下我们怎么来面对无常。比如湘云总活在当下，宝钗则选择先行做好准备。对我们这些庸人来说，怎么做好准备呢？从《红楼梦》里面可以得到一些什么启迪？

骆玉明：我讲中国小说里有一个很大的东西，根基上的一个东西，就是虚无主义。那这个虚无主义就是说生命是不可把握的，一些价值都是不稳定的，一切都会变化，终究一切存在的东西都会不存在。这个都是所谓的无常的观念。但是，中国文化里面它也不仅仅只有这个虚无主义，它还有其他的积极的东西，比如说儒家的东西，就是说它对世界秩序和世界的价值，对于人性的善，对历史的正义，都是相信的。

我曾经花很长时间，跟一些比较年轻的人讲一个问题，就是性本善的概念。我就讲孟子对于性本善的所有的论辩都是不成立的，在逻辑上是不成立的。但是它仍然是对的。为什么仍然是对的？因为他实际上确立了一个东西，人必须是善的，人在根本上必须是善的，因为如果真在根本上不相信他是善的话，人的存在就只能是动物性的存在。所以，人类其实有两个设定，一个设定人性必须是善的，历史必须是正义的，不是有什么东西能够保证这个东西，有什么动作能够认识，而是人确认这个东西。我觉得这是历史来自中国文化的一面。

有人问我活到这么大年纪以后,你对人生的感受是什么?我觉得只剩下一句话,就是做一个好人。我有时跟他们喝酒,他们拿了一个不太好的酒出来,又拿了一个很好的酒出来,我就说我酒量很小,所以要喝好酒;人生很短,所以要做好人。我觉得我们这一点还是可以很稳定的,我们可以不需要别人提供什么意义,不需要别人告诉我。很多人告诉你人生的意义,其实他把意义给了你以后,把你的生命给拿走了。

《红楼梦》写的是个无常,但是中国文学里面,像《红楼梦》,还有王维的诗歌,他一直写无常当中的美,无常当中是有美的。特别是《红楼梦》,男性看《红楼梦》和女性看《红楼梦》到底有什么不一样,可能男性有些眼光,女性不一定能够看得到,或者说不那么敏感。《红楼梦》为什么把男性写得那么糟糕?除了曹雪芹跟他接触的那些男性,可能他都没有什么好感以外,它其实隐藏了一个巨大的哲学问题,即男性所承担的这个社会的主流文化和主体结构没有价值。

所以你看《红楼梦》里就简直没有一个像话的男人。刚才说贾琏,贾琏算不错的了。我对贾琏有一句评价,一个优柔寡断的人,他总有几分善良,贾琏是不错的了。但是没有一个让你特别敬佩的男人。除了曹雪芹自己的生活经历以外,还有一个很大的东西,即男人是承担着这个社会的文化主体和社会的政治结构的主体,它是腐烂的,没有意义的。没有意义,它会导致人生的无常,一个强烈的无常感。为什么?它不能提供意义,而所谓不能提供意义就意味着人不能确认他自己。如果说这个社会的主体文化它不能提供生命的意义的话,人还能得到什么?还能得到美。美在哪里?美在女人身上。我觉得一个男人如果能够被女人所爱,那是蛮值得的。

闫　红：我看《红楼梦》，特别喜欢有些场景，比如说她们一块儿给贾宝玉过生日。

骆玉明：很多很多很漂亮的场景，很多很多，像莺儿一路折柳条，后来发生争执了，这段写得好漂亮。一开始两个小姑娘，春天桃红了，柳绿了，柳条垂下来，几个小孩一路叽叽喳喳的，拽柳条、编花篮。《红楼梦》很多这种场面，都是写生命的这种美好的东西。

闫　红：还有"情切切良宵花解语，意绵绵静日玉生香"，贾宝玉跟袭人聊着聊着就哭了，人性那种软弱，对于虚无那种恐惧，希望寻求一个温柔可靠的安慰，很动人。

我自己经历美妙的时刻时，就会对自己说，不要忽略它。比如说我家门口有两棵乌桕树，一到秋天就特别美，我每次经过，都要赞美它一句，对家里人说那个多么美；如果家里旁边没有人的话，我就会对自己说多么美。我不允许自己忽略生命中的一切美妙的时刻，比如我今天跟骆老师在这儿聊《红楼梦》，我也会在心里默默地对自己说，这一时刻是美好的。纳兰性德有一句词，叫当时只道是寻常，我不允许自己把那些美好时刻认作寻常。

主持人：感谢两位老师给我机会，感谢我们一起分享的美好时刻，这是一个非常好的事情。我非常喜欢湘云，湘云就是，管他无常不无常，当下即永恒，我们享受现在。所以，再次谢谢两位老师，也谢谢在座的各位。